拵屋《こしらえや》銀次郎半畳記

汝《き》想《おも》いて斬

諸大名から『幕翁《ばくおう》』と畏怖され幕僚諸官《ばくりょうしょかん》には『稲妻《いなずま》』と指差された前《さき》の老中首座**大津河《おおつがわ》安《あ》芸守《きのかみ》忠助《ただすけ》**。然《しか》しその領国政治は民《たみ》こそ第一と尊重《そんちょう》し構築された城下は格調高く崇高《すうこう》で威厳《いげん》に満ち人心《じんしん》は良識《りょうしき》と博愛《はくあい》に満ちていた。

写真・文／編集部

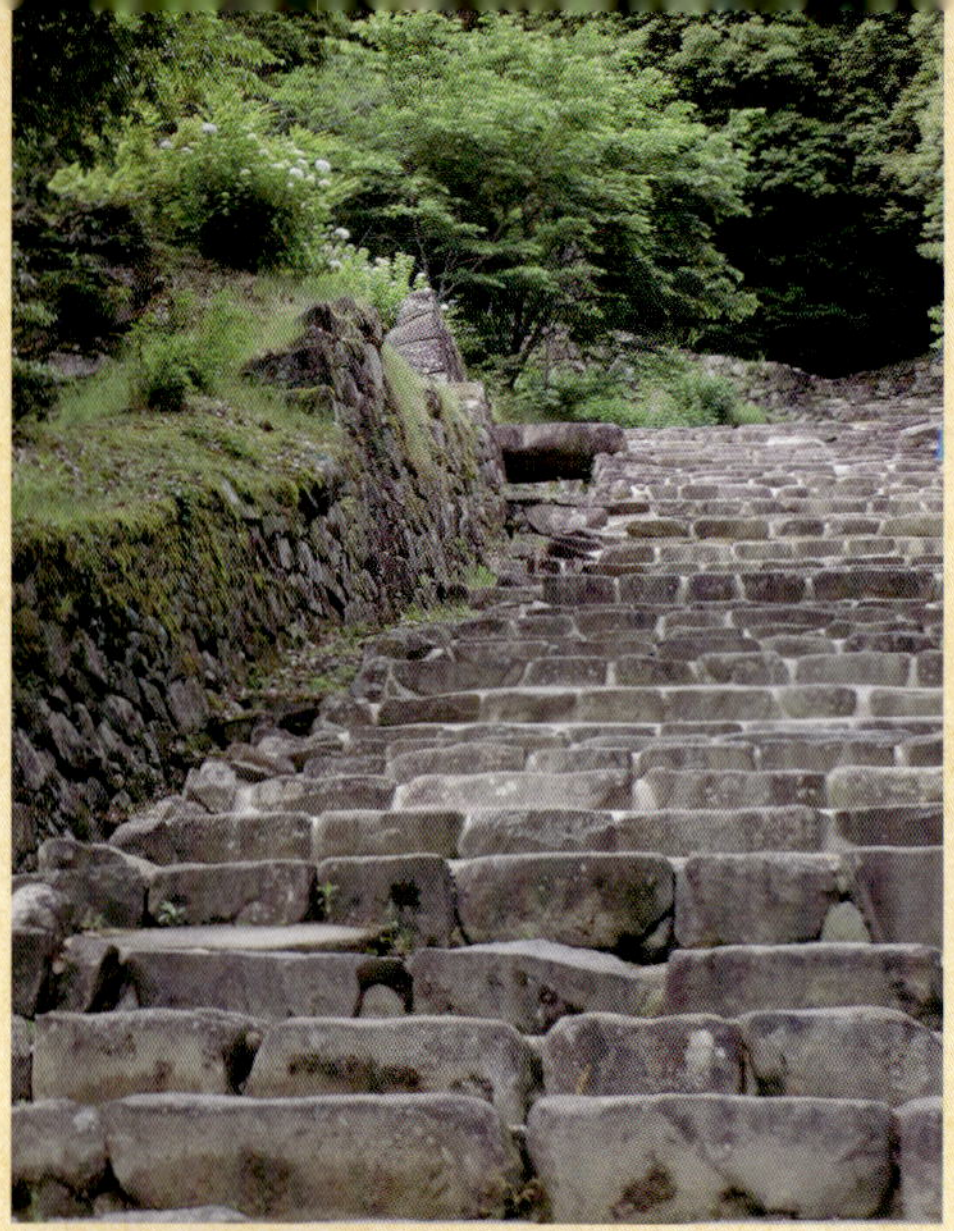

従五位下加賀守にして黒書院直属大目付・桜伊銀次郎を乗せた賢馬《けんば》黒兵が、蹄《ひづめ》で烈しく地を打って嘶《いなな》くや粗《あら》積《づ》みだが堅牢《けんろう》なる石階段を『湖東城』の大手門を目指し矢のように駆け上がる。次の瞬間、一斉射《いっせいしゃ》の銃声が轟音《ごうおん》となって人馬《じんば》に襲いかかった。

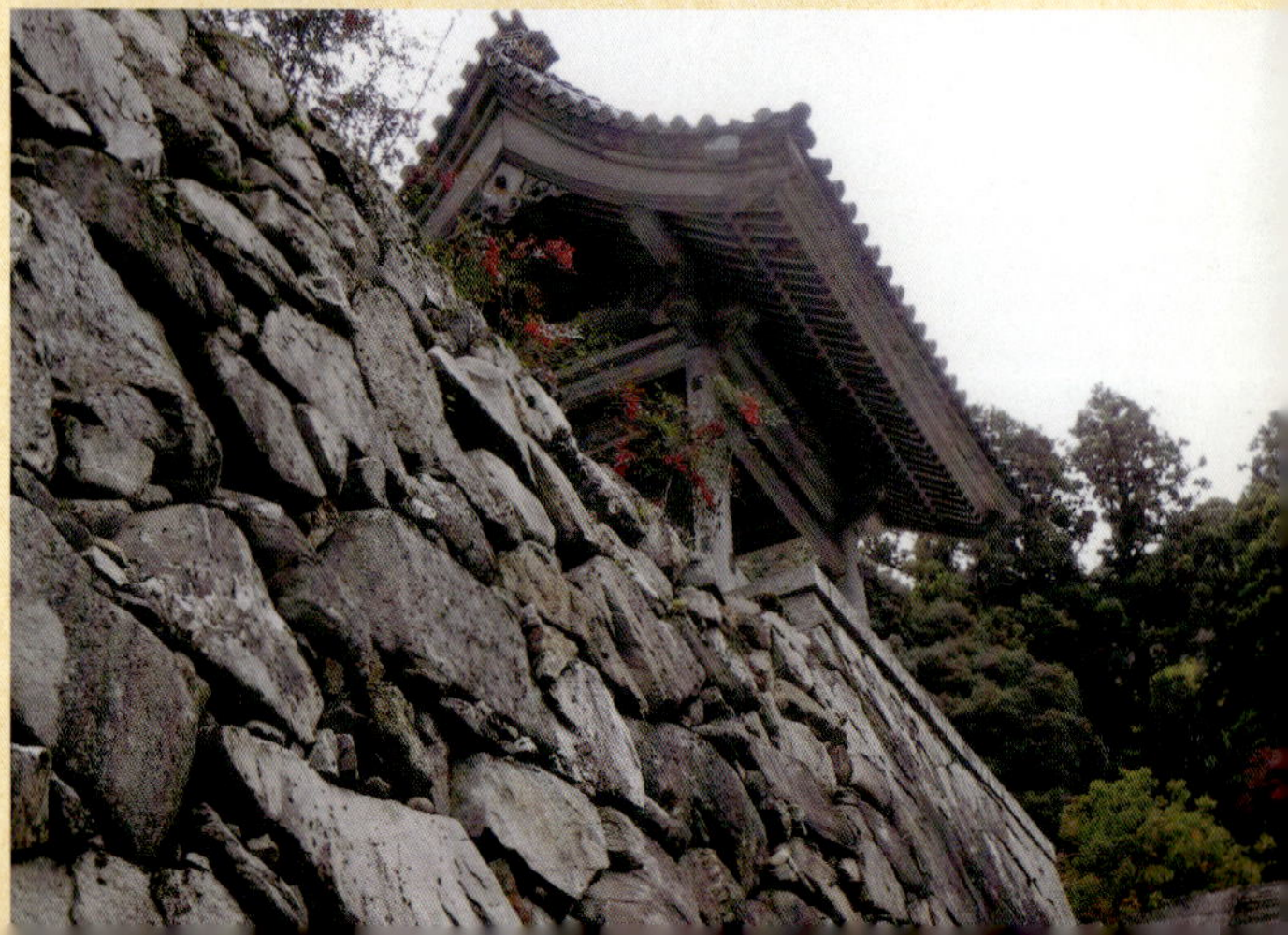

理想政治の拠点を大坂城に設けんとした幕翁の領国の城『湖東城』は絵のように美しく屹然《きつぜん》と佇《たたず》み孤高《ここう》超然《ちょうぜん》たる安芸守の姿を正《まさ》に映していた。城楼から眺むれば天智天皇の息吹《いぶき》漂う古《いにしえ》の湖沼《こしょう》が彼方《かなた》に昼なお黄金《こがね》色に輝き見えて尊《とうと》し。

若き美貌の尼僧彩艶《さいえん》は苦悩《くのう》した。銀次郎から「江戸へ出て参れ」と告げられその真意《しんい》が判らず月祥院《げっしょういん》の傍《そば》の『**敬《うやま》いの小道**』を行き来しては苦しんだ。然《しか》し心身は激しく銀次郎に惹《ひ》かれてゆく。救いを求め彩艶《さいえん》は尚も緑陰美しい『**敬《うやま》いの小道**』へ純《じゅん》な想いを不安のままに鎮《しず》めていった。

徳間文庫

拵屋《こしらえや》銀次郎半畳記

汝《きみ》想《おも》いて斬《ざん》 一

門田泰明

徳間書店

一

遠くから力強い馬の蹄《ひづめ》の音が次第に近付いて来る。どうやら全力疾走のようだ。

その音が耳の直《す》ぐ傍《そば》にまで迫り、蹄で蹴散《けち》らされた土煙や砂石が舞い上がって、それが顔に振りかかった。

「わっ」と悲鳴をあげた銀次郎は無我夢中でそれを両手で打ち払った。

すると冷たいものが顔に触れ、馬の蹄の音も土煙も砂石も一瞬の内に遠ざかった。

心地よさが体の隅隅へと広がってゆくのを感じて、銀次郎はうっすらと目を見開いた。明るさが強さを増して急速に迫ってくる。

と、直ぐ目の前に自分の様子を覗《のぞ》くようにしている優し気な印象の女の顔が現われた。三十を二つか三つ過ぎたあたりであろうか。いや、もう少し若いか。

「お気が付かれましたか」

澄んだ瑞瑞《みずみず》しい響きの声だった。優し気な女の印象に合っていた。なんだか母親のような温《ぬく》もりがある、と銀次郎は感じた。

「此処《ここ》は？」

「竜屋敷の奥座敷でございます。私《わたくし》が呼ばぬ限りは誰も参りませぬ。ゆっくりとお休みください」

「竜屋敷？……おお、駅家《うまや》『道造《みちぞう》』の山端《やまばた》様の竜屋敷か」

「左様《さよう》でございます」

「で、お前《めえ》さんは誰だえ。見たこともねえ顔だが」

弱弱しい喋《しゃべ》り様であったが、漸《ようや》く銀次郎のべらんめえ調が戻り出した。

「私《わたくし》のこの声に聞き覚えはございませぬか」

女はそう言うと、ふふっと微《かす》かな含み笑いを漏らして銀次郎の顔の上から、身を引いた。

「この声に？……はて」

「などと申されますと私《わたくし》は自信を失《な》くしてしまいまする。銀次郎様とこれ迄に交わした言葉は、ひと言やふた言ではございませぬのに」

「あ……」

「お気が付かれまして？」

「やや細めに流れている其方《そなた》の二重《ふたえ》の目……どことなくぞくりとする、その妖《あや》しい目配り」

「ふふっ。妖しい、などと言われたのは初めてでございます」

「伯父の配下にある黒鍬頭《くろくわがしら》の加河黒兵《かがわくろべえ》。そうだな」

「はい。黒兵でございまする」

「お前《めえ》、御役目中は絶対に、誰にも素顔を見せねえんじゃなかったのかえ」

「次席御目付**和泉長門守兼行**《いずみながとのかみかねゆき》様より御指示がございました。銀次郎様が傷ついたとの情報が齎《もたら》されたゆえ直ぐに大洲《おおず》へ引き返し、素顔のまま貴方様《あなたさま》に接して看病と身辺警護をするようにと」

「そうだったのかえ。私《あっし》が傷ついたってえのは誰が伯父へ？」

「むろんのこと〝黒鍬四国〟の棟梁《とうりょう》山端道造が配下の組織《もの》を動かしたのでござ

います」

「そうか……駅家『道造』にはすっかり世話を掛けちまったなあ。いや、掛け過ぎた。申し訳ねえ」

そこまで言って銀次郎はウッと呻《うめ》き顔を顰《しか》めた。左肩から右胸前にかけて針で刺されたような鋭い痛みが走ったのだ。

「痛みますか?」

「ひどくやられているのかえ。何がどうなったのか、さっぱり覚えちゃあいねえんだが……奴を、床滑《ゆかなめり》を倒した手応《てごた》えは今も確《しっか》りと両の手に残っちゃあいる……が、そのあとの事が」

「かなりの深手でしたけれど回復は順調でございます。床滑は間違いなく見事にお倒しになりました。銀次郎様が馬の背にしがみつくようにしてこの駅家『道造』まで戻ってこられた時は人馬ともに血まみれで、貴方様《あなたさま》の意識はすでになかったと兄、山端道造から聞かされました」

「黒兵《おまえ》と兄の道造とでは、どちらが上の立場なんでえ」

「私《わたくし》は全黒鍬を指揮できる立場におりまする」

「ほう、道理で伯父の指示がお前《めえ》に集中する筈《はず》だ。頭は切れそうだし、そのうえぞくりとくる程に妖しいからよ」

「また、ぞくりでございますか。いい加減に、およし下さりませ。毎日、命を賭けて御役目に邁進《まいしん》してございまする」

「すまねえ。まだ頭の片隅に床滑七四郎《なめしろう》と向き合った時の恐怖が残っているもんでよ……この銀次郎の面《つら》は強がっちゃあいるが、胸の内はまだガタガタと震えていやがる」

「傷がすっかり治るまではこうして私《わたくし》が付き添ってございますゆえ安心なされませ。この駅家の周辺の森や林の中にも、すでに二十名以上の黒鍬の者が集結して銀次郎様を見守ってございます」

「すまねえ。本当にすまねえ。黒鍬の存在は決して忘れねえよ。それにしてもお前《めえ》、江戸へと引き返す途中で伯父から〝銀次郎を看病して護れ〟の指示を受けたんだろう。一体《いってえ》どの辺《あた》りから大洲へ引き返して来たんでえ」

「そのようなこと余り気になさいませぬように。黒鍬の者は自分の動き方や居場所については、仲間にさえ安易に打ち明けたり致しませぬゆえ」

「そうか。うん、そうだな」

「早く治って伯父上様をご安心させておあげなさいませ」

黒兵はそう言うと、銀次郎の額にのせた濡《ぬ》れ手拭《てぬぐ》いをやさしい手つきで取り替えたあと、にっこりとした。激職で知られている黒鍬には、不似合《ふにあい》な笑みだった。

「続いていた高熱も、すっかり落ち着いて一昨日より微熱に下がりました。もう心配はございませんでしょう」

「馬の背にしがみついてこの駅家に戻って来てから、もう幾日になるんでぇ？」

「今日で十三日目でございます」

「なんと……」

銀次郎は自分が予想以上に長く昏睡《こんすい》していたと知って愕然《がくぜん》となった。

「そんなにも深手を負っていたのか」

「左肩から右胸前にかけて、ザックリと割られていらっしゃいました。白骨《しらほね》が僅《わず》かにですけれど覗《のぞ》くほどに」

「白骨が……」

銀次郎は思わず布団の中から救いを求めるかのようにして右手を黒兵の方へ差

し出した。その手が怯《おび》えていた。

「大丈夫ですよ。ここ大洲にも江戸に劣らぬ名医はおりまする。もう大丈夫。終ったのです。こうして私《わたくし》がお傍《そば》に付いておりまするから」

黒兵はそう言うと布団の中から出た銀次郎の手を取り、なんと驚愕すべき行為に出た。

上体を寝床の方へと少し傾けた黒兵は、銀次郎の手を自分の胸懐へと誘い入れたのだ。

銀次郎はびっくりして目を見張ったが、それはほんの一瞬のことで、温《あたた》かで豊かな黒兵の乳房に掌《てのひら》を押し当て、心地よさそうに目を閉じた。

「ゆったりとお眠りなさいませ」

「やわらかで大きな乳じゃあないか黒兵」

「母上様のことでも思い出されて、幼い頃の夢でも見ると気持がうんと安らかになりましょう」

「武家の母などというのは子離れが早くてよう。厳しいばかりで優しい思い出などは何一つないわさ。乳母は静かな優しい女であったが、只それだけの人だったい」

「母上様やその乳母様は？」

「すでに世を去っちまった。考えてみれば桜伊《さくらい》家などというのは厳しさばかりが目立つゴツゴツとした家柄でよう。黒鍬の者なら桜伊家の事情などは、とうの昔に把握しているんじゃねえのか」

「いいえ。黒鍬の者は指示命令された以外のことに関して勝手に動いたり調べたりは致しませぬ」

「そうかい……それにしても心地よい乳だわなあ。真《まこと》に大きくてやわらかだい。お前《めえ》の心の中へと掌《てのひら》が沈んでゆくみたいだぜ」

「自慢の乳でございます。これまで、夫《おっと》の他《ほか》には触れさせたことはございませぬ」

「おい、夫に知られたなら手打ちにされるかも知れねえぞ」

「言いませぬから」

「この銀次郎と黒兵だけの内緒事《ないしょごと》かえ」

「はい。二人の内緒事でございます」

「いいのかえ。二人だけの内緒事でよ」

「ふふ、かまいませぬ」

「有《あ》り難《がと》よ。眠《ねむ》うなってきやがった」

銀次郎は黒兵の乳を軽く撫《な》でるようにして手を引っ込め、寝床の中へと納めた。

「眠い……」

「お眠りなされませ。傷が早く治りましょう」

「うん」

銀次郎は眠りの世界へと心地よく落ち込んでいった。

早くも夢の足音が近付き始めた。

黒兵は静かに座敷から出て障子を閉じると、日当たりの良い広縁《ひろえん》に正座をした。

こうしてこの十三日間、銀次郎を護り続けてきた黒兵である。

(求めて下さるならば豊かに過ぎるこの躰《からだ》、差し上げましょうぞ銀次郎様……)

黒兵は豊かな胸の内で呟《つぶや》くと、口元にしとやかな笑みをそっと漂わせた。また
しても激職黒鍬には不似合な笑みであった。

銀次郎の掌《てのひら》の温かさが、まだ彼女の乳房に残っていた。

二

大坂——。

天王寺《てんのうじ》村の茶臼山《ちゃうすやま》を背にした庵寺《あんでら》（尼寺）月祥院《げっしょういん》を、大廻船問屋『鳴田屋』の主人《あるじ》番左右衛門の指示を受けた大番頭琢平《たくへい》が、小番頭市蔵《いちぞう》を従えて訪ねていた。

両人とも月祥院へは初めての訪れであった。

二人を庫裏《くり》の客座敷へと迎え入れたのは、むろんのこと院主《いんじゅ》の春節《しゅんせつ》である。

お互いに自己紹介を終えたあと、春節尼が先ず言った。

「この庵寺が出来あがってからというもの、番左右衛門殿からは陰《いん》に陽《よう》に手厚いご支援を頂戴《ちょうだい》して参りました。あまり公にされては困ると番左右衛門殿は仰せでございましたゆえ、一方的に頂戴するばかりでございましたが、今日のこの機会に心から御礼を申し上げたく存じます。真《まこと》に色色と有り難うございました」

そう言って綺麗《きれい》に深深と頭を下げる春節尼に、大番頭琢平も小番頭市蔵も戸惑った。

主人《あるじ》の番左右衛門が月祥院に対して陰に陽に手厚い支援をしていたなど、両人とも今日まで全く知らぬことであった。

「驚きましてございます。私共は主人《あるじ》が当院に対しまして陰に陽に手を差しのべていたなど全く存じ上げませんでした。びっくり致しましてございます」

「はい。本当に……」

小番頭も大きく目を見開いて、大番頭の言葉に合わせ二度三度と頷《うなず》いてみせた。

「矢張り御二人にとってはご存知なきことでございましたか。大番頭のお立場ならば恐らく番左右衛門様より耳打ち程度のことはされていると思うてございました」

「いいえ、本当に知らぬことでございました。しかしながら今日こうして大番頭の私と小番頭市蔵の二人が当院へ遣《つか》わされたということは、旦那様もそろそろ知られてもよいか、と思われていらっしゃるに相違ありません」

「ええ。私もそのように思います」

小番頭の市蔵がまた大番頭に歩調を合わせた。

「ところで大番頭殿……」

春節尼はそこで言葉を切ると、少し小首を傾《かし》げてまじまじと琢平の顔を見つめた。

「番左右衛門殿の指示で当院へ参られたことは判りましたけれど、どのような御用を背負うて参られたのですか。何ぞむつかしい大事《おおごと》でも生じたのでございましょうか」

「むつかしい大事《おおごと》などではございませぬ春節尼様」

「実は彩艶尼《さいえんに》様のことで参ったのでございます」

横合から小番頭の市蔵が口を挟んだが、琢平はべつに不快そうな様子は見せなかった。

春節尼は思わず眉間《みけん》に浅い皺《しわ》を刻んだ。一応は警戒したのであろう。

琢平が言った。にこやかであった。

「実は旦那様は、お孫様に当たります彩艶尼様を手元に引き取り、祖父として充分に面倒を見たい、と思われたようでございます。彩艶尼様およびそのお母様にあたる今は亡き高《こう》様の身辺で生じました色色な出来事につきましては大番頭の私も小番頭の市蔵も、全てではございませぬが大凡《おおよそ》については承知いたしておる積もりです」

「それは宜《よろ》しいが、番左右衛門殿が急に彩艶尼の面倒を見る気になったとは一体どういうことでございましょうか。余りに急なことなので却《かえ》って心配いたします」

「はい。春節尼様のご心配は無理もございません。お孫様（彩艶尼）に対しましてもお嬢様（高《こう》）に対しましても表向きそれはそれは厳しく冷ややかに接して来られた旦那様でございますから」

小番頭の市蔵が、琢平の言葉の後を継いだ。

「旦那様はきっと、お辛《つら》かったのだろうと思います。小番頭ごとき私にも判るような気が致すのでございます。我我店の者が全く知らぬ内に旦那様が当院へ何かと支援の手を差しのべていらっしたのは、本心は孫である彩艶尼様のことが心配で仕方がなかったからに相違ありません」

そのあと三人とも口を噤《つぐ》み、重い静けさがその場に暫《しばら》くの間のしかかった。

と、その重い静けさを破って不意に、鶯《うぐいす》が長い尾を引くようにして華麗なさえずりを三人に見舞った。

「おやまあ、今年はじめての鶯ですこと」

「私もはじめて耳に致しました。何と綺麗な」

「私もはじめてです。いよいよ春ですなあ」

「ええ、まことに春の訪れでございますこと……」

三人は微笑み、そしてまた静かになったが、その静けさは直ぐに琢平によって破られた。

「で、そのう、つまり旦那様は彩艶尼様を『鳴田屋』へ引き取りたいと仰《おっしゃ》っておられるのでございます。できれば今日にも私共と当院を立ちまして」

「まあ、何と強引なことでございましょう。いくら何でもいまこの場で用件を打ち明けられ、それを直ぐさま実行に移すなどは……」

「あ、いや、春節尼様。決してそのような積もりはございませぬ。旦那様からは、春節尼様の言い分には充分以上に耳を傾けて差し上げるように、と強く念押しされてございます」

「左様でございましたか。番左右衛門殿の当院への御支援には感謝しておりますゆえ、それを聞いてなお安心いたしました。して、彩艶尼を『鳴田屋』へ引き取り面倒を見てやりたいという番左右衛門殿のお気持は、何かを契機として持ち上がったのでしょうか。もし深い事情とかがあるのであれば、お聞かせ下さいませぬか」

「は、はあ……」

大番頭琢平はちょっと考える様子を見せたあと、同意を求めるかのようにして隣の小番頭市蔵と目を合わせた。

市蔵が小さく頷いてみせた。

大番頭琢平の視線が春節尼へと戻った。

「実は江戸のある御武家様の御意向が、旦那様を動かしたと思って戴ければお宜しいかと」

「その御武家様のお名前を差し支えなければ聞かせて下さいませぬでしょうか」

「店の日常を管理する私共とはいえ、そこまで知る立場ではございません。あくまで旦那様の胸の内の事でございますゆえ」

「若《も》しや江戸の御旗本で、桜伊銀次郎様と仰る御方ではないでしょうか」

「今も申し上げましたように、私共はそこまで知る立場ではございませんので」

「そうですか……」

春節尼は少し考える様子を見せていたが、

「彩艶尼と話してみまするゆえ、ほんの暫くお待ち下され大番頭殿」

「はい。それはもう……」

春節尼は、つと立ち上がって客間から出ていったがその表情には困惑の色があった。

この突然の申し入れが桜伊銀次郎の意向によるものであれば、彩艶尼の将来のため承知しても、という気持がなくもない春節尼だった。

三

大洲・竜屋敷（駅家『道造』）の奥座敷で療養していた銀次郎は、床滑七四郎を倒してから十六日目に、馬上の人となった。体の動かし様《よう》では、時に鋭い痛みが上体を貫くのであったが……。

銀次郎の判断で『ひっそりとした早朝の旅立ち』であったから、見送りのため駅家『道造』の門の外に出てきたのは主人《あるじ》の山端道造ひとりだった。

「大変世話になってしもうたのう。心から礼を言うぞ山端道造。伯父へは、其方《そなた》に大迷惑を掛けてしもうたことを具《つぶさ》に報告いたしておくゆえな。この黒龍《こくりゅう》も必ず此処へ戻す」

銀次郎はべらんめえ調を抑え、丁寧なゆっくりとした口調で伝え微笑んだ。

全身が真っ黒な大柄な馬、黒龍が早く駆け出したいと言わんばかりに、蹄で地面をカッカッと打った。

「大迷惑などとは露ほども思うてはおりませぬ。銀次郎様の此度《こたび》の予想以上の深手にはさすがに私も肝を冷やしましたが……」

「すまぬ。世の中が落ち着いたなら一度江戸へ出て参れ。旨い酒を酌み交わそうぞ」

「恐れ多いことでございます。が、黒鍬は表には出られませぬゆえ、お志《こころざし》だけ頂戴しておきまする。それよりも、江戸の方は落ち着きが戻っていましょうか。権力対権力の衝突は我我黒鍬の者が予想していた以上に地下に潜《もぐ》って深刻であったようでございますので」

「さあてな。そう簡単には落ち着くまいが、落ち着き始める方向へは動きつつある筈じゃ。しかし、この私が江戸へ戻ったなら、確かめて一つ一つ潰《つぶ》していかねばならぬ厄介事が、まだ両手で数えねばならぬほどに残っていよう」

「いつでもお呼びつけ下され。御役目として銀次郎様のお手伝いを表に出ずにさせて戴きまする」

「其方《そなた》の弟、早芝千吉を死なせてしもうて申し訳ない。許してくれい」

「何を申されます。弟はお役目の上で亡くなったのでございます。銀次郎様は床滑七四郎を深手を負いながらも見事に討《う》ち果たして、弟の敵《かたき》を討って下さいました。感謝いたします」

「大坂の月祥院と廻船問屋『鳴田屋』、それと江戸の伯父宛に認《したた》めた重要な書状、もう届いている頃かのう」

黒龍がまた急《せ》かすように蹄で地面を打ち鳴らした。

「はい。銀次郎様よりお預り致しました書状三通。それぞれ三名の黒鍬の手練《てだれ》を受領先へと走らせましたゆえ、すでに間違いなく届いてございましょう」

「うむ。馬が苛立《いらだ》っておるな。では、これでさらばじゃ道造。世話になった」

「お気を付けなされまして」

銀次郎は右手綱《たづな》を引くと、馬腹を軽く打った。

全身が黒艶《つや》で覆われた筋骨隆隆たる黒龍は、ひと鳴きするや待ちかねたように走り出した。

その姿が紅葉《もみじ》街道の彼方《かなた》に小さくなってゆくまで、山端道造は深深と腰を折って面《おもて》を上げなかった。

物凄《ものすご》い勢いで走る黒龍であったが、馬上の銀次郎は傷の痛みは感じなかった。

登り坂も下り坂も、黒龍の走りは素晴らしかった。

「この黒龍は海の荒波にも耐えられるよう鍛えてございます。平床の大き目な漁船ならば四本の脚を突っ張って、訳もなく瀬戸の速潮《はやしお》を渡り切りましょう。何処《どこ》まで使って戴いても結構ですゆえ、山陽道の適当な駅家に預けて下されば、間違いなく私の手元へ戻って来るようになっております。黒龍の疲れ具合を見計らって、銀次郎様がお決め下さりませ」

山端道造から今朝、そう言われていた銀次郎であったが、瀬戸の海を黒龍と共に渡る積もりのない彼であった。すぐれた馬であればあるほど危険な目には遭わせたくない、と銀次郎は思っていた。武士の、馬に対する愛情、というものである。

それよりも気になっているのは「今頃、黒兵はどの辺りに居るのであろうか……」であった。

傷口の心配が殆《ほとん》どなくなった十五日目、つまり昨日の朝、黒兵の姿は『道造』から忽然《こつぜん》と消えていた。黒鍬の頭《かしら》という黒兵の立場を考えれば「何処へ行ったのだ、何処へ消えたのだ……」などと山端道造にあたふたと訊《き》く態度などは見せられない。

「それにしても圧倒的な豊かさの、やわらかな心地よい乳であった……」

黒龍の全力襲歩《しゅうほ》(ほぼ競馬場での馬の全力疾走。分速千メートルくらい)に身を任せる銀次郎の口元に、満足そうな笑みがあった。決して邪《よこしま》なる笑みではなかった。彼は黒兵の豊かな乳に母親の温《あたた》かさを感じていた。とにかく『厳格』な思い出しかない実の母であったから、深手の痕《あと》の疼《うず》きさえも忘れさせてくれる黒兵の豊かな乳のぬくもりは、彼にとってはまさに夢物語だった。

一度も速さを緩めずに、どれくらい走ったであろうか。

紅葉街道が雲の影に覆われて、直ぐに明るさを取り戻した直後、銀次郎の表情が「お……」となった。

左手方向、竹林を通して恩ある再念寺の三門がそろりと見え出したからだ。

「どう……」

銀次郎は手綱を軽く引いて、黒龍の走りを絞った。

街道をほんの少し右へ折れて左へ曲がると、再念寺の三門前から下り切った参道の入口に、住職の円行《えんぎょう》和尚と小僧たちが立っているのを、銀次郎のすぐれた眼力は捉えた。

銀次郎は馬上で左手を上げてみせた。

小僧たちが手を振って応《こた》えた。

双方の間が縮まって、銀次郎の目は円行和尚の胸に大事そうに抱かれている一羽の鳩《はと》を認めた。

四

銀次郎は円行和尚や小僧たちの前で黒龍の歩みを止めると、馬上からひらりと身軽に降り立った。

「和尚様……」

円行和尚に向かって深深と頭を下げた銀次郎は暫《しばら》くの間、微動だにしなかった。

和尚は半歩前に出て銀次郎との間を詰め、彼の肩へにこやかに手をやった。

「さ、お楽になされ。馬の背は、傷に辛《つら》くはありませなんだかのう」

「はい……」

と応じながら面《おもて》を上げた銀次郎は、和尚の胸に抱かれている鳩を見つめて言葉を続けた。

「さては私がまたしても深手を負うたことは、この鳩が山端道造《やまばたみちぞう》の許《もと》を立って、和尚様に知らせてございましたな」

「山端道造殿は巧みに鳩や隼《はやぶさ》や鷹《たか》を操りなさる。近場への伝言手段としては鳩を、遠方へは空での格闘《かくとう》能力にすぐれる隼や鷹を放っているようじゃ」

「左様でございましたか」

「で、傷の具合は？……山端道造殿はあと四、五日、ゆっくりと養生《ようじょう》してほしかったようですぞ」

「はあ、何となくそのような様子でしたが、余り道造殿に甘えている訳にも参りませず、また傷の具合も思っていたよりは宜《よろ》しいので」

「それならばよかった。この円行もひと安心じゃ。道造のことゆえ、道中の必要と思われる『駅家』へは既に隼なりを飛ばしていることじゃろ。安心して行《ゆ》きなさるがよい」

「和尚様には本当に一方《ひとかた》ならぬ御世話になりました。深く感謝申し上げます」

銀次郎は円行和尚も、もしや黒鍬《くろくわ》組織の裏方の役目を担っているのでは、と思ったが口には出さなかった。

間諜の勤めにある者、あるいはその勤めにあるかも知れぬ者に対し、あれこれと問い質《ただ》すべきではないと思ったからだ。

「これ、知念《ちねん》や。例のものを銀次郎殿に」

円行和尚が傍に控えている小僧のひとりと顔を合わせて何やら促した。

「はい」と頷《うなず》いて銀次郎の前に進み寄った知念が、手にしていた風呂敷の小包みを差し出した。

「色色な場合に使える煎《せん》じ薬《ぐすり》や塗り薬《ぐすり》が何種類か入っております。お持ち下さい」

「これはすまぬな。江戸までの長旅、心強い。有り難う」

銀次郎は小僧の肩に軽く手を置いたあと、受け取った風呂敷包みを額に押し当てつつ和尚に頭を下げた。

「あたたかな御配慮、恐れ入ります。心から感謝申し上げます」

「いずれも大層よく効く薬じゃ。お役に立ちましょう」

「はい。心丈夫でございまする。和尚様、近いうち是非にも江戸へ御出かけ下され。幾日、幾十日であろうとも我が屋敷にお泊まり戴きとう存じます」

「はははっ。そのような機会が訪れるならば老《お》い先《さき》短い老僧にとって何より幸せなことじゃが……けれど我が身はこの四国より出ることがいささか難しい立場なのでな」

目を細め、にこやかに語る円行和尚だった。

(矢張りこの和尚も……黒鍬の者)

銀次郎は心の片隅でそう思い、下げていた面《おもて》を上げて和尚と目を合わせた。

「それでは和尚様。お名残《なごり》惜しいですが桜伊《さくらい》銀次郎、これにてお別れ申し上げます」

「うむ、お達者でのう」

「和尚様も……そして皆もな」

銀次郎はにこやかな小僧たちの顔をひとりひとり眺めて、頷いてみせた。

「またいつの日か御出《おいで》下さいまし銀次郎様。お待ち申し上げております」

銀次郎に風呂敷包みを手渡した小僧が、その面より笑みを消して真顔で言った。

「うむ、いつの日か必ず訪れようぞ。この美しい自然と、こまやかで温かな人情の里へのう」

そう言い残して、馬上の人となった銀次郎だった。馬は軽く蹄《ひづめ》を鳴らしたが、傷への疼《うず》きはなかった。

「次にこの里へ参られる時は、美しい嫁御《よめご》と仲良く御一緒が宜しい」

和尚が満面に笑みを広げて言い、小僧たちも明るく破顔した。

一瞬、脳裏に彩艶尼《さいえんに》の美しい顔を思い浮かべた銀次郎ではあったが、応《こた》えることなく馬腹を蹴った。

黒龍がひと鳴きして待ち構えていたかのように力強く走り出した。

和尚が笑みを鎮《しず》めて真剣な顔つきとなり、胸に抱いていた鳩の頭をひと撫でして呟《つぶや》いた。

「行くのじゃ、よいな」

和尚は鳩を放した。

黒龍のあとを追うようにして、鳩は力強くみるみる高度を上げていった。

小僧のひとりが、遠ざかってゆく鳩を目で追いながら言った。

「和尚様。銀次郎様は今宵《こよい》は何処の宿へお泊まりになるのでしょうね」

「さあてのう……何事も起こらぬ穏やかな旅であればよいのじゃが」

小さな点となっていく鳩を見送る和尚の表情は不安気であった。

五

『人情』も『自然』も寛《ひろ》くて美しい城下町大洲《おおず》の北方肘川《ひじかわ》の河口に位置する長浜の漁村へ、銀次郎は黒龍で勢いよく乗り入れた。

すると網元《あみもと》の住居《すまい》らしい大きな切妻屋根に庇《ひさし》をつけた『大和棟《やまとむね》』の向こう路地から、バラバラと四、五人の男たちが現われた。

その現われ様《よう》に明らかに〝険〟が無かったため、そしてまた彼らの身形《みなり》が質素な網子《あみこ》風であったため、銀次郎はべつだん身構えることなく馬の背から軽やかに降り立った。

全力疾走を続けてきた黒龍は、まだ走りが足らぬ、とでも言いたげに、鼻先をブルルッと鳴らして首を上下に振り蹄で地を打った。

「どう……どう……着いたのだ。もうよいぞ」

銀次郎は苦笑しつつ手綱を絞った。

網子風の男たちが銀次郎の傍に集まってきた。

いずれも日焼けした屈強な印象の男たちだ。

網子とは、漁業主である網元（網主とも）と親子関係（労使関係）にある中下層漁民たちのことである。

網元の網とは網漁業を指しており、地元の有力者が網元となる個人経営のほか、総百姓共同体である網組の共同経営も存在したようだ。

「馬をお預かり致しますだ」

網子風のひとり――年輩の――が腰を曲げて言った。挨拶も何も無しであった。余計な言葉は吐かないようにしているかのように。

が、態度は他の者も皆そろって、慇懃《いんぎん》だった。

銀次郎は黙って頷き、手綱を年輩の網子風の手に預けた。

このとき頭の禿《は》げたきちんとした身形の大柄な老人――明らかに六十を超えていると判《わか》る――が、『大和棟』の玄関からあたふたとした様子で現われた。

「これはどうも大変失礼を致しました。再念寺の和尚様から届きました連絡では、あと一刻《いっとき》半ほどは掛かろうかと思うてございました。申し訳ございませぬ」

円行和尚からの鳩連絡（伝書鳩）だな、と銀次郎には判ったが口には出さず、笑顔で応じた。

「網元殿か？」

「はい、内海屋《うつみや》甚四郎《じんしろう》と申します。色色と御手伝いをさせて下さりませ」

「世話になる。宜しく頼む」

「手綱を引いて厩《うまや》の方へ行っております連中は、網子たちでございます。安心して何でも命じて下さって宜しゅうございます」

「瀬戸内を渡って何時《いつ》だったかこの長浜へ着いた時は、網元殿には出会わなかったのう」

「私《わたくし》ごときが勝手に銀次郎様に近付くなど、恐れ多いことでございまする。定められた刻限にどなた様とお会いするかについては、きちんと連絡して下さる御《お》方《かた》がいらっしゃいまして、それに従ってございます」

「左様か……」

と答えた銀次郎は、この網元も黒鍬の支配下にあるのかも知れぬと思ったから口を噤《つぐ》み、『大和棟』の向こう角を左へ折れようとする網子たちの背を黙って見送った。

網元と網子たちとの水揚高の分配は、時代により地域により違い（差）があるのは当然だが、概《おおむ》ね**五分五分**が原則であったようだ。しかし水揚高に対して網元は一人で五分取りであり、網子たちは複数で残り半分を分ける訳であるから、網子間の分配は矢張り力関係（立場関係）で取り分が決まったらしい。

「さ、銀次郎様、荒屋《あれや》でございますが海を眺める客間でゆっくりと体をお休め下され。明朝早くに船を出す用意はすでに調《ととの》えてございますゆえ」

「いや、網元殿。ゆっくりはしておれぬ。これより直《ただ》ちに瀬戸の海を渡りたいのだが」

「えっ、これからでございますか。今日はこれより風が強まり、海は少し荒れ、潮の流れも速まりましょう」

「困難だと申すか」

「いいえ。我我にとっては、どうと言うことはありませぬが、大事な銀次郎様のお体に万が一のことがあってはなりませぬゆえ、網元としては明日の朝立ちをお勧め致します」

「漁師たちにとって、どうと言うことがないのであれば、これより直ぐに船立ちを調えてくれぬか。私は泳ぎも達者ゆえ、心配はいらぬ。再念寺の円行和尚と大洲の駅家『道造』へは、銀次郎はこれより海を渡る、と鳩を飛ばしてくれ」

「そこまで仰《おっしゃ》いますならば、はい。承知致しました」

網元、内海屋甚四郎は困惑《こんわく》の色を顔に浮かべつつ頷くと、網子たちの後を追うようにして小駆けに離れていった。

このとき、銀次郎は、東方の空に黒い小さな点を認めて、「お……」という表情になった。

その黒点はみるみる近付いてくるや、急降下するかのように網元の『大和棟』の向こう大屋根に突っ込んだ。鳩であった。『大和棟』の大屋敷の下あたりにでも、帰巣に備えた鳩の塒《ねぐら》が設けてあるのだろうか。

鳩が急降下することは余りない、という銀次郎のこれまでの常識が破られた光景だった。

「何ぞ急な報告が、何処ぞより齎《もたら》されたか……」

と呟く銀次郎の胸の内で、不吉な思いが急速に膨らんでいった。

『伝書鳩』の歴史は世界的にも相当に古く、ローマ帝国は戦闘情況の連絡用として鳩を常用していたと伝えられており、また古代オリンピックでは優勝者を知らせるため、各ポリス（古代ギリシャの都市国家）の間で鳩が飛ばされていたという。古くエジプトにおいては、漁師たちが大漁《たいりょう》か不漁かを鳩を陸へ飛ばして知らせたこともあったようだ。

では、どのような鳩でもよかったのか、というと決してそうではないらしく矢張り、帰巣に不可欠な方向判断能力（つまり帰巣能力）、長距離飛行のための体力（耐飛行性）、飼育の容易性（人に忠実）、などが大事とされたようだ。

そのため、ハト目ハト科のカワラバトが最も優秀と言われてきたらしいが、その後それを更に超えるすぐれた鳩が登場しているのかどうか、筆者は知らない。

『大和棟』の向こう角から現われた内海屋甚四郎が、堅い表情で銀次郎のそばへ小駆けに戻ってきた。

「銀次郎様……」

太り気味で大柄な年寄りには小駆けがいささかこたえたのか、そこで言葉を切ってひと息ついた。

銀次郎を見る内海屋甚四郎の顔から、困惑の色が消えていなかった。これから海へ漕《こ》ぎ出すのは、銀次郎にとっては危険が大き過ぎるのであろうか。

六

ほぼ同じ刻限の大江戸八百八町——。

空には小さな浮雲の一つもなく青く澄みわたり、町町は活気に満ちて賑《にぎ》わい、職人たちは勢いにあふれ、『旗本八万通《はたもとはちまんどおり》』に面してずらりと立ち並ぶ名の知れた大身《たいしん》旗本邸も、どことなく落ち着いた和《なご》やかな空気に覆われていた。

それは大きな騒動を抑《おさ》え鎮《しず》めることに成功したあとの、なんとも名状し難い甘く気怠《けだる》い安堵《あんど》にどことなく似通《にかよ》っているかに思われた。

桜伊銀次郎の伯父、次席目付千五百石和泉長門守兼行《いずみながとのかみかねゆき》もこの日、上機嫌で下城しようとしていた。

大目付・目付連合の重要会議、『確かな成果の再確認』を実に和やかな雰囲気の中で終えることが出来たからだ。

激論の一つもない会議だった。

「長門守殿。今日は真《まこと》に心安らぐ会議で終始し、宜しゅうござったな」

会議に用いた広間から大目付や目付たちが『床の間』に向かって一礼し次次と下《さ》がっていくなか、和泉長門守と並んで座っていた首席目付千八百石本堂近江守《ほんどうおうみのかみ》良次《よしつぐ》が、目を細めホッとした表情で声低く言った。

「まことに。凝《こ》り固《かた》まっていた肩から、すうっと力が脱けていくような気分です」

和泉長門守もにこやかに小声で応じたあと、『床の間』に一礼し、こちらへも軽く頭を下げた若い目付二人に小さな頷きを返した。

大目付・目付連合の会議はいつの場合も、『床の間』を背にして幼い上様が着座していらっしゃると想定として、実施されてきた。

したがって、この連合会議を差配する立場にある首席大目付二千六百七十石中川淡路守成慶《なかがわあわじのかみなるよし》も、『床の間』を背にして座ることはない。

連合会議においては『床の間』はつまり『上様』なのであった。これが絶対原則の連合会議であったから、出席者は位《くらい》や立場を余り気にすることなく向き合って座った。比較的自由な空気のなか。

これは、礼儀や作法には極めて厳しくとも、偉い、偉くない、について比較的開放的な考えを有する首席大目付中川淡路守の性格が影響していた。

「さて、近江守殿。我我《われわれ》もそろそろ腰を上げませぬか」

「そうですな。ところで今宵、空《あ》いてはおりませぬか長門守殿」

「さぁて、帰ってみると何やら用事が待ち構えていることの多い私ですが、今この場においては、難しい事は恐らく待ち構えておらぬと言えましょう……で、何か？」

「いやなに。私も長門守殿も大の酒好き。実は下《くだ》り酒《もの》の極上が手に入りましてな」

「おお、それは聞き捨てなりませぬなあ。目の前がくらくら致しまするよ」

「ははは、そう仰るであろうと思った。では、日が沈む少し前にでも我が屋敷へ御出なされ。淡路島の名物、蛸《たこ》の干物《ひもの》も用意致しておきまするゆえ」

「こ、これは一層たまりませぬ。はい、必ずお訪ねさせて戴きましょう」

「幕政を揺るがした恐るべき事態が著しく好転したことにより、大目付・目付連合の評価は著しく高まり、幼いながらも英邁《えいまい》なる上様からお喜びの言葉を戴いた。

しかし油断はなりませぬぞ長門守殿」

「むろんです」

「まだ、掃除し残した何やかやがあちらこちらに見え隠れ致してござる。それゆえ必ず、日暮れ時の道は腕達者な御家来を従えて御出下《おいで》され」

「承りました。有り難うございまする」

「それでは、お待ち申し上げますゆえ……」

近江守はそう言った後に「うん……」と頷きにっこりとすると、勢いよく立ち上がって先に広間から出ていった。

和泉長門守は腕組みをした。それまでの笑みが顔から消えていた。

(近江守様が申されたように、確かに掃除し残した何やかやがこの大江戸のあちらこちらに隠れている……いや、大江戸だけの問題ではない。西の各地も、あと一掃除《ひとそうじ》も二掃除《ふたそうじ》も必要じゃ)

長門守は溜息《ためいき》を漏らすと、ゆっくりと立ち上がった。「しかし油断はなりませぬぞ長門守殿」と言った近江守の言葉が耳の奥から容易に消えなかった。

七

首席目付本堂近江守は和泉長門守より一足先に下城すると、待ち構えていた家臣（侍）五名、若党（両刀を許された）三名、そして槍持、挟箱持、草履取、馬の口取ら十四名を従えて馬上の人となった。

この一行十四名が本堂近江守の、登下城を常に構成しているものであった。なかでも家臣の小下《こした》鎌之助《かまのすけ》と菱田《ひしだ》竹五郎《たけごろう》の二人は小野派一刀流の達者として旗本諸家の間に広く知られている。

本堂近江守も目付の首席という立場にふさわしく小野派一刀流をなかなか使うのであったが、小下・菱田両名の腕には、遠く及ばなかった。それだけに近江守の両名に対する信頼感は殊《こと》の外《ほか》厚い。

小下鎌之助は三十五歳、菱田竹五郎は二十六歳である。

「殿……恐れながら」

暫くの間、粛粛《しゅくしゅく》と進んでいた一行であったが、馬の左側に張り付いていた小下鎌之助が、馬上の近江守を思い出したように見上げて遠慮がちに声を掛けた。

「ん?……なんじゃ」

近江守は前方を見たまま応じた。余程のことがない限り、下城したばかりの馬上の殿には家臣は声を掛けない。その作法については小下鎌之助は充分に心得ている。

が、馬上の殿を見上げて声を掛けた小下鎌之助の表情は極めて明るかった。

それは殿の――近江守の表情がいつになく上機嫌に見えたからだった。

「今日は殿のお疲れが一気に消えたように感じられまする。このところ、御心労がひどいようでございましたゆえ、我ら供の者、案じておりました」

「うむ……辛《つら》い考え事が、あれもこれもと山積みであったからのう。この私だけが疲れていた訳ではない。大目付の皆様も目付の諸氏も、くたくたであったわ。しかし漸《ようや》く……峠は越えた。もう、これまで程の心配はない」

「それは宜しゅうございました。安堵いたしました」

さわやかな印象で応じる小下鎌之助は、本堂家の家臣たちに剣術を指南する立場にあった。二十六歳の若さで小野派一刀流を極めた菱田竹五郎も、小下鎌之助の厳しい指導があったればこそである。

近江守が言った。

「鎌之助よ。今日は久し振りに『二言神社《ふたことじんじゃ》』にお参りしてから帰ろうではないか。あの神社は私の頼みを実によく聞いて下された」

「承知いたしました。この先の林を左へ入れば間《ま》もなく神社の階段でございますゆえ」

「うむ……」

『二言神社《ふたことじんじゃ》』は闘いの神として古くから腕自慢の武士たちに崇《あが》められてきた。

『二言《ふたこと》』の謂《いわ》れも神社の創祠《そうし》がいつの時代かもはっきりとはしていないが、信心深い武士の願いはよく聞き入れて下さると長く信じられてきた。

その一方で、他人の悪口を捏造《ねつぞう》し言い触《ふ》らす者、いやしい謀《はかりごと》を企《たくら》む者、目的をもって盗《ぬす》み聞《ぎ》き（盗聴）に執着する者、女性《おんな》を暴力で支配しようとする者、などには必ず厳罰が下され、やがて『切腹』、『斬首』、『お家取潰《とりつぶ》し』、などが訪れると伝えられている。その意味では、武士にとって怖い神社でもあった。

ゆるやかに左へと曲がりつつある通りの前方に、深い森が見えてきた。

『二言神社』の森であった。

「竹五郎……」

と小下鎌之助が、馬の右側に張り付いている菱田竹五郎に声を掛けた。

「承知いたしました」

菱田竹五郎は、両刀を許されている若党一人を促すや駆け出した。まさに阿吽《あうん》の呼吸であった。『二言神社』の広い境内に〝異常〟が存在していないかどうか、確認のために走り出したのだ。

馬上の近江守が小下鎌之助に穏やかに訊ねた。

「近頃の竹五郎の剣はどうじゃな。鎌之助《そなた》にはまだ敵《かな》わぬか」

「竹五郎は実に頼もしくなりましてございまする。三本立ち合えば一本は必ず取られまする。こちらの調子が奮《ふる》わぬ時などは、立て続けに二本を取られることもございます」

「次席目付和泉長門守殿の甥御《おいご》に桜伊銀次郎という若いが凄腕の剣客がいることは存じておろう」

「はい、むろん存じ上げてございまする。立ち合ったことは一度もございませぬが、激烈な剣法だという噂は耳にしてございます」

「屋敷に招く機会があらば一度立ち合うてみてはどうじゃ」

「はあ、立ち合うてみたい気持はございます。しかし正直申せば、とても歯が立たぬのではないかと思いまする」

「お前が歯が立たぬ、ということか？」

「申し訳ございませぬ。私はまだ**死心剣**《ししんけん》を会得《えとく》する境地には至ってはおりませぬゆえ」

「**死心剣**《ししんけん》？　はて、耳にせぬ言葉じゃな」

「はい。相手がどれほど強くとも、ひとたび剣を抜いて向き合えばその瞬間死への恐れが全く消えてしまう凄まじいばかりの精神力、とでも申しましょうか」

「桜伊銀次郎の剣はつまり、それ程の剣であるという噂なのだな」

「単なる噂ではございませぬ。時に私や竹五郎が修行のために訪れる江戸市中の名のある道場では当たり前のように言われてございます」

「う、うむ。和泉長門守殿はよい甥御を持たれたものじゃ。羨ましいわい」

近江守が口元に笑みを漂わせてそう言った時であった。『二言神社』の森から

「ぐわっ」という凄まじい悲鳴が伝わってきた。まるで断末摩のごとき。

八

馬上の本堂近江守《ほんどうおうみのかみ》が殆《ほと》ど反射的に、小下鎌之助《こしたかまのすけ》に口調鋭く言い放った。

「見て参れ。早くっ」

「はっ」

と応じた鎌之助は「皆、殿（近江守）の御身まわりを厳重に……」と言い残しざま、脱兎《だっと》の如く駆け出した。

再び『二言神社《ふたことじんじゃ》』の森の方から、悲鳴が聞こえてきた。

（あれは竹五郎の……）

間違いない、と捉えた鎌之助は「おのれえっ」と抜刀し、雪駄《せった》を脱ぎ飛ばして走った。走りながら、己れの背すじで恐怖が音を立て始めているのが判った。自分と三本立ち合えば時により二本を奪《と》るほど剣を磨《みが》きあげてきた竹五郎の悲鳴が聞こえてきたのだ。只事《ただごと》ではない。

鎌之助は、秋には紅葉で真っ赤に染まる林の角を全速力のまま左へ曲がり、その勢いを落とさず石段を駆け上がった。

三十五段をそれこそ一気に駆け上がって小高い神社の境内に踏み入った鎌之助は「よせええっ」と絶叫した。

地面に仰向けに倒れた竹五郎に対し、身形《みなり》調った侍が今まさに止《とど》めを刺そうとしていた。

その竹五郎の右腕と判るものが刀を手にしたまま、鎌之助の目の先に転がっている。体から切り飛ばされたことが余程に悔《くや》しいのか、刀の柄《つか》を握る五本の指が、ぬめぬめと開いたり閉じたりを繰り返しているではないか。

竹五郎に付き従った若党《わかとう》は右肩を割られて激しく血を噴き出し、微動もせず横向きに倒れ、くわっと目を見開いている。

鎌之助は「貴様、なに者……」と眦《まなじり》を吊り上げ、刺客に烈しく突入した。

その烈しさに、竹五郎に止《とど》めを刺そうとしていた刺客は、諦《あきら》めてフワリと二間《けん》ばかりを飛び退《さ》がった。

驚くべき身の軽さだ。しかし激昂《げきこう》している鎌之助は相手のその身の軽さを、尋《じん》常《じょう》ではない、とまで思い至らなかった。それどころか、刺客の面相さえも確《しっか》りと目の奥に叩き込んでいなかった。余りのことに彼は確かに、身震いに見舞われるほど動揺していた。

「竹五郎……竹五郎……俺だ。鎌之助だ」

朱に染まってゆく無言の竹五郎の脇に立って、鎌之助は金切《かなき》り声《ごえ》で叫んだ。切っ先は刺客に向けてはいたが、視線は血の海の中へと〝沈んで〟ゆく竹五郎に釘付けだった。

その間に刺客は更に位置を退け、そして刀を鞘《さや》に納めた。せせら笑いながら。

鎌之助は、それにさえも気付かない。

刺客は身を翻し、社《やしろ》の後背を埋め尽くしている鬱蒼《うっそう》たる森の中へと消え去った。

「こ……小下……さん」

血まみれの竹五郎が声をふり絞ったのは、このときだった。

その消え入りそうな声で鎌之助は、なさけないことに刺客が姿を消していることに気付いた。

「竹五郎、頑張れ。いま医者へ連れていってやるぞ」

ぶるぶる震える手で刀を鞘に戻した鎌之助は、着ている羽織を慌てふためきながら脱ぐや、袂《たもと》を力任せに引き裂いた。

「死ぬな。頑張れ」

鎌之助は自分の叫び声が全く聴き取れない混乱の中で、竹五郎の肘から上に引き裂いた袂を、ぐるぐると巻きつけて縛った。

だが、白骨《しらぼね》を覗《のぞ》かせている肘口からの、あふれかえるような出血は鎮《しず》まらない。

「くそっ」

鎌之助は絶望感に見舞われながら、若党の傍《そば》へ駆け寄った。

が、呼吸をしていないことは、手首や首すじに手を触れるまでもなく判った。

「すまぬ。許してくれ。俺自身が先ずこの境内に立ち入るべきだった……」

早口で若党の骸《むくろ》に詫びて短い合掌を済ませた鎌之助が、竹五郎の傍に引き返して片膝をついてみると、すでに竹五郎は呼吸《いき》を止めていた。

「何故《なぜ》だ。何故彼奴《あやつ》はこの場にいたのだ……」

鎌之助は呻《うめ》くように呟《つぶや》いて腰をあげ、辺《あた》りを見まわした。どう考えても、待ち構えていた、としか思えない惨事であった。若《も》し待ち構えていたということならば、本堂近江守の一行《いっこう》の『三言神社』参拝が、予測されていた――刺客に――ということになる。

「竹五郎、直《す》ぐ戻る。少し待っていてくれ」

鎌之助が合掌をして、階段の降り口まで来た時であった。

今度は近江守一行が待機している方向から、「うわっ」「ぎゃっ」という叫びが続け様に聞こえてきた。

「しまった」

とばかり鎌之助は韋駄天《いだてん》の如く階段を駆け下りるや、表通りへ飛び出した。

更なる衝撃が鎌之助を見舞った。

本堂近江守の一行《いっこう》に身形よい刺客二人――たったの二人――が、襲い掛かった瞬間だった。

通りを往《い》き来《き》する人人が、驚き叫んで逃げ惑《まど》っている。

ひとりの刺客が供侍と若党を、子供をあしらうかのように鋭い太刀《たち》まわしで叩き斬った。

圧倒的な力量の差だった。手練《てだれ》の剣法だ。

べつの刺客が馬上の近江守に迫り、若党が主人《あるじ》の盾《たて》となって刀を激しく振り回した。が、悲しいかな、まるで剣術の業《わざ》には程遠い。

「貴様らあっ」

鎌之助はそれこそ火の玉となって、今まさに主人《あるじ》に迫ろうとする刺客にぶつかっていった。

刺客が盾となっている若党を一刀のもとに斬り倒し、三歩踏み込んで馬上の近江守の左脚を払った。

同時に其奴《そやつ》の背中を、鎌之助の大刀が渾身《こんしん》の力で刺し貫いた。

「うおっ」と叫び、のけ反る刺客。

近江守が声もなく馬上から落下。馬が後ろ脚で棒立ちとなり、甲高《かんだか》くいなないた。

鎌之助は、のけ反った刺客の背中を、矢継ぎ早に二度、三度と夢中で刺し貫き、思い切り蹴り飛ばした。殆ど自分が見えていなかった。半狂乱に近かった。

もう一方の刺客に対し、供侍と従者(足軽)たちが大声を発しながら総力で当たっている。が、いずれもへっぴり腰だ。

馬が騒乱現場から七、八間《けん》を逃げ離れた。

「殿っ……」

鎌之助は馬上から落下して苦悶《くもん》する主人《あるじ》の背を起こし、我が脚を添えて支えた。

「ふ、不覚……あ、脚を斬られた」

「浅手でございまする。お気を確かに」

「彼奴《あやつ》を……あ彼奴を殺してはならぬ。生け捕り……生け捕りにせよ」

「はっ……皆、其奴《そやつ》は殺してはならぬ。手足を狙って捕縛《ほばく》いたせ」

鎌之助は、へっぴり腰の供侍らに向けて怒鳴りつけるや、刀を鞘に納めて手指二本を口に入れ、鋭く口笛を鳴らした。

馬は日頃から近江守によく懐《なつ》き、鎌之助も厩《うまや》の者《もの》以上に熱心に面倒を見てやっている。

馬が恐る恐るの様子を見せつつ、主人《あるじ》と鎌之助の傍《そば》にやってきた。

（これはかなりの深手……）

主人《あるじ》の脚を見て直ぐにそう判断した鎌之助は、この場での手当よりも、外科手術で知られた湯島天神下の蘭医**芳岡北善**《よしおかほくぜん》宅へ運び込むことを決断したのだった。

幸いなことに、此処から湯島天神下までは遠くない。

「殿、しばし御辛棒下され」

そう告げるや鎌之助は、主人を抱《だ》き支《ささ》えるようにして馬上に載せ、自分もひらりと主人《あるじ》の背後に跨《また》がった。

「それっ」

鎌之助が馬腹を鐙《あぶみ》で打つや、馬は主人《あるじ》の危機を察したのかどうか、ひと声いないて力強く駆け出した。

（すまぬ……）

と、鎌之助は胸の内で詫びた。殺傷された者を現場に残して、平気でおれる筈がない鎌之助の性格だった。

九

首席目付本堂近江守より遅れて下城した次席目付和泉長門守《いずみながとのかみ》は、城中での大目付・目付連合の会議を、議論の一つもなく和《なご》やかに終えることが出来て、上機嫌で屋敷へと戻った。

玄関式台まで夫を出迎えた教養人であり苦労人でもある妻夏江《なつえ》は、夫が差し出した大小刀を胸懐に抱《いだ》くように受け取ると、にっこりと目を細めた。

「今日は憑《つ》き物《もの》が落ちたかのように、爽《さわ》やかな御表情でいらっしゃいますこと。いつもと比べ嘘のようでございます。お城にて何ぞ良いことでもございましたのでしょうか」

「矢張りそう見えるか夏江」

「はい」

二人は日が差し込んで明るい長い廊下を、揃って奥の書院へと向かった。

「大きな難題がどうやら山を越した。今日のところは、それしか言えぬが、肩の荷を下ろしたことは確かじゃ」

「それは宜《よろ》しゅうございました。では西の国国へと出向きました銀次郎殿の帰参も早まりましょうね」

「うむ。銀次郎は大仕事をやり遂げた。あれこれと一つ一つ詳しく言う訳には参らぬが、やり残しの雑用のようなものを片付ければ、はれやかな表情で戻って来よう」

「銀次郎殿は遠い国にあって、病気や怪我はしなかったのでございましょうね、あなた」

「ん？……うむ……ま、大きな御役目を背負うての旅だったのじゃ。切り傷の一つや二つくらいは負《う》けておろう。が、あれは只者ではない。野性的一面のある剣士ゆえ、傷つけば傷ついただけ、更に野性に磨《みが》きがかかろう」

「ま……」

夏江は夫を軽く睨《にら》みつけたあと、苦笑した。

深く日が差し込んでいる明るい書院が、二人を迎えた。

長門守が思い出したように言った。

「そうじゃ夏江。今宵《こよい》は夕餉《ゆうげ》はいらぬ。公の席などでは余り呑まぬ私を本堂近江守殿が今宵、屋敷へ招いて下さっておるのだ。とびきり旨い酒がある、とのことでな」

「あら、それなら手ぶらで、という訳にも参りませぬ。何ぞ手土産を……」

「私は酒好きを余り公にはしておらぬが、近江守殿は私以上の酒豪じゃ。本堂家にあるとかの旨い酒以上に旨い酒は、我家《うち》にはなかったかのう」

「そのように都合のよい御酒《ごしゅ》などございませぬ。甘い物ならば、先日湯島天神へお参り致しました際に菊坂の『富士むら』へ立ち寄り、羊羹《ようかん》を買い求めたのが、そっくりございますけれど」

「おお、本郷菊坂『富士むら』の羊羹《ようかん》のう。あれは美味《おい》しいな」

「きちんとした箱詰めでございますゆえ、手土産として決して貧相ではございませぬ。近江守様の奥方様にいかがかと……」

「うん、それでよい。それを風呂敷で丁寧に包んでな」

「承知いたしました」

そこで漸《ようや》く夏江は夫の大小刀を刀掛けに掛けてホッと安らぎの表情を見せたのであったが、突如その安らぎを破るかのような慌ただしい足音が廊下を伝わってきた。その者の尋常でない狼狽《ろうばい》ぶりが判るかのような、乱れた足音だ。

「一体何事でございましょう」

夏江が眉をひそめて広縁に出、長門守は万が一に備えて床の間に歩み寄り、妻が刀掛けに横たえたばかりの大刀に手を伸ばした。

さすが柳生新陰流《やぎゅうしんかげりゅう》に達者の長門守であった。油断がない。

広縁の向こう角から息急《いきせ》き切って現われたのは、和泉家の用人**山澤真之助**《やまさわしんのすけ》だった。

「お、奥方様。い、一大事でございまする」

そう言うなり白髪が目立ち出した初老の山澤真之助は、夏江の前にペタリと座り込んでしまった。

「落ち着きなされ。日頃冷静な其方《そなた》が何事です」

と、夏江が穏やかな口調で叱り、

「どうしたのじゃ山澤」

と、大刀を左の手にした長門守が、ヌッと広縁に姿を見せ、夏江と並んだ。

「あ、と、殿。大変でございます。只今、本堂近江守良次《よしつぐ》様の用人**山根仁右衛門**《やまねじんえもん》殿が近習《きんじゅう》の者と来訪なされ、近江守様が……近江守……うぐっ」

余程の衝撃を受けたのであろう用人山澤真之助は己れの言葉で息を詰まらせ白目を剝《む》いてしまった。現代《いま》で言う過呼吸とかであろうか。

「落ち着け山澤。息をゆっくりと深く静かに吸い込んでから話せ」

「も、申し訳ございません。大丈夫でございまする。殿、下城して屋敷へ戻る途中の本堂近江守様が、『二言神社』の階段付近で刺客に襲われ、深手を負われましてございまする」

「な、なにいっ」

「ええっ」

長門守と夏江の顔から、サアッと血の気が失《う》せていった。

「で、近江守殿は何処におられるのか。屋敷か？」

「いいえ、湯島天神下の外科で有名な蘭医**芳岡北善先生**宅へ運び込まれたとのことでございます」

「で、此処《ここ》へ知らせに参った用人と近習の者は？」

「私に対し話し終えるや、真っ青な顔をして湯島へ向け駆け出して行きました。この二人は、今日は留守居の立場だったようでございまする」

「山澤、馬の用意を致せ。三頭じゃ。仁平次《にへいじ》と仁治郎《じんじろう》に供をするように伝えよ」

「畏《かしこ》まりました」

「家臣たちには広めるな。動揺が生じてはまずい」

「心得てございます」

「よし、行《ゆ》けい」

用人山澤は身を翻すようにして、広縁を引き返していった。

長門守の口から出た仁平次と仁治郎の二人に関して、ここで改めて述べておかねばなるまい。

仁平次とは、和泉家の次席用人高槻左之助《たかつきさのすけ》（四十八歳）の嫡男（二十三歳）で、今枝流剣法目録の腕前である。父親の左之助も今枝流剣法を相当にやる。

仁平次は五尺一寸と極めて小柄であったが、その小柄を生かした敵の下肢を狙っての鋭い抜刀術は、余程の練士でないと避け切れない。

もう一人、仁治郎は、姓を室瀬《むろせ》と称し、長門守の近習の職にあって念流の皆伝者であった。『無構《むがまえ》』と称する奥の深い美しい構えから、一気に相手の眉間を狙い討ちする激烈剣を放つことを得意としている。

万全の身形を調えた長門守が夏江をともなって玄関式台を出ると、表御門の内側に高槻仁平次と室瀬仁治郎がすでに馬三頭を揃えて待機していた。

そのまわりに、用人の山澤と門衛二人の他は、家臣の誰もいなかった。こういう点、用人山澤はあざやかに気配りを利《き》かせる。気配りにすぐれる人物は、一方で心寛《ひろ》く優しくもある。

長門守は仁平次、仁治郎と目を合わせて小さく頷くと、口元をギュッと引き締め身軽に馬上の人となった。

続いて仁平次と仁治郎が馴《な》れた敏捷《びんしょう》な動きで、馬に跨《また》がった。

「山澤……」

長門守に声低く呼ばれて用人山澤は、「はっ」と主人《あるじ》の馬の脇まで歩み寄った。

「首席目付本堂近江守殿が襲われて深手を負ったということは、容易ならざる事態と捉えねばならぬ。次席目付のこの屋敷もいつ不意討ちを喰らうか判らぬ。私の留守中、家臣全員、決して気を抜かぬよう引き締めよ。但し、此度の事件はまだ公にしてはならぬ」

「心得てございます」

「それから夏江……」

と、長門守は手綱をツンと軽く引いて、玄関式台に佇《たたず》んでいる夏江に馬を寄せていった。

「今日只今より長めの懐剣を懐に備えよ。よいな」

「はい。仰せのように致します」

「私は場合によっては、湯島の芳岡北善先生を訪ねたあと、幕府要人の方方を訪ねることになるやも知れぬ。今宵はおそらく帰れぬであろう」

「どうか夜道、くれぐれもお気を付けなされまして……」

「うむ」

頷いた長門守は馬首を戻して、「静かに開《あ》けよ」と用人山澤に命じた。

「はっ」と声低く応じた山澤が、こちらを見ている門衛二人を見比べるようにして目を合わせてから、「音を立てぬように」と告げた。

門衛二人が、落ち着いた動きで両開きの表御門をゆっくりと内側へ引き開けた。日頃の手入れがよいのであろうか。殆ど音を立てない。

「行くぞ」

長門守ではなく、近習の室瀬仁治郎が高槻仁平次を小声で促し、先ず自分から日中でも静かな旗本八万通——屋敷前の——へ出た。続いて長門守、そして高槻仁平次と続いて、表御門は直ちに音もなく閉じられた。

「急げ」

長門守が仁治郎の背に命じ、三馬はほぼ同時に常歩《なみあし》（分速およそ百十メートル）から速歩《はやあし》（分速およそ二百二十メートル）へと移り、たちまち駆歩《かけあし》（分速およそ三百四十メートル以上、五百五十メートル以内）に入っていった。

これの上は全力疾走（襲歩《しゅうほ》と言い、分速およそ千メートル）いわゆる競馬速度となる。しかし、狭い道が多い江戸市中は、明るい日中と雖《いえど》も、襲歩は危険極まる。場所によっては駆歩でも危ない。

だが今は、そのようなことに捉われている場合ではなかった。事と次第によっては再び天下の一大事になりかねない事件なのだ。首席目付が襲われ深手を負ったのである。

（この事件は今、銀次郎に伝える訳にはいかぬ。伝えれば彼は直ちに江戸へ帰参し、自ら騒乱の中へ身を投じようとするだろう。これ以上、銀次郎に負担をかければ、夏江が悲しみ、銀次郎もまた潰れる恐れがある）

馬上の和泉長門守はそう思い、そして、自らも本堂近江守の後を追う目に遭《あ》うやも知れぬ、と覚悟し背すじを寒くさせた。

十

ほぼ同時刻、白金《しろかね》の古刹《こさつ》法草宗《ほうそうしゅう》別格大本山『清輪寺』で、ある有力旗本家の内輪だけによる『墓前法要』が、厳粛な空気の中、穏やかな雰囲気で今まさに終ろうとしていた。

「……無相《むそう》の相《そう》を相《そう》として　行《ゆ》くも帰《かえ》るも余所《よそ》ならず　無念《むねん》の念《ねん》を念《ねん》として　謳《うた》うも舞《ま》うも法《のり》の聲《こえ》　三昧無礙《さんまいむげ》の空《そら》ひろく　四智圓明《しちえんみょう》の月《つき》さえん　此《こ》の時何《ときなに》をか求《もと》むべき　寂滅現前《じゃくめつげんぜん》する故《ゆえ》に　當處即《とうしょすなわ》ち蓮華国《れんげこく》　此《こ》の身即《みすなわ》ち仏《ほとけ》なり……」

管長《かんちょう》・修夢聖翰《しゅうむしょうかん》大僧正の朗朗たる墓前読経《どきょう》に、並び居る数十名の人人は深く頭《こうべ》を垂れ、信心の気持を新たにするのだった。

古い墓石は極めて小さく、内藤家先祖代代此 眠《ないとうけせんぞだいだいこれにねむる》の流麗な彫文字《ほりもじ》が、読み取れないほど霞《かす》んでいる。明るい日の下だというのに。

が、墓石は小さくとも、墓所（敷地）は町家《まちや》が六、七軒も建てられるほどに広く、それが今、白い家紋を幾つも染め抜いた濃紺――黒に近い――の〝陣幕様《じんまくよう》〟の幕で囲まれていた。

『敗北』を意味する黒、またはそれに近い色の陣幕などは原則として有り得ない。

修夢聖翰《しゅうむしょうかん》大僧正の読経が、人の耳に届かぬ程の小声となり、そして静かに終った。

内藤家および家臣、小者たちの焼香はすでに済ませているため、大僧正の読経が終ったことで法要の儀式はこれより番町の内藤家へと移ることとなっている。

内藤家の先祖に思いを馳せて感謝するために、表向きささやかとする夕の膳が待っているのだった。

「今日は真《まこと》に善き法要でございましたな。内藤家の御霊《みたま》も家臣ほか大勢の皆様がお集まりになられて喜んでいることでしょう。當處即ち《とうしょすなわ》蓮華国《れんげこく》 此《こ》の身即ち《みすなわ》仏《ほとけ》なり……この有り難き御言葉を大切に胸に止《とど》めおかれますように」

修夢聖翰大僧正はそう言って合掌すると、最前列にいた内藤家の当主に微笑みかけ、軽くしかし神妙に一礼をして墓所を囲む幕出口《まくでぐち》の方へゆっくりと、実にゆっくりと歩み出した。その後に合掌する十数人の若い僧が続く。

その若い僧の一番後ろの位置の者が内藤家の当主の前を過ぎたとき、座して頭《こうべ》を下げていた当主はやや紅潮した表情で静かに立ち上がった。小柄だが、がっしりとした体格だ。

御小姓頭取《とうどり》六百石旗本内藤佐渡守高沖《さどのかみたかおき》である。その妻美知《みち》は斎藤判官伝鬼坊《さいとうはんがんでんきぼう》が開祖の天流薙刀術《なぎなた》（のちの天道流薙刀術）の皆伝者であった。これは旗本の間ではよく知られている（徳間文庫『俠客』㊁）。

「殿様に遅れぬように……早く」

「は、はい」

その美知に小声だが厳しい調子で促され、内藤佐渡守と並んで座していた小柄でひ弱そうな若侍が小慌て気味に腰を上げ、ちょっとよろめき、なお慌てた。

内藤家のひとり娘和江《かずえ》の婿典信《むこのりのぶ》である。

この典信こそ、首席目付本堂近江守が、子の将来のためにと思って内藤家へ婿に送り込んだ本堂家の五男であった（徳間文庫『俠客』㊂）。

足元をよろめかせた小柄な典信に、母親（美知）の隣に座していた和江が悲し気に視線を落とした。あーあ、という気持なのであろうか。

僧と内藤家の主人《あるじ》たちが張りめぐらされた幕の外へ消えると、法要後の墓所清掃のために小者や女中たちが動き出した。むろん、張りめぐらされた幕内に限っての清掃である。この場で軽い午餐《ごさん》を挟んでの法要であったから、片付けるべき小荷物《こにもつ》や小屑《こくず》を見落としてはならない。

内藤佐渡守高沖と婿の典信は、境内と広大な墓地との境界に設けられた兜門まで僧たちを見送り、石畳の上をゆくその後ろ姿が金堂の角に消えるまで、頭を下げて見送った。

佐渡守が先に面《おもて》を上げ、それを待って典信も姿勢を改めた。

二人は肩を並べ、幕が張りめぐらされた墓所の方へ戻り出した。

「どうじゃな典信。我が内藤家に婿入りして、何ぞ辛いことはないかな」

「辛いなど滅相もございませぬ。毎日、充実してございます」

「奥（美知）が其方《そなた》に薙刀術を仕込んでおるそうじゃな。あれは少しばかり気性が激しい。が、薙刀の腕は一流じゃ。内藤家の後継者として、修練に耐《い》えてくれ」

「はい。そのように努めてございます。数日前の稽古《けいこ》では身構えや目配りなどが随分と鋭く調うてきたと褒《ほ》めて下さいました」

「それは何よりじゃ。うん」

「義父上《ちち》は私に何か御不満や望みごとは、ございませぬか」

「不満などはない。首席目付千八百石の旗本家から、婿入りしてくれたのじゃ。嬉しいことじゃと思うておる。ただ……」

「ただ……何でございましょうか」

「其方《そなた》、酒が一滴も呑めないのがのう。少しばかり寂しいと思うておるわ。それに反し、奥（美知）は私が負ける程の酒豪じゃ。毎度あの奥と薙刀術の話ばかりに傾いて盃を交わすのは、本当に疲れる。察してくれ」

そう言って苦笑する御小姓頭取内藤佐渡守に、典信は「申し訳ありませぬ。実家《さと》の父（本堂近江守）は酒豪で聞こえてございますが」と、頭の後ろに手を当てた。

「ま、算筆にすぐれる其方《そなた》を私は評価いたしておるのじゃ。今の其方《そなた》の姿でよい」

「有り難うございます」

「和江との仲はどうじゃ。うまくいっておるのか。ひとり娘ゆえ、甘やかせし育ててしもうた。あれこれと我《わ》が儘《まま》は言わぬかな」

「とんでもございませぬ。とくに最近は、良き糟糠《そうこう》の妻となってくれる理想の女性《ひと》、という印象を強く抱いてございます」

「ほほう、そうか……うん、それはよい」

「ただ一つ、私が小柄でひ弱に見える点を心配してくれ、薙刀の修練中も身じろぎもせずに正座をして私を見守ってくれております。義母上《ははうえ》が私に対し厳しく打ち込んだり致しますと、思わず『母上、少し手加減を……』と諫《いさ》めてくれたりすることも……」

「ははは、それはよい。なるほど、良き糟糠《そうこう》の妻となりそうじゃな。しかし典信、小柄であることは気にすることはないぞ。私を見てみい。其方《そなた》と同じように小柄じゃ」

「ですが義父《ちち》上は、小野派一刀流の達者でいらっしゃいます。それに豊かな風格に恵まれておられ、貫禄《かんろく》が立派でございます」

「風格も貫禄も自然と備わってゆくものじゃ。心配ない。だから先ず、斎藤判官伝鬼坊が開祖の天流薙刀術の皆伝者、内藤美知を倒してみなさい。さすれば其方《そなた》はきっと開眼する」

「開眼……」

「そうじゃ。開眼じゃ。それからのう、かわいい孫《やや》の顔を早く見せてくれ。私も、もう若くはないのじゃから、そろそろ孫《やや》を我が手で抱きしめたい」

「畏《かしこ》まりました。心して努めまする」

「うむ。よい返事じゃ」

ほぼ真四角に張りめぐらされた黒に近い濃紺の幕が、二人の目の前に近付いてきた。

「今のこと、頼んだぞ」

内藤佐渡守がそう言って典信の肩を軽く二度叩いた時であった。

張りめぐらされた幕の向こう角から突然、一つの〝黒い影〟が現われたかと思うと信じられない速さで二人に迫った。全身黒ずくめで、覆面は細い目窓だけ。

「下郎っ」

内藤佐渡守が叫んで刀の柄に手をやった時、其奴は佐渡守ではなく婿典信の間近にまで迫っていた。

相手が激しい勢いに乗って抜刀し、佐渡守も抜刀。

典信の首すじに伸びた刺客の切っ先が、横合いから躍った佐渡守の刀で弾かれた。

　鋼と鋼が白昼下、火花を散らしてガチンと唸る。

「逃げよ」

　佐渡守が姿勢低く己れの肩で婿の脇腹を突き飛ばし、そのために体勢を崩した。

「邪魔だっ」

　刺客がはじめて曇った声を発しざま、体勢を崩した佐渡守の左肩をざっくりと割った。

「うおっ」

　と佐渡守が吼《ほ》えてのけ反る。

　このとき張りめぐらされた幕内より、奥方美知と家臣たちが飛び出してきた。

「おのれ、何者じゃ」

　叫び様、奥方美知は右隣に位置した家臣の腰より大刀を引き抜くや、躍り上がるようにして典信の前に立ち塞がり、大上段に身構えた。天流薙刀術の皆伝者である。炎のような迫力であった。

　刺客はチッと舌打ちして刃を鞘に納めると、身を翻し矢のような速さで逃走した。

三人の家臣が「待てい」と追跡。

すると、相手はいきなり立ち止まって振り向きざま、抜刀して十文字に刃を走らせた。追跡した家臣三人の内の二人がザンッ、ドスッという鈍い音と共に地に沈む。

段違いの強さだ。

「追うな。行かせろ」

それが惨劇の中の、佐渡守の最初の叫びであった。ひきつった声の。

「殿……殿……」

「あなた、確《しっか》りして下さい。あなた……」

「父上……父上」

家臣や奥方美知、ひとり娘和江らの悲痛な叫びが静かだった墓地の空気を掻き乱した。動揺の坩堝《るつぼ》が家臣たちを飲み込んだ。

「うぬぬ……」

全身殆ど血まみれとなって地に伏していた佐渡守が凄まじい形相《ぎょうそう》で上体を起

こそうとするのを、家臣のひとりが抱き支えた。

典信は己《おの》れの役割を忘れて突っ立ったまま、血まみれの義父を茫然《ぼうぜん》と見下ろした。

その義父が「こ、来い……典信」と手招くや、口から血泡《ちあわ》を噴き出す。

「早く殿のお傍《そば》へ……」

奥方美知が典信を甲高い声で怒鳴りつけた。大粒の涙をこぼしていた。

我を取り戻した典信が義父の身そばに片膝つくのを待って、義父の両腕が伸び彼の胸倉を引き寄せた。凄い力であった。

「典信、強う……なれ。強うなって……内藤家を……守れ」

「は、はい、義父上《ちち》」

「や……や……約束せよ」

「はい。約束します義父上《ちち》……必ずや」

「う、うむ……よし」

内藤佐渡守の首が、そっと後ろへ折れた。絶命であった。

「うわあああっ」

本堂近江守が五男典信、いや、内藤家の後継者典信は天を仰いで幼子《おさなご》のように泣き続けた。

十一

朝、四ツ半（午前十一時）頃——。

「どう……よしよし」

騎乗の侍は橋の手前で手綱を引き馬の歩みを鎮《しず》めると、その首すじを軽く叩いてやりつつ、対岸を眺めた。

西日を浴びる侍の顔は長旅でもあったのか、赤銅色《しゃくどういろ》に日焼けし、眦《まなじり》はほんの僅《わず》か吊り上がって眼光鋭かった。全身に気力が満ち、只者ではない風格を漂わせている。

馬が上下に小さく首を振り、蹄《ひづめ》でカッカッと地面を打った。走り足らぬ、と騎乗の侍に訴えるかのようにして。

「ようし、ようし……」

侍は対岸に視線を向けたまま再び馬の首すじを撫《な》で、口元を引き締めた。

桜伊《さくらい》銀次郎であった。命を危うくする数数の激闘に耐え抜き、妖怪なる宿敵床滑《なめり》七四郎《ななしろう》を倒して、ひと回り以上も大きくなったように見える。

好天気に恵まれた長旅を、彼は余り急がなかった。

大洲《おおず》を発《た》った時は一刻も速くという気持が強かったが、これから訪れる場所、通過する地域の様子を正確に把握し対処するには『少し時間を空けた方がよい』と、考え方を改めたのだ。

それによる長旅で、銀次郎の顔は逞《たくま》しく赤銅色に日焼けし、眼光までが鋭くなっていた。これこそ、真剣勝負を幾度も潜《くぐ》り抜けてきた者の眼光だった。

朝遅めの日の中、銀次郎は今、大坂・淀屋橋の手前で馬の歩みを止め、土佐堀川の対岸に見える大きな町屋敷を眺めていた。

畿内に睨みを利かす大坂の大親分・梅田屋丹五郎《たんごろう》の住居《すまい》である。

銀次郎は呟いた。

（親父殿《おやじ》。梅田屋へ手出しをした奴等は倒しました。長之介（丹五郎の息子）の墓参りも済ませました。親父殿の顔を見とうござんすが、訪ねたらまた〝何しに来た、

帰れ〟とお怒りなさいましょう。銀次郎はここでお別れさせて戴きます)

銀次郎は馬上で頭を下げると気丈な彼には珍しくグスンと鼻を鳴らし、手綱を右へ引いた。

此処へ来るまでの途中、慌ただしく大坂城へも近付いてみたが、どうやら目の届く範囲に限っては落ち着きを取り戻していた。

だが、城内にはまだ緊張と怯《おび》えの空気が満ちている筈だった。

本来ならば『幕領である大坂』の司令部である大坂城は、徳川に忠誠を誓う**幕臣の一枚岩**でなければならない。にもかかわらず、城内のかなりの勢力が前《さき》の老中首座、**大津河《おおつがわ》安芸守《あきのかみ》忠助《ただすけ》**(俗称幕翁・東近江国湖東藩十二万石藩主)に与《くみ》して、反幕活動を展開したのだ。これらの城内反幕勢力に対する厳しい処罰の審議はこれから開始される。

切腹か、斬首《ざんしゅ》か、遠島か、あるいは散り散りに細分化され何処かの大名預けとなるか、うっかり『大津河思潮』に取り込まれて道を誤った城内の幕臣たちは今、戦戦恐恐として薄氷を踏むが如し、であろう。

「さらばじゃ、また会おう」

銀次郎は遥《はる》か南、上町台地に西日を浴びて見える巨城（大坂城）に向かって告げると、馬腹を軽く打った。

馬は鼻を低く鳴らして、走り出した。

大洲を発ってからの銀次郎は、山陽道の途中何か所かで黒鍬者《くろくわもの》の助けを借り、馬を取り替えてきた。

大坂へ乗り入れた馬は、摂津国《せっつのくに》**西宮神社**（西宮戎《えびす》神社とも）の門前町として発展し、酒造地としても知られる宿場・**西宮**で黒鍬者が調《ととの》えた馬だ。

その若くはない黒鍬者は手綱を銀次郎に預ける際、丁寧な口調でこう言った。

「山陽道に沿って我らが調えた馬は、この馬が最後とお心得くだされ。この馬は何処で解き放たれても、西宮宿へ戻ってくるよう鍛えられてございます」

「判った。では、東海道を江戸へ向かう馬については？」

「それは、黒鍬《われら》の御支配違いという壁がございまして、私には判りませぬ」

「なるほど。御支配違いか。案外に不便なものよのう」

四国の『上の黒鍬の者』（棟梁の意）・山端道造《やまばたみちぞう》の顔を脳裡にチラリと思い浮かべながらそう応じたことを、銀次郎はすでに忘れかけていた。大坂までの道中、ある女のことばかりが気になって、胸の内から消えなかったからだ。

そのある女とは、山端道造の妹に当たる黒鍬の総領、加河黒兵《かがわくろべえ》であった。彼女の圧倒的に豊かでやわらかな乳房のぬくもりを掌《てのひら》が覚えてしまったゆえ、銀次郎は気に掛けていたのではない。自分のこれからの動きに、全黒鍬の差配《さはい》者である黒兵の存在は不可欠、そう思ったからだ。

(何処に潜《ひそ》んでいようが黒兵、無傷でいろよ)

そう願いながら銀次郎は、馬足を速め京《みやこ》に向けて走らせた。

伯父の和泉長門守《いずみながとのかみ》へは、早朝の西宮宿を発《た》つ時、飛脚便を黒鍬の者に託してある。

恐るべき妖怪床滑七四郎を倒したことについては、山端道造が配下の者を動かして伯父のもとへ既に報告がいっている。

したがって西宮発の飛脚便には、これより大坂・京を経由して幕翁領である湖東藩に潜入すること、幕翁を必ず斬首してみせること、大坂城内の謀叛《むほん》勢力に対しては出来る限り寛大な処罰になるよう尽力ねがいたいこと、の三点を彼は強い調子で認《したた》めていた。

馬はすこぶる健脚だった。走っても走っても疲れる様子を見せない。相当な長い道のりを走る鍛錬を受けてきているな、と判る馬だった。

馬体は鼻先から尾の先まで真っ黒。

月明りのない夜ならば闇に溶け込んだ馬体を認めるのは困難、と思われる程の黒さだ。

江戸を発った時の銀次郎は大坂入りする際、文禄堤《ぶんろくづつみ》を徒歩で普通の旅人を装って進んだ。

文禄堤とは、豊臣秀吉《とよとみひでよし》が諸大名に命じて文禄・慶長の頃（十六世紀末）に、伏見・大坂の間に築いた淀川の連続土堤のことである。

銀次郎は今、畿内の経済動脈と称されるその淀川の連続土堤を、来た時とは逆に大坂から京へと馬を走らせているのだった。

淀川の川面《かわも》は、晴れた空の高い位置にある燦燦《さんさん》たる日を浴び、眩《まぶ》しく輝いていた。

夕方の訪れが遥かに遠いことを思わせるその眩し過ぎる水面を、幾艘もの過書《かしょ》船《ぶね》がゆったりとした往き来していた。

過書船とは、御上から免許を得た**特権川船**という見方でいいだろう。銀次郎のこの時代（一七〇〇年代初頭）淀川の特権川船は、乗客目的の三十石船がおよそ六百七十艘余、また貨物運送用の二十石船が五百艘余存在したと推量される。

これらの特権川船は、慶長三年（一五九八）に豊臣秀吉が、木村惣右衛門、河村与三右衛門《よそうえもん》という二人の人物に対して、大坂と京・伏見間の貨客船の運航免許（朱印状）を与えたことに始まる。

だが、これらの特権川船も、間もなく伏見にあらわれる**伏見船**によって、次第にその勢いを奪われていくのであったが……。

「どう……よしよし、疲れたであろう」

かなり走り続けたであろうか。天上高くにあった燦燦《さんさん》たる日は傾いて深い西日と化し、淀川の川面の色は黒黄金色《くろこがねいろ》になり出していた。

銀次郎は手綱を絞った。

馬は、まだ走れる、と言わんばかりに蹄で足許を叩き、鼻を鳴らした。

銀次郎は身軽に馬の背から下り、その首すじを声を掛けながら幾度もさすってやった。

馬が少しずつ高ぶった気力を鎮めてゆく。

銀次郎は辺《あた》りを見まわしながら、手綱を引いて茜色《あかね》に染まった土堤をゆっくりと下りた。

右手斜め方角に、二十数軒の百姓家が広い畑地の中に集まっていた。すっかり夜の帳《とばり》が下りた訳ではなく、空にはややくすみ色の青空がまだ広く残っているため、百姓家のまわりで数人の幼子《おさなご》たちが鶏を追いまわして遊んでいる。鶏も慣れているのか、幼子たちに追いまわされて甲高《かんだか》く鳴いてはいるが、どこか楽しんでいるかに見える。

銀次郎は苦笑しながら百姓家に近付いていった。

蹄の音で幼子たちの動きが止まり、その視線が近付いてくる銀次郎と馬に集中した。べつに怖がるような様子は見せない。かと言って、珍しそうでもない。

幼子たちの内、一番年長に見える――と言っても五、六歳くらいだが――どことなく聡明《そうめい》な印象のひとりが、自分の方から銀次郎に近付いた。

「どちら様ですか」

幼子に先に切り出されて、銀次郎は思わず「お……」となった。その幼子の丁寧な言葉に少し驚いたのだ。決して偏った目で人を見ない銀次郎だが、鶏を追い回していた百姓家の幼子らしくない。

「西日の傾きが少し深くなったのでな。馬を走らせるのを止《よ》したのだ」

銀次郎は、いつものべらんめえ調を控えた。

「この村に泊まるのですか」

「さあて、見まわしたところ宿らしい建物はないが……近くに寺はないかね」

「寺も神社もかなり離れていますけど、あります」

聡明そうな幼子はそう言うと、銀次郎の次の言葉を待たずに、すぐ傍《そば》の百姓家に駆け込んでいった。

そして土間口から、その幼子と女の声――母親らしい――が聞こえてきた。

幼子は直《す》ぐに外に出て来た。その後ろから、手拭いで手を拭き拭き女が現われた。台所に立っていたのだろうか。二十五、六に見える。着ているものは継《つ》ぎ接《は》ぎだが清潔そうだ。

銀次郎と目が合うと、女はやや小慌て気味に黙って腰を折った。

「忙しいところを驚かせてしまったか、すまぬな」

「あ、いいえ……あのう……」

「日が傾き出したので走り続けた馬を休めたいのだ。今宵《こよい》泊まれそうな寺があれば、道を教わりたいのだが」

「お寺はございますけれど、丘越え道になりますから、日が傾き始めると余りお勧め出来ません」

「夜盗《やとう》でも出没するのかな」

「夜盗よりも恐ろしい、大猪《いのしし》の群れがあらわれ、人を見ると一斉に突っ込んでくるのです。とにかく気性《きしょう》が荒くて……」

「ほほう、大猪の群れがなあ」

「馬が傷つけられると、これからの旅に不便が生じましょう。我が家には厩《うまや》はありますが馬は飼っておりません。古い厩ですが宜《よろ》しければお使い下さい」

「構わぬのか。出会《でお》うたばかりで何者かも判らぬ侍《もの》だというのに」

「はい。お気付きになったと思いますがこの村は、二十五軒の百姓家が寄り添うように集まってございます。恩愛の絆《きずな》で確《しっか》りと結ばれた助け合う気持の強い村ですゆえ、外から訪れた人を無用に煙たがったり怖がったりは致しません。何か起これば二十五家が一斉《いっせい》に団結致しますから」

「左様か。ならば厚かましく一晩、厩を借りるとしようか。助かる」

「馬と一緒に土間を入って、真っ直ぐにお進み下さい。突き当たりが厩になってございます」

「いきなりで失礼かも知れぬが、これでお願いしたい」

銀次郎は徐《おもむろ》に袂《たもと》から取り出した二朱金《にしゅきん》一枚を、相手に差し出した。元禄二判金と呼ばれるもので、元禄十年（一六九七）から宝永七年（一七一〇）の間に鋳造されたものだ。金銀比およそ六対四で鋳造され、八枚で一両換えとなる。

女が、静かに首を横に振った。

「とんでもございません。御無用に願います。さ、どうぞ……」

促された銀次郎は「そうか……」と、二朱金を袂に戻した。

ここにきて銀次郎は「はて？」という思いに見舞われ始めていた。やや乱れた髪や日焼けした顔、それに継ぎ接ぎだらけの貧し気な着物は、働き者の百姓の印象そのものであったが、応接の態度とか話し言葉などに、いい意味での不自然さを感じたのだ。

「こちらです」

幼子が馬の先に立って歩き出した。馬の鼻面《はなづら》が頭の直ぐ後ろに迫っているのに、全く怖がっていない。

銀次郎は手綱を引いて幼子の後に従い、土間口を潜った。高さも間口も充分に余裕のある土間口だった。明らかに馬の出入りを考慮して拵《こしら》えられた間口だと判る。

農家では畑仕事に欠かせない牛馬は、家族同様に大変大事に扱われる。

手綱を手に銀次郎は、竈《かまど》がなんと五つも並んだ台所の前を過ぎ、思ったよりも長く薄暗い土間を奥へと進んだ。

ここでも銀次郎は胸の内で、「はて?」と首を傾《かし》げた。貧し気な百姓家に竈が五つも並んでいるのだ。大家族なら判るが、間口を挟むかたちで並んでいる小綺《こぎ》麗《れい》な板座敷――すでに小さな行灯が点っている――の三部屋には、誰の姿もない。

しかも板座敷には莫蓙《ござ》などは敷かれておらず、板床は行灯の明りを吸って磨きぬかれたように黒光りしていた。薄埃《うすほこり》のまったく見られないその光り様《よう》が、小さな行灯の明りの中でもよく判った。

「ここです」

幼子が土間の突き当たり、薄暗さが一段と濃くなった所で立ち止まった。

「いま、窓を開けます」

そう言うなり、幼子の姿が銀次郎の目の前から、ふっと消え去った。つまり、それ程の暗さだった。

と、格子窓《こうし》——厩の奥の——が開けられ、熟した柿の色を思わせる程の西日が差し込み、その余りの眩しさで銀次郎は思わず目を細めた。

厩は二頭分備わっていて、厩と厩の間には畳を縦に三枚ばかり敷けるくらいの板間《いたのま》があった。その板間も西日を反射するほどに黒光りしている。

まるで〝黒い鏡〟のように。

「これは有り難い。今宵は馬と枕を並べてこの板間《いたのま》で休ませて貰おう」

銀次郎は笑顔で幼子に向かって言った。

幼子は答えず銀次郎から手綱を預かって馬を厩へ入れようとした。すると、「そこはお侍様がお休みなさるには、ふさわしくございませぬ」という声が銀次郎の背に掛かった。

銀次郎が振り返ると、幼子の母親であるに相違ない女《ひと》のひっそりとした笑顔が、格子窓から差し込む蜜柑色《みかんいろ》の西日の中にあった。

銀次郎は、女の今の言葉尻が〝……せぬ〟で終ったことを、聞き逃さなかった。それまで意識して控えていた『言葉調子』を、ついうっかり漏《も》らしてしまったのであろうか？

十二

「うむ、これは旨《うま》い。更におかわりがしたくなる」

玉子と芋と大根がたっぷりの二杯目の雑炊をたちまちの内に胃袋へ流し込んだ銀次郎は、幼子の母親ヤエと目を合わせた。幼子の名は兵助《ひょうすけ》。お互いに漸《ようや》く名乗り合ったのは、夕餉《ゆうげ》の寸前になってからだった。銀次郎は身分などについては明かさなかったし、ヤエも訊かなかった。訊かないことが作法、というような感じを持ち合わせているヤエだった。

「よろしければ、何杯でも食して下さい。大釜にいっぱいありますゆえ」

ヤエはそう言って微笑んだ。微笑みの美しい女であった。

「左様か。では厚かましく、もう一杯……」

銀次郎は笑って飯碗をヤエに差し出し、ヤエは嬉しそうに頷《うなず》いてそれを受け取った。

「漬物もなかなかの味だ。これほど旨い漬物は江戸の何処を探しても恐らくない」

銀次郎は茄子《なす》の漬物を口に入れると、ヤエの差し出した飯碗に手をのばした。

百姓仕事のせいであろう、ヤエの手がそれなりに荒れていることに、銀次郎はそのときになって気付いた。

「桜伊様はさきほど江戸の御方と申されましたが……お生まれも江戸でございますか」

ヤエに控えめな調子で問いを向けられ、やはり明かすべきではなかったか、と少し反省した銀次郎だったが、すぐに「儘《まま》よ……」という気分になっていた。

ヤエのやわらかな物腰や話し様《よう》のせいであった。

「うん、生まれも江戸でな恩師の剣術道場で修行中の身なのだ。余りに弱いので諸国を渡り歩いて鍛え直しているところなのだ」

そう応じてから、彼は「旨い……」と付け足して熱い雑炊に夢中になった。

「では剣術家でいらっしゃるのですね」

「うーん……」

銀次郎は仕方なく箸の動きを休めて、ヤエと顔を合わせた。

母親の横で、兵助《ひょうすけ》が矢張り箸の動きを休めて、真剣な眼差《まなざ》しを銀次郎に向けていた。百姓家には珍しい大行灯《あんどん》の明りの中で、幼い小さな二つの瞳が光っている。

銀次郎は少しばかり無愛想を演じて答えた。

「正直申せば、剣術家などと呼ばれる段階までは行っていない。自慢ではないが、とにかく私は弱いのだ。弱いことでは誰にも負けないくらいにな」

すると兵助が、明らかにがっかりした表情を拵えて、飯碗と箸を置いた。飯碗の中は綺麗に空《から》になっている。豪傑など強い者に憧《あこが》れる兵助の年頃だ。銀次郎の言葉に失望したのかも知れない。

「食事を終えたなら、御本でも読んでいらっしゃい」

　ヤエに言われて、兵助は「はい……」と腰を上げた。もう、銀次郎の方を見ようともしない。弱いことでは誰にも負けない銀次郎に、すっかり関心をなくしたのであろう。

　兵助は土間に下りて台所に立つと、水屋から総楊枝《ふさようじ》（房楊枝とも）と椀《わん》を取り出し、椀に水瓶の水を入れて何処かへ消えていった。総楊枝《ふさようじ》で食後の口中を清めるのであろうか。よく躾《しつけ》が出来ている。

　総楊枝《ふさようじ》とは黒文字《くろもじ》（クスノキ科・落葉低木）や山鳴らし（ヤナギ科・落葉高木、別名ハコヤナギ）などを材として長さ四、五寸程度の細木にし、その先端をよく叩いて柔らかな毛状とした、いわゆる歯ブラシである。

　幼い兵助に去られた銀次郎は、張り合いをなくしたかのように箸の進みが遅くなり、むっつりとした様子で食事を終えた。が、べつに気分を害した訳でもない。

「もう、お宜しいのですか」

　ヤエが銀次郎の飯碗を受け取ろうと、そっと両手を出した。

「いや、もう充分に戴いた。すっかり満腹です」

「それではお茶を……今朝摘みの香りのいいのがございます」

「ほほう、二十五軒のこの村では茶の栽培を？」

「皆、殆ど自給自足でございますゆえ……」

ヤエはそう言い置いて、台所へ立っていった。

茶は高級な飲み物であった。花の蕾《つぼみ》は真夏にあらわれ、秋から初冬にかけてその蕾が花開くことくらいは、銀次郎も知っている。やさしい香りのあるその花の後に、新芽が姿を見せる。

銀次郎は台所に立つヤエの背中を見つめながら考えた。この村は若《も》しや落人《おちゅうど》の……と。むろん、どのような事情による誰其《だれそれ》系統の、などは銀次郎には見当もつかない。

「お待たせ致しました」

盆に小振りな湯呑みを二つのせて、ヤエが戻ってきた。

「ヤエ殿はまだ夕餉を済ませてはいないではないか。私には構わず食事を始めて下さい」

夕餉が始まったときから気になっていたことを、銀次郎は口にした。

「恐れ入ります。でも大丈夫でございます。どうぞお気遣い下さいませぬよう」

銀次郎は小さく頷いてから、やわらかく切り出した。

「一つ二つお訊ねしたいのだが……むろん、答えることを拒んで下さってもよい」

「はい。どのようなことでございましょうか」

「ヤエ殿は御亭主殿は？」

「二年前の冬に、流行病《はやりやまい》で……」

「身罷《みまか》られた？」

「はい。私より三歳上の二十六でございました」

「それは余りにお気の毒な……宿の無理を言うてしまい申し訳ない。許して下され」

「この村では、旅でお困りの御方にはよく泊まって戴きます。ご遠慮ご無用でございます」

「この村は、何という名の村です？」

「連衆村《れんじゅむら》でございます」

「？……」

銀次郎の胸中に一瞬、困惑が広がった。聞き誤ったか、と思うほど意味を捉え難い村の名であった。文字すら思い浮かばない。

ヤエは楚楚《そそ》たる仕種《しぐさ》で湯吞みを手に取り、軽く唇を触れた程度でそれを元に戻すと、銀次郎の目を見て表情を改めた。

「桜伊様は馬を用いて修行の旅を続けていらっしゃるのでございましたね」

「うん。馬を用いた旅が少なくないのは確かだが、足を頼りの歩き旅も結構多い。それがどうしたかな」

「馬を走らせる場合、行き先を目指して一気に走らせることが多いのでございましょうか」

「多い。多いな。点と点を結んだ間を一気に走らせることが多い。つまり途中の村村の存在などは殆ど気に掛けぬ方だ。気性《きしょう》がせっかちなせいかな」

言って少し苦笑した銀次郎だった。その通りだ、と思っている。

「せっかくこの荒家《あばらや》にお泊まり戴くのですから、連桒村《れんじゅむら》やこの界隈《かいわい》のことに関して、少しお話しさせて下さいませんか」

「うん、聞こう。れんじゅむら、とかの名にも関心がある」

「連衆村の連衆は、連帯するとか連続するとかの連、衆は大勢の人人とか下下《しもじも》の人人とかを意味する大衆の衆、と書きます。この意味については、後ほど申し上げることでお宜しいでしょうか」

「判った」

ここまできて銀次郎は、目の前の女ヤエを元は武家（落人につながる）の妻女であったのでは、と疑い出した。具体的には何も判らないにしろ、殆ど確信に近い疑いであった。

ヤエの表情が、先程よりも尚《なお》、改まった。

「桜伊様。この連衆村よりも北東の方向へ僅かな所、山城国《やましろのくに》と摂津国《せっつのくに》の国境に跨《また》がる地に山崎がございます」

「山崎……」

銀次郎の眦《まなじり》が何かを予感する、いや恐れるかのように、ぴくりと微《かす》かに動いた。

「はい。山崎の地でございます。この山崎の地より北へ半里ばかり熊笹や竹藪《たけやぶ》の急傾斜を登り詰めた所が天王山《てんのうざん》（標高二百七十メートル余）でございまして……」

「山崎……天王山……あっ」

「お気付きになって戴けましたようで、何どのうホッと致しました」

ヤエは、そう言って美しく微笑んだ。銀次郎が何に気付いたか、察した表情だった。

銀次郎はゆっくりと喋《しゃべ》り出した。ヤエの美しい微笑《えみ》に比べて、幾分の険しさを表に出していた。

「山崎、天王山と並べ聞かされてはヤエ殿、勉強不足な私であっても、さすがに明智光秀の名を思い出さずにはおれない。光秀が確か一万三千余の大軍で、京の本能寺に逗留《とうりゅう》の織田信長を囲んだのは天正十年（一五八二）六月二日の払暁《ふつぎょう》……そうでしたな」

彼女も当然そうと知っているであろう、という銀次郎の目つきであり口振りだった。

ヤエは頷いた。

「その通りでございます。一方の信長側は小姓衆ほか百五十名そこそこであったようでございます。それゆえ真面《まとも》な戦いにはならず、あっという間《ま》に四、五十名が討たれてしまい、もはやと覚悟した信長は奥の間へと退《さ》がって自害したと伝えられております」

「だが……」

と口に出した銀次郎であったが、そのあとに続きかけた言葉を、彼はぐっと呑み込んだ。

実は江戸の『旗本塾』に通って日本合戦史を熱心に学んでいた銀次郎は、信頼できる教授から驚くべきことを聞かされていた。この騒乱で本能寺は紅蓮《ぐれん》地獄の炎に包まれた訳だが、信長の焼死体あるいは焼死したことを物語るものは何一つ見つかっていない、と教授から教えられたのである。とても公に出来る話ではないが、との注意付きで。

では信長は大軍に囲まれた本能寺から見事に逃げ遂《おお》せたのであろうか。それならば逃げ遂せたあと、何処へ姿を潜ませたのか。

「とにかく謎だらけなのだ」という言葉で教授が話を締め括《くく》ったことを、銀次郎は今も昨日《きのう》のことのようにはっきりと覚えている。

「だが……と仰《おっしゃ》いましたでしょうか？」

　ヤエがちょっと小首を傾げて、銀次郎の目を見つめた。

「あ、いや、言葉に詰まっただけだ。主君信長の横死《おうし》を知って激怒した羽柴秀吉(後の豊臣秀吉)が備中《びっちゅう》高松城攻めから急反転しておよそ七日間で約五十里《り》を駆け抜け(中国大返し、と称されている)、山崎、天王山一帯に陣を張ったことは余りにも有名な歴史的事実です」

「はい、その通りでございます。とくに僅か七日間余で五十里を駆け抜けた秀吉軍の驚くべき速さには、我が明智側は皆恐れおののいたと伝えられております」

「え……待たれよヤエ殿。いま、**我が明智側**、と言われたな」

「こ、これはうっかりと……言葉選びを誤ってしまいました。お忘れ下さいませ」

「私はただの武者修行中の剣術家志望者に過ぎない。それもすこぶる弱い剣術家志望者だ。ヤエ殿にとって害のある人物では決してない。また害を及ぼさぬと約束もしよう。話してくれぬか。いまの、我が明智側、の意味を」

「左様でございますね……過ぎたる歴史の一齣《ひとこま》ゆえ……強く大きい徳川様の世で打ち明けたところで、もはや何ら支障はないと存じます。申し上げましょう」

「うむ……」

銀次郎は、いよいよ百姓女には見えなくなってしまったヤエに、思わず生唾を呑み込んで襟《えり》を正した。

「桜伊様。全国修行旅の武者として、私の話の中に既に御存知の部分がありましても、その場合はお聞き流し戴けますように」

「承知した」

「明智について語るには、先ず室町幕府将軍家、つまり足利《あしかが》将軍について触れねばなりません」

「足利……」

口から出かかったその言葉を銀次郎は、さり気なさを装って呑み下した。ほんの一瞬ではあったが背すじを冷たいものが走るのを、止められなかった。

「足利将軍家で特に注目されますのは、**節朔衆**《せっさくしゅう》という組織の存在でございましょう。この節朔衆は文化・武芸・政治の分野ですぐれた人材を輩出いたしました美濃の名門、**土岐**《とき》**一族**の二十五家を要《かなめ》として構成されてございました」

「ほう……」

「縁あって桜伊様がお訪ね下さいましたこの村の二十五軒は、名門土岐一族二十五家の直系では決してないまでも、その血を確《しっか》りと濃く受け継いだ者たちの村でございます」

「なるほど、そうであったか。それでヤエ殿から受ける印象に、納得がいき申した」

「実は、武門すぐれたる羽崎、小柿、肥田瀬、多治見など二十五家で成ります土岐一族には、**明智家も含まれております**。つまり明智家は節朔衆の出であると思《おぼ》し召《め》し下さい」

「明智家には、そのような足跡《そくせき》がありましたか。で、節朔衆という御役目は一体どのような？」

「足利将軍家の直属親衛隊**奉公衆**を指しております」

「な、なんと……」

さすがに驚きを抑え切ることの出来ぬ銀次郎であった。みるみる顔から血の気が失せていくのが、自分でも判った。幸いであったのは、大行灯の明りは、銀次郎の顔色の変化をヤエに気付かせるほどには、明るくなかったことだ。

「桜伊様は奉公衆にお詳しいのでございますか？」

「いや、室町将軍家（足利将軍家）に勇猛果敢な将軍直属部隊があった、という程度のことしか知らぬ勉強不足者だ。恥ずかしい限りだね。そうでしたか、それこそを節朔衆あるいは奉公衆と言うのでしたか……勉強になりましたな」

「ですから、この村の男たちの体の中には、奉公衆の血……熱い血が流れてございます」

「男たちの体に節朔衆、いや、奉公衆の熱い血が流れている割には、静か過ぎる程の村だな」

「男たちは皆、数日前に申し合わせたように一斉に何処かへ出かけてございます」

「なに。申し合わせたように一斉に？」

「はい。何処へ何の目的で出掛けたかは判りません。この村の女房たちは男たちの動き様《よう》に対し絶対に口出しは致しません。それがこの村の規律、いいえ、伝統というものでございましょうか。男たちを信頼しきってございますゆえ」

「う、うむ……」

「もう少し厳しい言い方を致しますれば、この村の女たちは村の外、つまり〝外《げ》界《かい》〟の事には関心を持ちません。また、それを誇りともして参りました」

「そ、そうか……」

「とくに夫を病で失いました私の耳へは、〝外界〟の事は全くと申してよいほど入ってこなくなりました。かと申して、私や息子が村の誰彼から仲間外《はず》れにされている訳では、決してありません」

ヤエはそう言うと、思い出したように湯呑みを静かに口元へ運んだ。

銀次郎は己れの膝を見つめて少しの間沈黙したあと、口を開いた。じっとりと背中が汗ばんでいるのを感じていた。

「ヤエ殿。亡くなられた御亭主に線香をあげさせてくれぬか。これこそ縁と言うものであろうから」

「有り難うございます。でもこの村では何処の家にも仏壇《ぶつだん》も位牌《いはい》もありません。生きつつあれば**有**《ゆう》、亡くなれば**無**《む》。それが節朔衆の**死生**《ししょう》**観**《かん》でございます」

「では、そろそろ連衆村《れんじゅむら》の謂《いわ》れを伺《うかが》いたいのだが……」

「天正十年（一五八二）六月十三日に火蓋《ひぶた》を切った山崎・天王山の戦いで明智光秀

軍一万余は、羽柴秀吉軍およそ四万に完敗いたし、光秀様は敗走の途中、伏見の小栗栖《おぐるす》にて落武者狩りの野盗に襲われて絶命いたしました。けれども、この御方《おかた》は誠に文武にすぐれた心やさしい御人柄であったと私共の間では伝えられてございます」

「明智光秀が、織田信長や羽柴秀吉などより遥かに人望あるすぐれた人物であったということについては、私も学んだ記憶があるにはあるが……」

「この光秀様は連歌《れんが》にも長じておられ、また一族の連帯感を強固とするため連歌の集まりに熱心であったと言われております。この連歌会に集まった人人を指して、あるいは連歌会そのものを、連衆と申すのでございます」

「よく判り申した」

銀次郎は深深と頷いてみせ、笑みを拵えた。このとき既に彼は、この家には泊まれない、という気持を固めていた。

「さあてとヤエ殿。興味深い話を聞かせて戴いていきなりだが、私はこれで失礼させて戴こう」

「え、なぜでございますか」

今度は、ヤエの方が驚いた。ヤエは銀次郎にかなり心を許し始めていた。

「御亭主が亡くなられた家にはさすがに……」

「いえ、その御心配は、この村ではご無用でございます」

ヤエは銀次郎に皆まで言わせず、懇願するかのような眼差しで言った。

「あのう、私の話の中に桜伊様の御気分を害するような内容がございましたのでしょうか。若《も》しそうなら、お詫び致します」

「いやいや、そうではない。私の理性が私に対して、御亭主を亡くされた美しい女性のもとに泊まってはならぬ、と文句を申しておるのだ。こう見えて私は、女に対しても随分と臆病者《おくびょうもの》でな」

「………」

銀次郎は半ば茫然としているヤエの前に、懐から取り出した一両をそっと置くと、

「兵助に何ぞ買《こ》うてやりなされ、あの子はいい子じゃ。すっかり気に入ってしもうた」

と言って腰を上げた。

ヤエが、悲しそうな寂しそうな表情で、座ったまま銀次郎を見上げた。その目が「どうかお泊まり下さいませ」と訴えているかのように、銀次郎には思われた。

十三

連衆村《れんじゅむら》を後にした銀次郎は、月明り充分な文禄堤《ぶんろくづつみ》を、馬の背に揺られて京へと向かった。

有り難い月明りであった。常歩《なみあし》（分速およそ百十メートル）程度で進む限りは、馬の足下《あしもと》を危うくする心配は殆《ほとん》どなかった。

「ゆっくりと休ませてやれず、すまねえな」

銀次郎は体を前へ傾けて馬に語りかけると、首すじを幾度も撫でてやった。

大丈夫です、と言わんばかりに馬が首を縦に振り、鼻を鳴らす。

銀次郎は皓皓《こうこう》たる満月の浮かぶ夜空を見上げ、小さく溜息を吐《つ》いた。胸の内では、ヤエの話から受けた衝撃が、まだ重く尾を引いている。

「明智《あけち》家が足利《あしかが》家奉公衆（節朔衆《せっさくしゅう》）の出であったとはなあ……歴史とは何と恐ろし

いものじゃねえかよ」

呟《つぶや》いて銀次郎は、馬上で振り返った。月明りの下、連衆村がまだ彼方《かなた》にぼんやりと見えている。別れ際のヤエの悲し気な表情が、脳裏に甦《よみがえ》った。

「おい相棒よ。疲れているだろうが、此処から早く遠ざかりてえ。あと少し、ひと頑張りしてくんな」

銀次郎は馬腹を、鐙《あぶみ》で軽く打った。

馬の歩みが常歩《なみあし》から速歩《はやあし》（分速およそ二百二十メートル）へと移ってゆき、銀次郎の体が馬上で『鐙に両足を突っ張る』『鞍《くら》に座る』を反復させるかたちで、大きく上下に弾んだ。これが、馬上の人に与える**速歩の特徴**だった。この特徴に上手く合わせられない騎手は、臀部《でんぶ》をいためる恐れがある。

（もしや明智光秀は、**己れのための目的**でもって織田信長を本能寺に斃《たお》したのではなく、足利家の復讐《ふくしゅう》のために行動を起こしたのではねえだろうか……）

銀次郎は馬の背で揺られながら、ふっとそのように想像した。そして、自分のこの想像には、一つの納得性があるとも思った。

織田信長が明智光秀に討たれたのは天正十年（一五八二）六月二日と承知してい

る銀次郎は、**この信長の掌**《てのひら》にあった人物として室町幕府**第十五代将軍足利義昭**《よしあき》を挙《あ》げずにはおれなかった。

この足利**義昭**こそ、己《おの》が天下を狙《ねら》う織田信長に巧みに弄《もてあそ》ばれ利用された挙《あ》げ句《く》、**室町幕府崩壊**へと追い詰められていった人物である。

義昭が、**第十四代**将軍足利**義栄**《よしひで》に対立するかたちで「次は私が将軍（第十五代）になる……」と宣言したのは、従五位下・左馬頭《さまのかみ》に叙任した直後のことだった（この時の義昭は義秋と名乗っていた）。

永禄十一年（一五六八）元服して**義昭と改名**した彼は第十五代将軍の座を胸の内で温《あたた》めつつ、武田信玄、毛利元就《もうりもとなり》、上杉謙信、北条氏政《ほうじょううじまさ》ら猛将に急接近。

が、これらの間に割って入るが如《ごと》く、するりと**義昭に張り付いた**のが天下の覇《は》者《しゃ》を狙って止《や》まない織田信長であった。

さて、足利**義昭**は第十五代将軍の座に就《つ》き（永禄十一年十月十八日）はしたが、いや、織田信長の力で第十五代将軍の座に就《つ》けて貰《もら》いはしたが、彼の『無権力将軍』としての凋落《ちょうらく》がここから始まるのである。

ところでこの織田信長、敵勢力に加担したと激怒して比叡山《ひえいざん》・延暦寺《えんりゃくじ》を焼き払い、また意《い》に沿《そ》わぬ高野聖《こうやひじり》（高野山の修行僧）を多数斬殺。そのうえ武田信玄の寺として名高い甲斐の名刹恵林寺《えりんじ》を焼き打ちし（名僧快川紹喜《かいせんじょうき》ほか百余名の僧は猛火の中、泰然として死を選ぶ）、更には一向一揆に対して〝皆殺し〟をもって応じ、日蓮宗を否定して弾圧するなど、その印象は『猛烈暴君』以外のなにものでもない。

この『猛烈暴君』を、明智光秀は何処に在《あ》って、どのように眺めていたのであろうか。

また光秀は当時、何歳くらいであったのだろうか。信長を『観察する目』は果たしてあったのだろうか？

足利**義昭**が永禄十一年十月十八日に征夷大将軍の座に就いた時（就けて貰った時）、明智光秀は四十一歳という、武将としては最も活力漲《みなぎ》る時期にあった。しかも足利奉公衆として、足利**義昭**に臣従していたと、確信的に推量されるのである。

しかし織田信長は光秀を、足利**義昭**の臣下に止《とど》め置かなかった。つまり〝自分の方へ〟引き込もうとした。光秀の能力を、じっと観察していたと思われる。

こうして信長と光秀の間は確実に縮まってゆき、やがて数数の戦場へ「従って参れ……」と命ぜられる主従の関係になっていくのだった。その意味では光秀は、足利**義昭**と織田信長の二人の主君《あるじ》を持ったことになる。

それは主君信長の暗殺に走る『光秀の悲劇の始まり』であり、同時に『**足利奉公衆**としての復讐《ふくしゅう》の始まり』でもあった筈だ。

永禄十二年（一五六九）**一月五日**、将軍足利義昭のために織田信長が調《ととの》えた仮御所・京都本圀寺《ほんこくじ》が三好《みよし》三人衆に襲撃され、**光秀**ほかが懸命に防戦。

元亀二年（一五七一）**九月十二日**、信長、比叡山延暦寺を焼き討ち、死傷者多数。**光秀**は信長に**忠実に従**って貢献。褒賞《ほうしょう》として志賀郡の土地を与えられ、はじめて一国一城の主《あるじ》となる。

元亀三年（一五七二）**三月**、**光秀**、信長に従って近江《おうみ》へ出撃。**七月**、信長に従って浅井長政と交戦。

元亀四年（一五七三）**三月**、将軍足利**義昭**、信長と**断絶**して三好義継、松永久秀に近付く。**七月**、**光秀**、三好義継および松永久秀に近付いた将軍足利**義昭**を、信長の命《めい》を受けて山城国《やましろのくに》に攻撃。

右は信頼度極めて高い歴史文献から抽出した光秀史——信長と光秀の間が急速に縮まってゆく——の、ほんの小さな一部分に過ぎないが、信長は光秀に延暦寺の焼き討ちという酷《むご》い任務に加担させ、また将軍足利**義昭**を攻撃させてもいる。

光秀は常に他人《ひと》や配下の者に対しやさしい人柄と伝えられており、また文化的教養も豊かな武将であったらしい。その彼にとって、残酷な延暦寺焼き討ちや、将軍足利**義昭**攻撃は、どれほど彼自身を悲嘆の淵《ふち》へと追い込んでいったことであろうか。耐えれば耐えるほど、自身が傷付いていったに相違ない。

旗本青年塾でよく学んできたと自負する銀次郎は、**長幼《ちょうよう》の序**（父と子、大人と子供、主君と下臣、年上と年下など）に関し**秩序《ちつじょ》**の重要性と共に、厳しく教育されてきた。いわゆる**朱子学**である。

これ以外に銀次郎は『合戦史』にも興味を示し、かなり熱心に学んできた積もりだった。

しかし、明智光秀については余りにも知識不足、と認めざるを得ない。

「それにしても……気になる」

銀次郎は手綱《たづな》をツンと右に引いて、馬体を連衆村の方角へ戻した。

けれども皓皓たる月明りの彼方に、既に村は見えなかった。長い土堤と月明りを映して黒く輝く川の流れが、ずっと遠くまで続いているのが認められるだけだった。

「気になる……」

もう一度呟いて、彼は馬体を元に戻した。

銀次郎が今になって気になり出しているのは二十五家で構成されている連衆村のヤエが口にした「男たちは皆、数日前に申し合せたように一斉に何処かへ出かけてございます」であった。ヤエの百姓家には厩《うまや》が二頭分あった。だとすれば、他の百姓家にも二頭分の厩の備えがあっても不思議ではない。いや、おそらく、あるだろう。しかし村はひっそりと静まり返り、馬の嘶《いなな》きや蹄《ひづめ》で地を打つ音などは全く聞こえてこなかった。

（もしや連衆村の男たちは馬で出かけたのではねえかな……一斉に揃ってよ）

胸の内で声なく呟いた銀次郎は、

「では何処へ？……」

と、自分に問う言葉を口にして、異様な不安の広がりに襲われた。

連衆村から男たち皆が馬で出立《しゅったつ》したとすれば、少なく見積《みつも》っても二十五騎。一軒に一人の男とは限らないから、二人だと推量すればその数、五十騎にはなる。かなりの勢力だ。

「若《も》しや連衆村の男衆《おとこし》たちは『隠れたる秘蔵っ子奉公衆』として、苦境に陥った幕翁《ばくおう》こと大津河《おおつがわ》安芸守《あきのかみ》支援のため、東近江国《ひがしおうみのくに》へ向かったのではねえだろうか……」

月夜に向かってはっきりと言い放った銀次郎であったが、己れのその言葉で新たなる戦慄《せんりつ》に胸を抉《えぐ》られた。

「だとしたら、事態は何一つ解決出来ていねえことになる……」

吐き捨てるように言って、舌を打ち鳴らし苦し気に呻《うめ》く銀次郎だった。

十四

短い仮眠を寺と神社の巨木の下で二度とった銀次郎が、「どう……よしよし」

と馬の手綱を軽く引いたのは、雲ひとつない正午の青空に覆《おお》われている草津《くさつ》宿（滋賀県）に入った時だった。

銀次郎は身軽に馬上から下りた。

「よく頑張ってくれたな。無理をさせてすまねえ」

馬の首すじ、頬、額を何度も何度も撫でてやりながら、銀次郎は辺《あた》りを見まわした。

江戸を発《た》って大坂へ向かう途中、彼は草津宿の一つ手前石部《いしべ》宿に泊まって、翌日は草津宿をひと休みする事なく通過し、ひとまず大津宿を目指していた。したがって、本日ただいま草津宿に入った銀次郎は、室町時代から宿駅《しゅくえき》として存在するここ草津に殆ど詳しくない。

「先ず水だな。たっぷりと飲ませてやるぞ」

銀次郎は馬にそう告げながら、手綱を引いてゆっくりと歩き出した。

慶長五年（一六〇〇）八月、関ヶ原の合戦で石田三成ら西軍（豊臣軍）を大敗させた徳川家康は、この時点で**「天下は我にあり」**を確信していた。いや、確信以上のもの、と言い直すべきであろうか。

よって翌慶長六年（一六〇一）一月、家康は東海道に伝馬《てんま》制度を設け、同時に草津を東海道宿駅に指定した。

この家康が征夷大将軍に任ぜられて江戸幕府を開いたのは、それよりちょうど二年後の慶長八年（一六〇三）二月十二日。

「我が徳川の大軍、いつなりとも東海道を西へ驀進《ばくしん》す」

そう咆哮《ほうこう》する徳川時代の愈《いよいよ》の幕開けであった。

草津宿は発展し、旅籠《はたご》六十軒以上、本陣二軒、脇本陣二軒を数える。

銀次郎の歩みが止まり、馬が低く鼻を鳴らした。

そこは東海道と中山道《なかせんどう》の追分《おいわけ》（分岐点の意。地名としても各地に残る）で、彼の傍《かたわ》らには、右東海道いせみち（伊勢道）。左中山道美のぢ（美濃路）の小さくはない石柱《せきちゅう》が立っていた。

そのため、人の往き来で大層賑わっている。

「さてと、先ずお前の水だな……」

銀次郎が手綱を持たぬ手で馬の鼻面《はなづら》を軽く撫でてやった時、何処からか微《かす》かに馬の嘶きが聞こえてきた。

思わず銀次郎の表情が「お……」となる。

さらに、明らかに蹄鉄《ていてつ》を打つ音――特徴ある――も伝わってくる。

「こちらだな」

銀次郎は人の間を縫うようにして、ゆっくりと足を進めた。この草津で彼は、妙に呼吸《いき》が合うこの馬と別れる積もりだった。かなりの疲労が蓄積している筈だし、蹄の傷《いた》みも心配だった。

日本における蹄鉄――蹄の裏に打ち付ける――の発達は、西欧に比べて話にならぬほど著《いちじる》しく遅れていた。蹄鉄の装着なしでは、馬は長距離を駆け通すことも歩き通すことも、むつかしくなる。蹄が磨耗《まもう》し過ぎると当然出血もし、また感染症にやられたりもする。

馬自体の重い体重を支え、さらに騎乗の人間の重みに耐えなければならぬ馬の蹄は、蹄鉄なしでも非常に頑丈《がんじょう》に出来てはいる。蹄の底も側面も相当に厚く丈《じょう》夫《ぶ》だ。

とくに蹄の先端部は摩耗《まもう》に応じるかたちで、素早く成長（回復）する〝本能〟を持つ。

蹄鉄がはじめて文献に登場するのは、八、九世紀頃の東ローマ帝国（ビザンチン帝国とも）においてであった。また本格的な『**蹄鉄騎馬軍**』の大激戦としては、一〇六六年の『**ヘースティングズの戦闘**』が有名である。バイキングで知られた北ゲルマン民族から成る**ノルマン騎兵隊**が、歩兵戦闘を伝統とする**アングロ・サクソン**（現在のイギリス国民系）の大軍を撃破した戦いだ。実はこの戦いが**蹄鉄の大事さ**を人人に知らしめ、十一世紀に入ってからの農耕の（農産業の）飛躍的発展に結び付いたと言われている。

「あれか……」

と呟いて銀次郎の歩みが止まった。

四半町ほど先（二十五メートル余）の左手に、商家と商家の間に挟《はさ》まれた猫の額ほどの地に駅家《うまや》らしき板葺《いたぶき》屋根の小さな二階家があった。その板葺屋根も家の焼板壁や粗土壁《あらつちかべ》も、妙に真新しい印象だった。まるで猫の額ほどの狭《せま》い空地に大急ぎで設けられたかのような。

通りに面しては僅《わず》か二頭分の厩《うまや》――水飲み場を設けた――しかなく、そのうち一つに黒毛の馬が一頭入っており大人しく人の往き来を眺めている。ただ確かに蹄鉄を打つ音はその小さな二階家の一階から漏れ伝わっていた。

銀次郎時代の馬の蹄は、丈夫な厚い美濃紙や馬の毛、女性の髪の毛などを〝代用蹄鉄〟として用い蹄を保護することが多かった。その意味では、日本の戦国時代に『何処其処の騎馬軍団が猛然たる速駆けで敵陣に突入して撃破』などと言うのは眉《まゆ》に唾《つば》つけた方がよいのでは、と思ったりもする。

ところがどっこい。我が国には古くから腕のよい素晴らしい職人が大勢いた。それが鍛冶《かじ》職人である。古くは『かねち』と称されたらしく、これは『金打ち』が略されたものであると**古事記伝**(奈良時代に編纂の『古事記』の注釈書)で説かれている。

律令制の時代(奈良時代)これらのすぐれた鍛冶職人は中央や地方の官庁の監理下にあったが、時代の流れと共に全国へと展開し、その能力も次第に専門化して、刀鍛冶、鉄砲鍛冶、鎌《かま》鍛冶、鋸《のこ》鍛冶、錨《いかり》鍛冶、庖丁《ほうちょう》鍛冶、錘《おもり》鍛冶、鍬《くわ》鍛冶、剃《かみそり》鍛冶など多分野へと発達していった。これらの鍛冶職人のすぐれた技術は人人から大変尊敬され、とくに農耕に従事する百姓たちからは聖職者扱いされる程であったと伝えられている。

この鍛冶職人たちの技術が、支配階層(武士)の求めに応じて、軍馬の蹄鉄作りに加わった可能性は充分にあると思いたい。

十一世紀半ばのイギリスにおいては、ハートフォード（ロンドン北方三十五キロ、ハートフォードシャー州）の鍛冶職人が王税のかわりとして一年に百二十個の蹄鉄を〝納付〟したという記録が残っているらしいことから、すぐれた鍛冶職人が少なかった我が国の戦国期以降にあっても、その可能性は充分にあった筈だ。

ただ、蹄鉄鍛冶という言葉は今のところ、著者の銀次郎時代までの史料文献には残念ながら登場していない。

八代将軍徳川吉宗の時代になって漸《ようや》く、装蹄技術の重要性に気付いた彼が、オランダ人のハンス・ユンゲル・ケイゼルに西洋蹄鉄の技術を熱心に求めたが江戸期の日本には根付かなかった。その原因について著者は、すぐれた誇り高い鍛冶職人が既に大勢日本に存在したからではないか、と疑いたい。幕府はオランダ人に西洋蹄鉄の技術を求めるよりも、日本の鍛冶職人の研究と開発について積極的に支援した方が、道は近かったのではないかという気がする。**外《そと》に頼るよりも内《うち》を育てよ、だ。殖産の基本である。**

「邪魔をする……」

銀次郎はべらんめえ調を控え、馬の手綱を引いて金打《かなうち》の音を響かせている小さな二階家の前に立った。

奥に炉があって、赤赤とした炎《ひ》を見せている。

今まさに振り下ろさんとする金槌を頭上で止めた髭面《ひげづら》の男が、不機嫌そうにジロリとした目を銀次郎に向けた。何を打っていたのかは、土間口に立つ銀次郎の位置からはよく窺《うかが》えない。

「すまぬが、馬に水を飲ませてやりたい」

「厩の前の水飲み場が目に止まりませんかえ」

ぶっきらぼうな髭面男の返答だった。しかも油煙《すす》よごれの顔で銀次郎を睨みつけざま言うものだから、馬と共に疲労気味な銀次郎は思わずムッとなった。

「蹄が検《み》れるか？　検れるなら、ついでに検てやってほしいのだが……」

「ついでに？……悪いが、ついで仕事、なんぞ儂《わし》は引き受けておりませんやな」

「そう言葉尻を捉えないでくれ。蹄が検《み》れるなら検てやってくれぬか。馬が可哀想なんでな……」

「馬が可哀想？」

「ああ、馬も生き物だ。人の心をよく理解するので大事にしてやりたい」

髭面男が、ふっと表情をやわらげた。

「どれ……」

髭面男は金鎚をそっと手放して、腰を上げた。その、金槌のやさしい手放し様《よう》を見逃さなかった銀次郎は、（この男は本物の鍛冶職人だ……）と思った。

髭面男は馬の傍《そば》にやって来ると、黙って首すじを撫で、肩の方へと動きつつさすってやり、「ようし、よし。いい子だ」と声をかけながら、脾腹《ひばら》から臑《すね》（後ろ脚の）にかけての線を軽く叩くようにして撫でさすった。

「さあ、見せてみな。いい子だ、いい子だ」

声をかけながら髭面男は腰を下げ、球節《きゅうせつ》（後ろ脚の蹄の少し上）付近に手を触れた。

馬は全く静かであった。髭面男が蹄の裏を検《み》ることに、抵抗を示さなかった。

「いい蹄鉄を打ってなさる。何処から来なすったね、お侍さん」

「摂津国《せっつのくに》西宮宿から来たのだが……」

「ああ、西宮戎《えびす》神社の門前町のね……遠い所から来なすった。が、彼処《あそこ》にはいい蹄鉄を打つ奴が何人もいるからねえ」

「かなり摩耗しておるか？」

「なあに、摩耗はしているが、まだ走れまさあ。だが馬は蹄も大事だが脚の疲労を労《ねぎら》ってやらなきゃあ。先ず、たっぷりと水を飲ませてやりなせえ。そのあとで女房《かかあ》に新しい蹄鉄に取り替えさせますわ」

「女房《かかあ》？……ほう、女房《にょうぼう》は蹄鉄を取り替える業を持っておるのか」

「鍛冶屋の女房《かかあ》ってえのは、何でも出来まさあ、お侍さん」

「そいつぁ頼もしい」

「お侍さん、まだ若いのに顔中、傷あとだらけだねえ。これから何処へ行きなさるので？　江戸ですかい」

「うん、江戸だ」

「血気《けっき》にはやっての旅の喧嘩《けんか》は気を付けなさいましよ。江戸に着く迄に大事な若い命を失《な》くしてしまいますぜ」

「私に若い若いと言うが、お前さんも三十半ばに手が届いたくらいだろう」

「へん。余計なお世話でごぜえますよ。いま、女房《かかあ》を呼びますからね」

油煙《すす》まみれの髭面男はそう言うと、奥に向かって「キトよ……おいキト、客だ」と野太い大声で叫んだ。

銀次郎は一瞬、飢凍《きとう》、と聞こえたから「ええっ……」という驚きと戸惑《とまど》いに襲われた。女房の名が、飢凍、など聞いたこともない。

薄暗い奥でのんびりと響くダミ声の返事があった。

「蹄鉄を取り替えてやってくれ。使い古しじゃあなく、儂が一昨日仕上げた新しいのとな」

髭面男の言葉が終らぬ間に、奥から女房《かかあ》とやらが面倒臭そうな感じで現われた。

着通しかと判る汚れた継《つ》ぎ接《は》ぎだらけの着物に髪は乱れ放題、そのうえ顔は油煙《すす》を塗りたくったかのように汚れ、男か女か見分けがつかぬほどだった。

その姿を見ただけで、朝から晩まで一生懸命に亭主の鍛冶仕事を手伝っているのであろうと判る。

「厩で取り替えてやれ。ここでは邪魔だ」

「言われんでも、その積もりだい」

ダミ声が反発するかのように応じ、無言のまま銀次郎の手から手綱を引ったくりざま押し除《の》けるや、厩の方へのそのそと動いていった。

「癇癪《かんしゃく》もちの女房だぜ、気を付けなせえよ」

髭面男はそう言って、ジロリと銀次郎を睨《ね》めつけた。

「お、おう。気を付ける」

銀次郎は思わず苦笑してから、小さな二階家の鍛冶場に隣接するかたちとなっている厩へ移動した。

厩の一つには、鼻すじに白い線が鮮《あざ》やかに走る全身真っ黒な馬が一頭入っている。

その向こう隣の厩では、すでに髭面男の女房〝飢凍〟の作業が始まっていた。

銀次郎は立ったまま、しゃがんで作業をしている〝飢凍〟の背中を黙って見守った。

（それにしても、もう少し女房を小綺麗にしてやれないものかねえ……）

銀次郎はそう思って、髭面男に少し腹を立てた。脳裏をスウッと連衆村のヤエの顔が過《よ》ぎったのは、この時だった。

（足利奉公衆の血を継ぐ連衆村の男たちは一体、何処へ行ったのか……）

胸の内で呟く銀次郎の首すじが、その声なき呟きで冷えていった。

馬で出かけたのであれば、相当遠くまで出かけている筈である。

髭面男の女房〝飢凍〟の作業は、手並に迷いがなく速かった。

銀次郎がヤエや連衆村のことについて、あれこれと考えをめぐらしている間に、新しい蹄鉄の装着作業は訳もなく終りに近付いていた。

タンタンタンと金打ちの音が終って、しゃがんでいた〝飢凍〟の背中が立ち上がり、銀次郎は漸《ようや》く我を取り戻した。

油煙《すす》だらけの顔で女が振り向いた。

「終ったよ。この馬の脚はかなり疲れ切っている」

無愛想なダミ声が、一層にごっていた。

「この馬だが西宮宿へ戻してやりたい。出来るか?」

「訳もないことだよ。お侍さんは草津宿から先も馬が要《い》るのかね」

「ああ、要る」

銀次郎は癇癪もちだという髭面男の女房とは殆ど顔を合わさず、こちらをやさしい目で見つめている馬に、（ありがとよ、よく此処まで付き合うてくれたな）と胸の内で労った。

「要るなら、隣の厩の黒い馬を使いな。何処の宿場で乗り捨てても心配はいらねえからよ」

いらねえからよ、という女のダミ声の言葉に、いささかの幻滅《げんめつ》を感じながらも銀次郎は、

「ありがとよ。で、幾ら支払えばいいのかな」

と、やわらかな調子で訊ねた。亭主の『緻密《ちみつ》と根気が求められる荒仕事』に付き合わされる余り、女の香りをすっかり薄めてしまっているかに見える〝飢凍〟に、銀次郎は同情を覚え始めていた。

「大負《まけ》けで、片手でいいよ」

「片手？……五両か。少し高いではないか」

銀次郎は女の顔の前に片手五本指を広げて見せ、愛想笑いを付け足して値引きを促した。

「片手でないと駄目だ」

女はダミ声を強めざま、ぐいっと銀次郎に詰め寄ると、いきなり彼の手首を摑んだ。

不意を突かれた銀次郎が「あっ……」と思うよりも先に、油煙《すす》けた顔の女は衝撃的な行動に移った。

銀次郎の〝片手五本指〟つまり掌《てのひら》をするりと自分の胸懐《むねふところ》へ、引き入れたのだ。圧倒的に豊かでやわらかな乳房《ちち》が、銀次郎の掌《てのひら》に触れた。夢のような、やわらかさだった。

それだけではない。

掌《てのひら》の中心を**それ**と判る小さな温《あたた》かい隆起《りゅうき》でふわりと擦《こす》られ、銀次郎の頭の後ろでカアッと炎《ひ》が走った。その炎《ひ》が背すじを貫き、下芯《かしん》で激しく弾《はず》む。

女の顔が、倒れ込むように銀次郎の胸に軽く沈んだ。

「ふふっ……」

澄んだ美しい女の含み笑いであった。妖しくもある含み笑いであった。

「黒兵《くろべえ》……黒兵ではないか」

呻くが如く囁《ささや》いた銀次郎の眦《まなじり》が思わず吊り上がった。瞳《ひとみ》が一瞬光っていた。

「はい。黒兵でございまする」

「おお。無事でいてくれたか。心配をしておった」

銀次郎が空《あ》いている方の手を相手の背にまわして、強く抱き締めようとすると、

「お止《よ》しなされませ。暫《しばら》くこのままで……」

と、黒兵が囁いた。強い意思を内奥に秘めたかのような澄んだ囁きだった。

銀次郎は黒兵の背にまわしかけた手を、宙で止め、しかし矢張り彼女の背に力を込めて触れた。

「お前のことを心配しておった……」

「本当に？」

「本当に、だ。この豊かな乳房《ちち》の妖しい温かさを思い出しながらな……」

「ならば、そっと……さすって下さりませ」

消え入りそうな黒兵の声だった。どことのう、苦しい響きの声であった。

「こうか？……」

銀次郎は掌《てのひら》の中心に触れる小さな隆起を意識しつつ、下芯で弾む激しい炎《ひ》に耐えながら、恍惚《こうこつ》として己《おの》が掌《て》を滑らせた。やさしく、いたわるようにして。

黒兵が、ふうっと微《かす》かな吐息を漏らす。

「江戸へ戻ったならゆっくりと会いたい。会うてくれ」

銀次郎は彼女の耳に唇を近付けて小息をふわりと吹きつけた。

「いいえ、なりませぬ」

黒兵は銀次郎の言葉で現実へ引き戻されたのか、両手で突き飛ばすようにして彼から離れた。

「私《わたくし》は黒鍬《くろくわ》の者。与えられた御役目の一線を超えれば、上の力で私《わたくし》は消されてしまいまする。銀次郎様もただでは済みませぬゆえ、お目にかかるのは今日がおそらく最後。そう思ってこの草津でお待ち致しておりました」

「あの髭面の鍛冶職人は、まさかお前の亭主ではあるまい。お前の亭主は御駕籠《おかご》之者（茶山三之助）と既に私の耳に入っておるぞ」

「髭面の鍛冶職人は私《わたくし》の忠実な配下の一人に過ぎませぬ」

「ここでの黒兵は、素姓《すじょう》隠しのためキトウと名乗っておるのか」

「キトウでも誤りではございませぬが、キトと近在の配下の者たちには呼ばせてございます。季節の季に、秋冬の冬と書きまする」

「おお、季冬か。綺麗な名だな。乳房《ちぶさ》妖しい其方《そなた》にふさわしい名だ。うん」

目を細めてそう言いながら、銀次郎はそれ迄の己れの下卑《げび》た貧しい感性を嫌悪した。

「さあ、銀次郎様。黒兵に乗って御役目を全《まっと》うなさって下さりませ」

「黒兵に乗って？」

「厩の黒い馬のことでございまする。黒兵と名付けたなかなか賢《かしこ》い馬でございます。江戸までの何処の宿で乗り捨てても問題なきように、既に調えてございます」

「せめて今宵ひと晩、この草津に宿をとって、お前と語り合いたい。我が掌を其方《そなた》の乳房に触れて眠らせてくれ」

「恐るべき妖怪床滑七四郎《ゆかなめりななしろう》を打ち倒した剛の者が、赤子のようなことを口になされてはいけませぬ。もう一度申し上げます。銀次郎様にお目にかかるのは、この草津宿がおそらく最後。それゆえ黒鍬の覆面をとり油煙《すす》まみれの素顔でお待ち申し上げておりました」

「黒兵……江戸に戻っても会えぬというのか。本気で言うておるのか」

「はい。二度と会うことはございませぬ。会う積もりもありませぬ。本心でございます。それでは私《わたくし》はこれで失礼《しつれい》いたしましょう」

「黒兵……ま、待て……今少し待て」

「銀次郎様ほどの並外れた剣の達者が、私《わたくし》の乳房に掌《てのひら》を触れておきながら、女心のひとひらさえも察せられなかったと申されまするか。なさけのうございます」

黒兵はそう言った途端、両の目から一粒の涙をはらりとこぼして、銀次郎の前から離れていった。その背に、今の涙には不似合いな、強い意思が漲《みなぎ》っているかのようだった。

銀次郎は追わなかった。いや、追えなかった。茫然自失であった。

大坂・月祥院の若く美しい尼僧、彩艶尼の裸身が脳裏をかすめたのは、この時だった。

銀次郎の良心が疼いた。まったく、この俺《おれ》という男は……と。

十五

「どう……」

銀次郎は声低く、黒馬・黒兵の手綱を絞り込むようにして軽く引いた。

二度目の幕翁《ばくおう》領入りを果たした瞬間だった。午後遅めの御天道様《おてんとさま》は西に傾いているが、空も大地もまだ明るい日差しを満たしている。

「不気味なほど何事もなく来れたな」

呟いて銀次郎は辺りを見まわした。

草津から此処までは、静か過ぎる程の静けさに包まれた旅、と言ってよかった。また、ひとりの不審者にも出会わなかった。

（四国の大洲《おおず》で妖怪床滑と奉公衆の大幹部と思われる連中を倒したことが、この薄気味悪いほどの静寂につながっているのか……）

銀次郎は胸の内でそう呟き、若《も》しそうならば今日から始まる任務は思いのほか楽かもしれない、と思ったりした。

いま彼の眼前には魚介資源が豊富な広大な内湖《うちこ》があった。この内湖の岸辺――黒兵が佇《たたず》む――までが前《さき》の老中首座で幕翁の名で恐れられた大津河安芸守忠助（十二万石）の領土であった。内湖の水利権を一手に掌握し、したがって大津河領（湖東藩）の農水産業は豊かだった。

内湖は蛇行する二本の長い水路によって琵琶湖と結ばれており、水枯れの心配は全くない。

(幕翁め、大人しく首を差し出してくれればよいが……)

銀次郎は広大な内湖の彼方を睨みつけて呟いた。

幕翁の手腕によって発展してきた湖東藩の城下町は、内湖の向こう岸より二里ばかり奥に広がっている。

湖東城は地味で簡素な造りの三層の天守閣を持っており、最上階の大棟を飾る青銅製の鵄尾《しび》が今、日を浴びて鋭い光を放っているのが、馬上の銀次郎には微かにだがよく見えていた。

「さてと、岸辺に沿って行くとするか、黒兵よ」

銀次郎は手綱を引いて馬首を右へ振った。

と、野良着の老百姓ひとりが牛の手綱を引いて、俯《うつむ》き加減にゆっくりとこちらへ向かってくるのが認められた。

銀次郎がじっと眺めていると、相手もこちらに気付いた。

老百姓が丁寧に腰を曲げたので、銀次郎はしっかりと頷《うなず》きを返した。日頃から

『百姓の力あってこその、武士』を強く自覚している銀次郎であった。国家とは常に民《たみ》(国民)を指して言い、政治権力は民《たみ》の僕《しもべ》に位置する、という意識が強い彼である。

「精が出るのう。畑の耕しかえ」

近寄って来た老百姓に、銀次郎は馬上で笑みを見せつつ声をかけた。

「今日は風が無《ね》えだで、この小判形の長円な(要するに楕円形《だえんけい》)沼向こうにある娘の畑を耕してやろうと思いまして。へえ」

「沼向こうの娘の畑?……今日はもう、日が沈むばかりだぞ。牛を引いてこの広大な沼の岸沿いに行くうち、暗くなりはせぬか」

銀次郎はこのところ、ともすれば無意識の内に口から滑り出るべらんめえ調を、抑えるようになっていた。黒鍬頭である黒兵の影響が大きかった。ひと触れした者の掌《てのひら》を恍惚《こうこつ》とさせる豊かな乳房に恵まれる黒兵が、人妻となりながらも命を賭《か》けて勤めに励んでいるというのに、「べらんめえ調を放っている場合じゃねえやな……」と言う気になっていたのだ。

老百姓が、心配してくれる銀次郎に真顔で答えた。

「今日は牛を運ぶだけでのう。牛馬を持っとらん娘の畑仕事の手伝いは明日からでごぜえます。今夜は娘の嫁入り先に泊まるだよ」

「いま牛を運ぶ、とか言ったな」

「へえ、この牛は大人《おとな》しいだで、船で運んでやるとアッという間《ま》に、向こう岸に着きますだ」

「へええ。そのようなことが出来るのか。その大きな牛を船でのう」

「娘が沼向こうへ嫁に行ってから、もう十年以上も牛と一緒に船で沼を渡ってますだよ」

「ほう……牛が沼を怖がって暴れはせぬか」

「うんにゃ。大人しいもんでごぜえやす。大事に可愛がって家族のように飼育してるだで、俺《おら》を信用してくれております。そうでないと、無理というものでごぜえやすよ」

「だろうなあ。しかし、この沼岸から向こうは、湖東藩が治めているのであろう。勝手に船を漕《こ》ぎ出してもよいのか」

「これまで一度だって文句を言われたことは、ねえですよ。それに娘の嫁入り先は向こう岸から直ぐの所なもんで、御城下の町からはかなり離れとります。へえ」

「そうか。では充分に気を付けて行きなさい」

「へえ、有り難うごぜえますだ。お侍様も、よい旅をなさって下せえまし」

老百姓はもう一度丁寧に腰を曲げてから、葦《あし》や茅《かや》がそれこそ林のように繁茂している方へのんびりと消えていった。

さすがに気になるので銀次郎は、馬上からその方角を暫く見守っていた。

すると、葦《あし》や茅《かや》の林の中から、一艘の猪牙船《ちょきぶね》がすうっと姿を現わした。馴れた手捌《てさば》きで櫓《ろ》を操る老百姓が、銀次郎の方を見て顔いっぱいに笑みを広げ、ぺこりと頭を下げた。

銀次郎も笑みを返した。が、その直後、銀次郎の表情は驚きに変わった。

なんと猪牙船は見るからに古い筏《いかだ》を引っ張っていた。筏の先端は水を切り易《やす》いようにであろう、△の形になっている。しかも安定を保つため筏の側面の何か所かにそう大きくはない樽《たる》を括《くく》り付けてある。

その筏の上で先程の牛が足を踏ん張って午後遅めの空を仰ぎ、モウッと豪快に放ったから銀次郎は思わず破顔してしまった。

「なるほどなあ。大地や森や林、水や御天道様など大自然を相手に毎日真剣に励んでいる百姓たちは、いい知恵や大胆な方法を思いつくもんだ。それに比べ、侍なんてえのは……」

銀次郎は猪牙船の老百姓に聞こえる程の声で言い放つと、「行こうか、黒兵」と馬腹を軽く打った。

黒兵が小駆けに駆け出した。老百姓が沼と表現した内湖は非常に広大であった。小判形で長円だと言うから、どちら回りで黒兵を走らせても城下の町まではかなりの刻《とき》を要すると思われた。

実は銀次郎は、東近江国《ひがしおうみのくに》への一度目の幕翁領への入国では、奉公衆たちの凄まじい襲撃に阻《はば》まれて、防戦に追い込まれ湖東藩の城下へは入り込めないでいた。しかもこの広大な内湖が横たわっていたから、

「下手をすると、夕靄《ゆうもや》が漂い始める直前の城下入りになるかもなあ」

空をチラリと仰ぎ見、馬上で呟く銀次郎だった。

十六

銀次郎の予想通りとなった。黒兵と共に湖東藩の城下に達したとき、田畑は内湖方面から漂いくる薄靄に包まれて薄暮《はくぼ》のなかにあった。

田畑にも、田畑の中を貫くようにして湖東城の方へと伸びている並木道にも、人の姿はない。

「はて？……何だか静か過ぎるなあ」

銀次郎は首をひねって馬上から下りた。真っ直ぐに続いている並木通の三、四町先（およそ三、四百メートル先）には、湖東城を通りの右方向に置くかたちで、家家が立ち並んでいた。だが人人の気配も賑《にぎ》わいも、いや、小さな音ひとつ伝わってこない。

銀次郎は小さな神社を見つけて並木道から外れ、境内の銀杏《いちょう》の木の枝に、手綱を引っ掛けた。括《くく》りつけなかった。引っ掛けただけである。

「黒兵、ここで待っていてくれ。大事なお前が傷を負っては大変なのでな。若《も》しこの俺、いや、この私が戻ってこなければ、お前は草津へ引き返せ。判るな。手綱はここに引っ掛けてあるだけだから……いいな」

銀次郎は言い置いて、黒兵の首を抱いてやり、さすってやった。

季冬（黒兵）の身ぶるいに襲われるほど豊かな乳房が銀次郎の脳裏に甦《よみがえ》って、彼は溜息を吐き馬から離れた。黒兵（季冬）への切ない慕情が、胸の内から込み上がってくる。

彼は小さく舌を打ち鳴らすや、並木道を城下の町めざして、足を速めた。

（若しや何かが起きているのでは……）

銀次郎は、そう思った。まだまだ油断はならなかったが、しかし、幕翁の力は今や間違いなく確実に衰弱している、と信じて疑わぬ銀次郎だった。

並木道の終る所、つまり城下の町への入口に関所を思わせる拵《こしら》えの大木戸門があった。けれども大きな両開きの木戸は、二枚とも内側へ開いており、界隈には侍たちの姿も町の人たちの姿もない。

そのうえ家家はどこも皆、表を閉ざして咳《しわぶき》ひとつ漏れてこない。

それらの家家は黒瓦葺、板葺、藁葺《わらぶき》と入り混じっていたが、並木道に続く大通りと、その大通りと並行に走る（縦《たて》に走る）何本かの生活通りに沿って、整然と並んでいるのが判った。

ただ、大木戸門を入った銀次郎の位置からは、そこまでしか判らない。

右手方向、薄暮《はくぼ》のなか小高い丘上《きゅうじょう》に湖東城は見えていた。その城に向かうかたちで幾本もの通りが横に走っていなければならない筈であったがしかし今の銀次郎の位置からは、縦に走る通りは認められるものの、それに対して横に走る道は全く視認できなかった。つまり城下が碁盤《ごばん》の目《め》状に出来ているのかどうかは、わからなかった。

銀次郎は静まり返った通りを用心深く、町の奥を目指して歩み出した。

ところが幾歩も行かぬ内に、丘上にある湖東城の方角でズダダーンと大きな銃声が生じた。

（な、なんだ？）

銀次郎は反射的に膝を折って、姿勢を低くした。

すると再び大銃声があって、「えいえいおう……」という幾十、幾百人が発したと思われる叫びが続いた。

明らかに鬨《かちどき》ではないか。

静まり返った家家がゴトゴトと音を立てて表戸を開けたのは、このときであった。住人が次次と表に現われるや城に向かって額《ぬか》ずくが如く、両手を合わせて合掌し出した。

そして、またしても大銃声に続いて響きわたる鬨《かちどき》の叫び。

合掌する住人たちが一斉に「南無阿弥陀仏……」と唱え出した。浄土宗や真宗の影響が強い地域なのであろうか。

背後から駆けてくる蹄の音を捉えて、銀次郎は立ち上がって振り向いた。

黒兵が鬣《たてがみ》をなびかせ、全力疾走で向かって来るではないか。

(黒兵……心配してくれたか)

草津宿にいるであろう、あるいは既に江戸へ向かったかも知れない季冬(黒鍬黒兵)の温かな乳房を思い出し、銀次郎は大木戸門の外に走り出て両手を広げた。

「どう……俺は大丈夫だ。ありがとよ」

銀次郎は駆けつけて黒兵の頰をさすり、首を撫でてやってから身軽に騎上の人となった。

「ちょいとばかし危険だが、進まなきゃあならねえ黒兵よ。こうなりゃ一心同体だ。付き合っておくんない」

自分でも久し振りに聞く気がするべらんめえ調を放ち、馬腹を軽く打った銀次郎だった。

黒兵が速歩《はやあし》（上下反動大きい二拍子リズム歩法。分速およそ二百二十メートル）で進み出した。

地面を打つ蹄の乾いた音が、読経《どきょう》の小声が静かに満ちる通りに響き渡ったが、ひたすら合掌し続ける人人は、銀次郎の方も見ようともしない。

二町ほど先の横に走る一つめの通り、更に次の二つめの通りを過ぎて、三つめの横に走る通りで銀次郎は手綱を絞り黒兵の歩みを止めた。

三つめのやや広い通りは緩《ゆる》い勾配を見せて湖東城へと真っ直ぐに続き、その尽きた所にかなり大きく頑丈な拵えと判る大手門が見えていた。

両開き門は内へ大きく開けられたままであったが、門衛の姿は一人も見当たらない。

城にとって最も重要な大手門に、一人の門衛の姿も見られないというのは、異常事態という他ない。加えて城下の人人が一斉にはじめた合掌と読経。

暫く幕翁城の大手門を睨みつけていた銀次郎であったが突然、険しい表情となって目を光らせた。

(もしや……無血開城か)

そう思った次の瞬間、銀次郎は大手門に向かって黒兵を全速力で走らせていた。いわゆる襲歩《しゅうほ》と称されている競馬速度(分速千メートル)である。

むろん、いきなりその速度に達せられる訳ではないが、黒兵の走りはまさに、それに至る速足《はやあし》や駆足《かけあし》(三拍子リズム歩法。分速三百五十メートル〜六百メートル)を跳び超えるかのような凄まじい全力疾走だった。

大手門の内側はやはり緩い勾配の、三十段ほどの石段である。

黒兵に大手門を潜《くぐ》らせた銀次郎は「そのまま行《ゆ》け、黒兵」と馬腹を強めに蹴って騎上の姿勢を低くした。

黒兵は高らかに蹄を鳴らし、漂う薄靄の中、三十段の石段を一気に駆け上がった。

そこで大空を仰ぎ、勝武者《かちむしゃ》の如くヒヒヒヒーンと躍動的に嘶《いなな》く。

「なんだこれは?……」

銀次郎の眼前には真っ白な陣幕《じんまく》が張り巡らされていた。

陣幕の外には一人の人の姿もなかったが、内側には明らかに人の気配があった。

それに煙硝《えんしょう》の臭《にお》いが漂っている。

どうやら先程の轟然《ごうぜん》たる銃声は、この白い陣幕の内側で発射されたようだった。

黒兵の蹄が三十段の石段を打ち鳴らした筈であるのに、陣幕の内側からは誰一人として現われない。

まるで息を殺しているかのような感じであった。それらの者が何者であるかによっては、銀次郎の命は危険にさらされる。

(仕方がねえ。いやだが、**あれ**を使ってみるかえ……)

べらんめえ調で、胸の内で銀次郎は呟き、そしてぐっと息を吸い込み胸を張った。

「陣幕内側の方方《かたがた》にお伝え申す。我は公儀の秘命を受けて参上したる幕府黒書院直属監察官大目付三千石、従五位下加賀守桜伊《さくらい》銀次郎でござる。どなたか陣幕の外まで、姿をお見せ下されい」

堂堂たる銀次郎の声の響きだった。それこそ城中の隅隅《すみずみ》にまで轟《とどろ》きわたるような。

だが陣幕内はかえって静まりかえった。誰かが出て来る様子がない。

「誰も出て来ぬとあらば、おのれ達は謀叛《むほん》の集団か。ならばこの桜伊銀次郎、馬もろとも切り込むまで。覚悟せい」

銀次郎は馬上で叫び終えると大刀を抜き放ち、手綱を帯深くに左手で挟み込んだ。

血みどろの激戦を予感したのであろう。黒兵が三十段めの石床を蹄で打ち鳴らし、再び高らかに嘶《いなな》いた。

十七

黒兵《くろべえ》の軍馬の如《ごと》き力強い嘶《いなな》きと蹄《ひづめ》の打ち鳴らしが効いたかどうか、陣幕内の静けさが破れ、かなりの数の激しい動きが薄暮の中、銀次郎に伝わってきた。

やるか、とばかり黒兵が気を高ぶらせて後ろ脚で立ち、前脚で空《くう》を叩いた時、そよ風が吹いて薄靄が流れ、没しかけていた夕日が放つ数条の眩しい光が差し込んできた。

馬上であざやかに均衡を保つ銀次郎の大刀が、その眩しい光を浴びて鋭く輝く。

彼の目の前の陣幕が内側より押し開かれ、鉄砲を手の一団が規律正しい縦列を組んで勢いよく飛び出してきた。いずれも明らかに合戦時鉄砲隊《かっせんじてっぽうたい》の身形《みなり》だ。

が、彼らは銃口を銀次郎に向けはしなかった。陣幕を背にして直立不動の姿勢を取ったのである。

その横列鉄砲隊の中央付近で陣幕が再び内側より押し開かれ、鎧甲《よろいかぶと》こそ身に付けてはいなかったが、物物《ものもの》しい出《い》で立《た》ちの若くはない武士たちが、次次と現われた。

「どう……よしよし」

銀次郎は高ぶる黒兵を鎮《しず》めて、大刀を鞘《さや》に納めた。

若くはない宿老風印象の武士たちの内の一人——四十前後か？——が、つかつかと馬上の銀次郎の前に歩み出た。

銀次郎は相手の衣装の胸に**星梅鉢**の紋を認めて、馬上からひらりと身軽に下りた。べつに慌ててはいなかった。

星梅鉢の紋が、松平十九勢力の中で、『親藩・譜代』に位置する名門、久松《ひさまつ》松平家であることを知らぬ筈のない銀次郎である。

神君家康公（徳川家康）の生母である於大の方《おだいのかた》（世に知られている伝通院・三河刈屋《かりや》城主水野忠政の次女）は家康誕生後、諸勢力間の著しい緊迫によって婚家《こんか》（岡崎城主松平広忠）を離縁され刈屋城へ戻った。が、その後、尾張阿古居《あぐい》城主久松俊勝と再婚し、康元、康俊、定勝の三子に恵まれた。

この三子が家康の異父弟に当たることから与えられたのが、久松松平家のはじまりである。明治に入って子爵、伯爵を許された名家だ。

銀次郎と宿老風の相手は確《しっか》りと目を合わせ、共に軽く頭を下げ合った。いや、僅《わず》かにではあったが、星梅鉢の家紋を胸に付した侍の方が、銀次郎を立てるかのようにして威儀神妙《しんみょう》であった。

その彼が銀次郎よりも先に切り出した。

「御公儀よりの御触書《おふれがき》、確かに拝受いたしてござる。身に危険を背負うての数数《かずかず》の御大役、真《まこと》に御苦労様にございまする」

自身の身分素姓《すじょう》を名乗る前に、穏やかな口調でそう告げる星梅鉢家紋の宿老風武士だった。告げたが、しかしここで頭は下げない。
彼が言う御触書とは『幕府黒書院直属監察官大目付三千石』の人事を指してい
ることは言うまでもない。
ただの大目付ではないのだ。その上《あたま》に黒書院直属監察官という圧倒的な肩書が
付されている。
そして、その職にある桜伊《さくらい》銀次郎が『身に危険を背負うての数数の御大役』を
為《な》し遂《と》げてきたことを、全国松平会の情報網で既に把握しているのだろう。
銀次郎も相手に対し礼を守って静かに返した。なにしろ相手は星梅鉢の家紋だ。
「お言葉、真に恐縮に存じまする。言葉を飾らずにお訊ね致すことを御容赦下さ
れ。さきほど一斉射の大銃声と鬨《かちどき》が聞こえて参りましたが、この陣幕内からで
はございませぬか」
「はい。その通りでござる」
「何事がございましたのか、私の御役目として知らねばなりませぬ」
「仰せの通りと存じあげる。実は陣幕内には京の所司代《しょしだい》より駆け付けましたる全
国松平会の精鋭二百余名が詰めてござる」

「その松平会が幕府より命じられたる使命を漸《ようや》くのこと為《な》し遂げ、それを祝しての一斉射であり鬨《かちどき》でござった」

「そうでしたか。で、その使命というのは？」

「将軍直属の高官、桜伊銀次郎殿ゆえ申し上げる。我らたった今、幕翁《ばくおう》こと前《さき》の老中首座大津河《おおつがわ》安芸守《あきのかみ》忠助とその配下の幹部ども二十七名を成敗《せいばい》（打ち首）してござる」

「なんと、それは大手柄でござった。いや、実に大手柄。大役を成し遂げられたことに、心より深い敬意を表したく存ずる」

「黒書院直属監察官として、なにとぞ討ち取りし首を御検分お願い申す」

「承知いたした。騎乗にて検分させて戴きましょう。宜《よろ》しいか？」

「結構でござる」

星梅鉢家紋の宿老風は深深と頷《うなず》いて横列鉄砲隊へ体の向きを変え、銀次郎は再び身軽に馬上の人となった。

「陣幕を開《あ》けい」

宿老風が野太い声を発して命《めい》じ、鉄砲隊が俊敏に動いた。

開かれた陣幕の向こうに銀次郎が認めたものは、こちらに視線を向けている雑然たる志士の一団であった。大方は無傷の者という印象ではあったが、槍を杖がわりとして体を支えている者、額や手足を血で染めた白布で巻いている者、なども少なからず認められた。

銀次郎が見逃がさなかったのは、彼らの足元の其処彼処《そこかしこ》に横たわって全く動く気配のない刀・槍を手の屍《しかばね》だった。その数、少なくはない。かなりの激戦があったのだ。陣幕が張り巡《めぐ》らされたのは、その激戦を勝利で終らせた、と確認できてからのことなのであろう。

あるいは虜囚《りょしゅう》となりし幕翁とその一味の成敗のために張られたかだ。前《さき》の老中首座、という幕翁の地位に一応の敬意を表して。

「隊列に戻せいっ」

宿老風がやや怒り気味の大声を発し、雑然としていた志士たちが素早く左右に分かれ、奥に向かって真《ま》っ直《す》ぐな道が出来た。

「これより監察官大目付殿の御検分である」

宿老風が再び怒声に近い大声を張り上げると、一団は直立不動の姿勢となった。

銀次郎は、黒兵の馬腹を軽く打った。

志士の隊列の間を黒兵は進んだ。

銀次郎は緊張していた。これが若《も》し、幕翁側の勝利であったならば、自分の肉体は蜂の巣と化していたであろうと。

〝隊列の道〟の一番奥まで来て、黒兵が自ら歩みを止め低く嘶《いなな》いた。

銀次郎の目の前に、急拵えと判る粗雑な造りの晒《さら》し首の台座が組まれていて、その台座の上に三つの首が並んでいた。中央が幕翁、そしてその左右が家老級なのであろうか。

台座を左右から挟むようにして、二十幾つかの首が、地《じ》べたに一応きちんと置かれている。まさに、小荷物のように整然と並べられている、であった。

それらの首を眺めながら銀次郎は、冷え冷えとした気分に見舞われた。勝利感が押し寄せてくることはなく、感慨無量の気分に陥ることもなかった。どうやらこれで一段落だ、という安堵感もない。むしろ寒寒とした風音と共になんともやりきれない気分——空虚さ——が胸の内を吹き抜けていくようだった。

彼は手綱を握り晒《さら》し首を回り込むようにして、その少し奥へと黒兵を進ませた。そしてここでも黒兵は、自ら歩みを止めた。なぜなら石垣を背にした小広場《こひろば》に、百名を超えるかと見られる侍たちが正座をし、うなだれていたからだ。いずれも武装を解かれている。

幕翁配下の闘士《とうし》たちであることは、一目瞭然《いちもくりょうぜん》であった。

憔悴《しょうすい》しきって肩を落とした様子の彼らを見つめる銀次郎の眦《まなじり》が、苛立《いらだ》ったように吊り上がり出した。

民百姓《たみひゃくしょう》が汗水流して働く上にゴロリと寝そべって平和を貪《むさぼ》り食《く》ってきた挙《あ》げ句《く》、戦闘能力をすっかり忘れてしまった武士たちの成《な》れの果《は》て——それをまざまざと見せつけられた気がしたのである。

チッと彼は舌を打ち鳴らした。天下を揺るがしかねない今回の大騒動で銀次郎は、平和の有り難さ、平穏な生活の大切さに、改めて気付かされたと思っている。

だがしかし、平和を貪り食い過ぎて訪れる『重要な能力の衰えや欠落や油断《ゆだん》』についても強く学ばされた、と感じていた。

とくに**油断**、これが幕府をひっくり返しかねないほど、天領をはじめとした各地で大きく膨《ふく》らんでいるという現実に気付かされた銀次郎だ。有力官僚たちの能力・手腕が情けないほど凋落していることに気付かされたのだ。そう、凋落していることに。

「馬鹿野郎めがっ」

不意に雷鳴のような、まさしく雷鳴のような烈しい怒声が馬上の銀次郎の口から迸《ほとばし》り出た。

虜囚《りょしゅう》の身と化して憔悴する幕翁配下の者たちが、一様にびくっとして背中を縮めた。それほどの、銀次郎の怒声だった。やり切れない苛立ちが炎《ひ》の玉と化していた。

その一発の怒声が静寂濃い城内で木霊《こだま》となるよりも先に、彼はクイッと手綱を引いて黒兵を陣幕の外へと進めていた。殆ど反射的に。

威儀を正すかのようにして待機していた宿老風の武士たちが皆、なんと銀次郎を一礼して迎えた。今の凄まじい怒声で、「これは只者《ただもの》ではない」とでも思ったのであろうか。

銀次郎は馬上で言った。穏やかな表情と口調に戻っていた。

「私はこれより江戸へと馬を走らせます。松平会のこの地における大成果の幕府への報告について、すでに早馬は立ったのでございまするか」

「いや、幕府への早馬の用意はこれからでござる」

星梅鉢の宿老風武士が表情をやわらげて答えた。

「それでは幕府への報告のお役目、この桜伊銀次郎に任せて下さいませぬか」

「おお、監察官大目付殿が、お引き受け下さるか」

「宜しいのであれば……」

「真に有り難い。お願い申す。拙者は幕翁討伐隊《とうばつたい》を京の所司代より率いて参った伊勢桑名《くわな》（藩）十一万石、（久松）松平家三代**定重**《さだしげ》（三十七歳）でござる。見知り置き下されい」

やはり有力藩の領主であった。しかも神君家康公の血を受け継いでいる。曽祖父の立場にある既に亡き松平定勝公は、神君家康公と母を同じくする異父弟に当たる。つまり、時と場合によっては将軍の座が回ってきても決して不自然ではない、**松平定重**の血すじであった。

「承りました。松平定重様と知り合えたること、この桜伊銀次郎まことに光栄でございまする。未熟なる身で図図《ずうずう》しく馬上にある非礼、どうか御容赦下さいまするよう」

「なんの、非常時でござる。お気にされるな。それよりも一刻も早く江戸へ無事にお着きになるよう我ら一同、祈っておりますぞ」

「はい。ではこれにて……定重様、江戸で一献交《いっこんか》わせる穏やかな日の訪れることに期待いたしております」

「おお、その穏やかな日が訪れたならば、一番にお目に掛かることを堅くお約束いたそう。監察官大目付殿もお忘れあるな」

「御意《ぎょい》。それでは……」

銀次郎は松平定重に対して軽く頭を下げると、首級《しゅきゅう》（討《う》ち取《と》った首）が並ぶ陣幕の奥へチラリと視線を流し、「行くぞ黒兵……」と馬腹を打った。

よっしゃ、とばかり黒兵が甲高く嘶《いなな》いて前脚を高高と上げ、次の瞬間、一気に疾走を開始していた。

またたく間に石段を駆け下りて薄靄の中に消えてゆく人馬の気配を捉えながら、松平定重は腕組みをして唸った。

「う、うぬう……欲《ほ》しいのう我が藩に。あのような人物、今日《こんにち》なかなかおらぬわ……」

「まことに……」

傍に控えていた初老の武士が、深深と頷いてみせた。桑名藩の家老でもあるのだろうか。

その彼が言った。

「一献交わせる穏やかな日……これより波立つことなく静かに訪れましょうか、殿」

「いや、まだまだ判らぬ。まだまだ判らぬぞ。監察官大目付殿が戻られてからの江戸で何事もなければよいがのう」

そう言って、ふっと表情を曇らせる松平定重であった。

十八

この日、江戸の空は青く澄みわたって日が燦燦《さんさん》と降り注いでいた。

が、江戸城本丸のある部屋には、息苦しい空気が満ち広がっていた。

その部屋は**隠密の間**と呼ばれている三十畳の『笹の間』。

今、この『笹の間』の中央で膝を突き合わせるようにして座している五人の幕僚の顔は、誰もが強張《こわば》り、大型の燭台《しょくだい》の明かりの中ではっきりと顔色がなかった。

その五人の幕僚とは、土屋《つちや》相模守政直《まさなお》、秋元《あきもと》但馬守喬知《たかとも》、井上《いのうえ》大和守正峯《まさみね》（岑とも）の**古参老中**三人と、**側用人**《そばようにん》間部《まなべ》越前守詮房《あきふさ》、経済幕僚で儒学者の新井《あらい》筑後守白石《はくせき》（従五位下、禄高千石）の顔ぶれだった。なかでも新井白石は、**幕府最高政治顧問**の立場でもある。

いま、膝突き合わせて座するこの五人の位置が、いささか不自然だった。

この隠密の間では、声が外へ漏れぬよう**座敷の中央に座する**のが大原則となっており、その大原則に従ってはいたのだが、彼らからかなり離れて位置する**床の間**、その**床の間**が間部越前守の背側にあったのだ。つまり**上座**が、である。

この不自然さについては、やがて判ってくる。

「桜伊銀次郎が謀叛の輩《やから》を見事討ち果たしてくれたというのに、首席目付の暗殺未遂が生じるなど、一難去ってまた一難、ということか……」

眉間《みけん》に深い皺《しわ》を刻んで呻《うめ》くようにして言った老中秋元但馬守を、側用人間部越前守の視線がチラリとだが鋭く刺した。冷ややかこの上もない、目色《めいろ》だった。

「確かに『桜伊銀次郎は死力を尽くした』とする黒鍬《くろくわ》からの報告は届きました。しかし、多くの幕府重臣たちの密かなる協力が集中した、と推量される相手、つまり幕翁。この幕翁を討ち果たしたとする報告は未《いま》だ我我に届いてはおりませぬ。桜伊銀次郎が倒した謀叛の輩《やから》の背後には……」

間部越前守がそこまで言ったとき、日頃より彼と**一枚岩**の評判がある経済幕僚新井筑後守が、僅かに右の手を上げる仕種《しぐさ》をみせて、間部の口を抑えた。

「おそれながら越前守様。桜伊銀次郎殿が倒した謀叛の輩の背後に幕翁が存在したこと、そしてその幕翁に多くの幕府重臣たちが密かなる協力者として靡《なび》いたこと、この二点については改めて申すまでもなく、ここにお集まり下された御老中お三人様はよく御存知のことでございまする」

それは、古参老中三人に対する、新井筑後守の痛烈な皮肉であった。間部越前守と一心同体の立場である新井だからこそ、発することの出来た皮肉である。しかも監察官大目付に任命された桜伊銀次郎に対して、『殿《どの》』を付す濃《こま》やかな気配りを見せている。

幕翁のよき理解者と噂されていた古参老中三人は、苦虫を噛《か》み潰《つぶ》したような顔の中で唇を小さく震わせ、膝の上で拳を強く握りしめた。

白石の言葉に間部越前守が深深と頷いて、更に付け足した。

「この隠密の間へ赴《おもむ》く前に、利発《りはつ》にして聡明なる幼君（七代将軍、徳川家継）は私に対して、こう申されました。**まなちい**（間部おとうさん、の意）、あまり叱《しか》らないようにね、と。幕翁に靡《なび》いてしまった愚《おろ》かな幕府重臣たちを余り厳しく叱るな、という幼君の真《まこと》に立派な心寛《ひろ》い御配慮でした」

古参老中三人は、ますます肩を落とした。重大なる緊急の密議あり、と間部越前守の近習《きんじゅう》に促されて、この隠密の間へ急遽《きゅうきょ》参集した古参老中たちであった。

幼い七代将軍徳川家継が間部越前守を、「まなちい」と甘えたように呼ぶ理由はいずれ判ってくる。『絢爛妖艶《けんらんようえん》たる美女《うつくしめ》の物語』の開幕《かいまく》と共に。

また、もう一点。

すでに今は亡き六代将軍徳川家宣《いえのぶ》（七代将軍家継の父）は死期迫りつつあったある日、近侍《きんじ》していた新井白石を枕元へ呼び「余の（私の）後継者は尾張藩主徳川吉通《よしみち》でどうか……」と相談した。これに対して新井白石は静かに首を横に振り、「我ら幕僚が身命を賭《と》して支えまするゆえ、ぜひとも御実子鍋松《なべまつ》（のちの家継）様を……」と進言。

この一言で、鍋松の将軍継承が確定したのだった。そして更に重要なことを付け加えなければならない。七代将軍としての名『家継』も、新井筑後守白石が選んだのである。いわば名付け親なのだ。

「越前守様。話を首席目付本堂近江守良次《ほんどうおうみのかみよしつぐ》暗殺未遂事件へと戻しませぬか。この密議は急がねばなりません。事は重大なのです」

新井筑後守が真剣な顔つきで、だが言葉やわらかく促した。

間部越前守が口元を引き締め黙って頷き、老中秋元但馬守が一瞬救われたような表情を見せて「うむ」と太い声を漏らした。

そのため皆の間に逆に、重い静寂が広がってしまった。

幼い七代将軍徳川家継より「**まなちい**」と呼ばれて慕われている側用人間部越前守は今や、上席者である筈の老中の任命権にまで強い影響力を有している。つまり新井筑後守白石を補佐役として従えた、幕政の中心人物にあった。側用人という、老中よりも**下位**の立場——格式は老中に準じる——でありながらだ。

それだけではない。

老中たちの上に、大老として井伊直該《いいなおもり》（彦根藩七代藩主、正四位上・中将）が存在したのだが、人物高潔《こうけつ》にして英邁《えいまい》なる大老井伊直該《なおもり》も、側用人間部越前守の前では自身を律して穏やかで無口だった。

これには理由《わけ》があった。

実は井伊直該《なおもり》には、その名を**直興**《なおおき》とする彦根藩**四代藩主の時代**があり、このとき彼は五代将軍徳川綱吉《つなよし》に仕《つか》える大老の地位にあった。

そして驚いたことに間部越前守もまた、綱吉幕政の側用人の職に就いて手腕を発揮していたのである。

やがて井伊**直興**《なおおき》（直該）は現職（大老）を辞して隠居に入った（直治《なおはる》と変名）のだったが、その彼を予期せざる不幸が襲った。藩後継の座に就いた八男直通《なおみち》（五代）、十男直恒《なおつね》（六代）が次次と病死したのだ。このため**直興**は五十歳半ばにして再び**藩主の座**（**七代**）に戻らざるを得なくなり、同時に七代将軍（幼君徳川家継）幕政の大老に回帰、ここでまたしても**直該**《なおもり》と名を変えたのである。

この間《かん》、間部越前守詮房は、五代将軍幕政の側用人↓六代将軍（徳川家宣）幕政の側用人↓七代将軍（幼君、徳川家継）幕政の側用人（老中待遇）、と常に君側《くんそく》に位置して（君主のそばにいて）着着と権力を蓄えていった。いや着着と、と表現するよりも、破竹の勢いで、と称してもよい程だった。

彼には確かにすぐれた実務能力が備わっていた。そして更に、その『実力』を側面から支える『あるきらびやかな特徴』を彼は生まれながらにして持ち備えていた。

それが、「舞台に立つ美男役者さえも思わずたじろいで顔を赤らめる程の眉目《びもく》秀麗《しゅうれい》な幕僚（側用人）だった」という事実だ（と伝える文献が著者の手元に存在する）。

この間部越前守の権力拡大が、己れの眉目秀麗さを〝利用〟した『絢爛妖艶《けんらんようえん》たる美女《うつくしめ》の物語』と決して無縁《むえん》ではないことを、ここで強調しておく必要があろう。

彼はまさしく、幕府奥の院の「頭の切れる美男舞台役者」であったのだ。この彼に対して、**再任大老**の井伊直該はおとなしかった（と伝えられている）。

コホン、と老中土屋《つちや》相模守政直《まさなお》が弱弱しい空咳を一つして、それまでの重い静寂が破られた。

土屋相模守が新井筑後守と顔を見合わせて、切り出した。これも弱弱しく控えめな口調だった。

「筑後守の屋敷へ息せき切って報告に駆けつけた次席目付和泉長門守《いずみながとのかみ》（銀次郎の伯父）の様子から察して、どうなのであろう。近江守（首席目付・本堂良次）の命は助かりそうなのかどうか……」

「長門守殿の報せによりますれば、首席目付殿は大腿部《だいたい》の太い血の道《ち みち》（血管）を切られており、蘭医によって緊急に縫合されたものの、出血を充分に止められない状態であるそうでございます」

「それ程の深手とはのう……」

と腕組みをし口元を歪《ゆが》めてみせたのは、老中秋元但馬守であった。

「はい」

と、新井筑後守は短く返した。そのあとを受け、間部越前守が断定的な口調で続けた。

「近江守（首席目付）の救命が困難となると、早急に首席目付の人事を決めねばなりませぬな。幕府の内外《うちそと》で次次と勃発《ぼっぱつ》する異常な事態。目付衆を指揮する首席目付の座を空席状態にはしておけませぬ」

「だが、そのために次席目付の長門守が控えておるのではないのかな」

老中井上大和守正峯が口を挟んだ。

だが、これはまずかった。間部越前守の双《ふた》つの目が凄みを放った。

「すぐれた曲者《くせもの》揃いの目付衆を油断なく統括し指揮致しますには、部下を引き付ける高い能力と人柄に加え、強力な地位・立場が不可欠にございまする。なるほど長門守には高い能力と魅力ある人柄が備わっておりまするが、次席目付の地位のままでは、有無を言わせずに灰汁《あく》の強い目付衆を抑え込むには今一歩足《た》りませぬ」

「さ、左様か……」

間部越前守の一発で、老中井上大和守は沈黙側へと回った。

間部越前守の双眸《そうぼう》が、瞳の奥深いところで、ニッとなる。むろん、誰も気付かない。

「ご老中方《がた》ならびに筑後守に異存なければ、この場にて和泉長門守兼行《かねゆき》を首席目付に推したいと存じまするが、いかがでございましょうか。異存あらば御発言を御願い申し上げたく、この通り伏して御提案を致しまする」

そう言って、間部越前守は神妙に頭を下げた。口調も丁重になっていった。御提案の上に、伏して、を付けてもいる。いささか不自然であったが。

しかし、「……異存あらば御発言を……」に間部越前守特有の凄《ひそ》みが潜んでいることを、居並ぶ誰もが承知していた。

「長門守殿の首席目付人事、私は異存ございませぬ」

新井筑後守白石が、最初に異存なしの発言をした。すでに首席目付人事については、間部と新井の間でこの会議の前に合意が出来ていた。新井が間部に進言し、間部が賛意を示した、というかたちだった。

古参老中三人も、胸の内ではそのことを疑い、あるいは気付くか確信していた。それゆえに三人の誰もが、「いや、その人事は余りに……」などと切り出せなかった。

間部は君側にあって、老中任命の人事にも強烈な影響力を有しているのだ。強烈な、である。また、幼君の名（家継）の実質的決定者である新井は間部に対し、小さくない影響力を有している。

「どうやら全員一致したようでございまする、越前守（間部）様」

「なにより有り難く思いまする」

間部越前守が誰に対してというのでもなく、深深と頭を下げた。

「それでは、この新井が只今の決まりを上様（幼君、家継）にお伝え申し上げて御裁可を頂き、和泉長門守への伝達を調《ととの》えまする。越前守（間部）様は一応、この人事につきまして月光院《げっこういん》様へお伝えしておいて戴きとう思いまするが、いかがでございましょうか」

新井筑後守の口から、ついに出てきた月光院の名であった。あ、いや、ついにとは一体何を意味するのであろうか。

これについては、暫《しば》しお待ち戴きたい。

「うむ、承知いたした」

間部越前守が、己《おの》が膝先を見つめて頷いた。冷然たる眉目にして秀麗なる面立《おもだ》ちである。眉ひとつ動かさない。

古参老中三人は、まるで聞こえなかったかのように、無表情であった。

ただ老中井上大和守だけが、膝の上にのせていた拳を、更に強く握りしめたようだった。無表情のままに。

「それにしても……」

と、間部越前守が新井筑後守と目を合わせた。

「次席目付ともあろう長門守（和泉）は何故、私ではなく筑後守（新井）のもとへ事件の報告に走ったのかのう。私では、いけなかったという事であろうか」

すでに幕政の中心を握っていると自覚している間部越前守の、他人を疑い易《やす》い性格、良く言えば常に油断を畏《おそ》れる性格、それをチラリと覗《のぞ》かせた新井筑後守への問い掛けであった。

新井筑後守にしてみればすでにそういった間部越前守の性格は充分に心得ているから、小慌てに陥ることも背すじをヒヤリとさせることもなかった。

彼は落ち着いた口調で返した。

「あれはいつの事でありましたでしょうか。あまり表沙汰《おもてざた》にして騒ぐのはどうか、という判断がありましたゆえ、私の一存で抑えたのでありまするが、実は……」

新井筑後守はそこで言葉を切ると、短く沈黙して次の言葉を慎重に選んだ。

「長門守（和泉）殿にある事案に関して協力を依頼したいことがありまして……いや、越前守（間部）様に事前に相談申し上げる程のことではありませぬ……で、その件で長門守が我が屋敷へ訪れる途中の明暦《めいれき》の森付近にて、彼と奥方が三、四人の刺客に襲われたのでございますよ」

「な、なにっ」

さすがに間部越前守は驚き、古参老中三人も思わず背すじを反《そ》らせて目《まなこ》を大きく見開いた。

「そ、それで、どうなったのじゃ、長門守夫妻は……」

老中秋元但馬守が身を乗り出すようにして訊ねた。さすがに顔が強張っている。

「幸い桜伊銀次郎殿と充分な数の警護の侍によって、刺客は訳もなく追い払われ、長門守夫妻は無事でありました」

「おお、桜伊銀次郎が警護に付いておったか。それならば安心よの」

間部越前守が、ホッとした表情を拵えて続けた。

「それで筑後守（新井）、刺客の素姓は？」

「はい。残念ながら把握できてはおりませぬ。なにしろ逃げ足が速かったようでございまして」

「う、うむ……そうか」

「その事件以前は、私と長門守殿との付き合いは、余りなかった、と申し上げるよりは極めて事務的で浅いものでござりました。それが事件以降、お互い急速に身近な存在と感じるようになったのでございます」

「なるほど判った。それで長門守は首席目付暗殺未遂事件を、ひとまず筑後守《そなた》に報せに走ったのだな。よう判った」

間部越前守の表情が安堵の色を覗《のぞ》かせたことに気付いた、新井筑後守であった。

だが、気付かぬ風を装った。

このとき隠密の間（『笹の間』）の外――大廊下と称す――に、急速に迫りくる摺《す》り足の音があった。

新井筑後守がキッとした目を、大障子へと向け片膝を立てた。この座敷で密議が行なわれている間は、誰であろうと近付いてはならぬのが原則だ。

「おそれながら……」

大障子を通して、只事でない緊迫した響きの声が伝わってきた。但《ただ》し、かなり離れた位置から、抑え気味に発した声と判る。

新井筑後守が間部越前守と目を合わせ、間部が大障子の方へ顎の先を小さく振ってみせた。

新井筑後守が勢いをつけて立ち上がり、大障子へと小急ぎに迫る。

残った四人の視線が、離れてゆく新井筑後守の背に集中した。

その新井の右の手が大障子にかかり、そして彼の体半分が廊下へと出た。

「何事か……よいから近《ちこ》う……早く」

「はい」

はい、という押し殺した声と共に摺り足が新井筑後守に迫った。新井の体が更に廊下へと踏み出す。右の手は、大障子に触れたままだ。

そのあと、双方の間で短いヒソヒソ話があって、「判った。お伝えする」と応じた新井筑後守が大障子を静かに閉じた。

摺り足が急ぎ遠ざかってゆき、大障子を閉じて振り返った新井が、間部越前守と顔を合わせ、呻くようにして伝えた。

「首席目付本堂《ほんどう》近江守良次《よしつぐ》、駄目でございました」

聞いた幕僚四人の表情が凍った。ついに〝一大事〟となった首席目付暗殺事件だった。

もはや、原職への復帰が叶《かな》わぬ世界へと陥った、本堂良次である。

新井筑後守が自分の席へ戻って座ろうとするよりも先に、間部越前守がハッとしたような表情を拵え、新井に対し強い口調で伝えた。

「本堂の死は暫く表沙汰にしてはならぬ。徹底して伏せるのじゃ筑後守。幕府は強靱《きょうじん》にして静穏でなければならぬ。和泉長門守へも、本堂の遺族へも、静かに、ひたすら静かに、と厳命いたせ。厳命じゃ。厳命じゃぞ。幕府の指示であるとして、この事件に直接・間接にかかわった者全てに対し、直《ただ》ちに手を打ちなさい。宜しいな筑後守（新井）」

「承りました」

「急げっ」

「はっ」

一瞬、鬼気迫る目つきとなった『眉目』にして『秀麗』な間部越前守に激され、新井筑後守は座りかけていた体を再び大障子へと急がせた。間部の厳命に、両の頬がひきつっていた。

十九

その日、明け方から雨がシトシトと陰気に降り続く江戸の空には、稲妻《いなずま》が音を発することもなく頻繁《ひんぱん》に走った。

和泉長門守と妻夏江《なつえ》は、書院の前の広縁に肩を並べて座り、池泉《ちせん》庭園を濡らすそのシトシト雨を黙って眺めていた。

二人の表情は、暗かった。とりわけ長門守の表情は唇の端を少し歪め、不快の色を見せていた。

刻《とき》は昼四ツ半（午前十一時）過ぎ。

少し前に若年寄《わかどしより》（筆頭）大久保《おおくぼ》山城守常春《つねはる》と新井筑後守白石の二人が、引き揚《あ》げたところであった。警護として従えてきた侍の数およびその武装が、ものものしかった。

「騒がず静かに、ひたすら静かに……とは、まあ頷けまするけれど、葬儀もしてはならぬ、とは余りにも亡くなられた本堂近江守様にお気の毒でございます」

夏江がまるで辺《あた》りを憚《はばか》るかのようにして、小声で言った。

「無念の死を遂げた近江守ご本人もお気の毒だが、それ以上にご遺族が哀れでならぬ。葬儀も出してはならぬ、とはなあ」

「何とかなりませぬか、あなた……」

「私が自滅覚悟で間部越前守様に直接苦言《くげん》を申し上げれば、そのこと自体が大騒動となろう。これは安易には動けぬ。ましてや、間部越前守様は私を首席目付へと推した御人《おひと》であるからのう」

「人事で恩ある方の不正義に対し、正義の矢は放てぬ、と申されるのですか」

「そうではない。今も言《ゆ》うたように、私が苦言を背負って動けば、それだけで大きな騒動になる危険がある、ということなのだ。今の幕府の上級権力層は決して一枚岩ではないからな。私が火花を放てば、銀次郎が命を賭して鎮めてくれたこれ迄の湿《しめ》った臭《くさ》い権力が、再び覚醒《かくせい》しかねない、ということなのだ」

「おそろしいこと……」

「うむ、まことその通りよ。おそろしい」

「あなたの首席目付は、決定したと捉えて宜しいのでございましょうか」

「正式な人事発令となる御朱印状はこれから戴くことになるのだろうが、今や老中人事をも決める力を持つ間部越前守様が、気が変わって首を横に振らぬ限り、私の首席目付は決定したものと捉えてよいだろう。あの御人《おひと》は一度決定した人事を、決して覆《くつがえ》さない方《かた》だから」

「こういうことは出来ぬものでございましょうか」

「こういうこと？……」

「はい。正式に首席目付の御朱印状を頂戴したあと目付衆の皆を率いて、亡き前《さき》の首席目付様の御仏前へ新人事の御報告に行くという名目で、線香《せんこう》をあげに参られましては」

「それとて、目付衆が揃って出向くとなれば、事前に間部越前守様の耳へお入れせねばなるまい。組織全体で一つの方向へ揃って動くということは、上級権力者の顔色を無視する訳にはいかぬのだ」

「組織とは、そのようなものでございまするか……男の集団とは堅苦しいのでございますのね」

「男の集団に限らぬぞ。女の大集団である大奥においても同じことが言える。女の組織である大奥が若《も》し規律を無視して一つの方向へ動き出そうとすれば、男の上級権力組織と言うのは決して黙ってはおらぬ。ギラリと目を光らせよう」

「まあ、怖《こわ》い。大奥にも、女の上級権力者はいらっしゃいましょうに。原則として男は大奥に対し口出し出来ぬのではありませぬのか。大奥に対しあれこれと言える男様は上様（将軍）お一人でございましょう」

「その上様が幼君ではないか。母の乳房のぬくもりがまだ恋しい幼君なのじゃ。私は今の幕府の、〝現状〟について言っておる。上様が幼君であるからこそ、強力な代替権力が築かれてしまっておるのだ。いい意味にしろ、**煩雑な意味**にしろ、な」

「あ……」

夏江は沈黙してしまった。

和泉長門守はもう一点、夏江に是非知っておいて貰った方がいいか、と思ったことがあったが、それをぐっと飲み込んだ。

首席目付と次席目付とでは、御役目の幅においても上級権力層との交流においても、格段の差が生まれてくる。とくに政治的機密事項に触れる触れないに関しては、首席目付と次席目付とでは数倍の開きがあろうと予測できている長門守だった。

その自分を支えてくれる妻夏江には、これ迄以上に御役目の『内側』や『環境』を理解して貰う必要があると考えたが、いや、慌てぬ方がいいかも知れない、と思い直したのである。

彼が〝ぐっと飲み込んだもう一点〟とは、**眉目秀麗**な側用人間部《まなべ》越前守詮房《あきふさ》の身に艶《あで》やかにまとい付いている『絢爛妖艶《けんらんようえん》たる美女《うつくしめ》の物語』であった。

この**物語の主役**美女《うつくしめ》こそ、幼君（家継）の父で今は亡き六代将軍徳川家宣が死ぬ間際《まぎわ》まで「美しい**あれ**を残してはこの世を去れぬ。**あれ**と別れてあの世へは旅立てぬ」と嘆《なげ》き悲しんだ、側室・月光院（幼君家継の母）である。このとき月光院二十七歳（この物語時点では二十八歳）。

幕僚の誰もが『ひと目見ただけで身も心も音を立てて融《と》けてゆくのを覚える程の絶世《ぜっせい》の美人《ひと》』と認める女性だった。

そして、この物語のもう一方の主役が、間部越前守だったのである。

七代将軍が余りにも幼君であったので、それを補佐する間部越前守は江戸城を住居《すまい》として、屋敷へは年に四、五日しか帰らなかった（とする文献が存在する）。越前守が「まなちい……」と呼んで甘えてくれる幼君を、大層可愛がったことは事実である。

が、それもこれも全て権力者越前守が、すぐれた演出力を用いて成功させた『絢爛妖艶たる美女《うつくしめ》の物語』の舞台の中にあった。美貌の月光院との舞台の中に……。

「心配でございます……」

シトシト雨を身じろぎひとつせず眺めていた夏江が、沈黙を破った。

妻の沈黙に付き合っていた和泉長門守が、「ん？」といった表情を妻の方へ向ける。

「銀次郎殿は、いま何処で何をしているのでございましょうか」

「やることはやった、とする報告が幕府に届いている。機密事項が多くて其方《そなた》に詳しくは言えぬが元気に江戸へ戻って来よう。安心しなさい」

「負けん気の強い銀次郎殿ゆえ、体のあちらこちらに刀傷を受けてはいないかと気が気ではありませぬ」

「あれは侍だ。腕の立つ剣客だ。それが幕府の秘命を背負って旅立ったのじゃ。刀傷の一つや二つは受けていよう。なあに、そういった経験によって銀次郎は更に大きく立派な武士となるのじゃ」

「そのような仰《おっしゃ》り様《よう》は、私を心配させるばかりでございます。本堂近江守様の身に生じたようなことが、あなたの身にも生じはせぬかと、心配の上に更に心配が重なって気が休まりませぬ」

「目付の職というのは、全幕僚から煙たがられ、時に大変怖《こわ》がられる立場なのだ。ましてや私は首席目付へと格が上がる。敵も増えよう。ひとつ支えてくれ」

和泉長門守がそう言ったとき、奥付女中たちを束ねている**麻葉**《およう》（三十八歳）が、長い広縁の向こうに現われて正座をした。用あって現われた表情を拵えている。

「どう致しました。構いませぬ。こちらへ……」

夏江がやわらかな調子で促した。

麻葉《およう》は「はい」と応じて、小急ぎに夏江の傍にやって来た。

和泉長門守がゆっくりと腰を上げ、広縁から書院内へと移った。

麻葉が、やや早口で夏江に告げた。

「ただいま表御門に、奥方様を訪ねて一人の若い女性《にょしょう》が見えた、と警備の若党より報《し》らされたのですが、先ず私《わたくし》が会《お》うてみても宜しゅうございましょうか」

「なに、この私を訪ねてと？」

「はい。若党の話ですと、身形《みなり》の整った上品で美しい女性《にょしょう》だということでございまするが……」

「はて……」

夏江は小首を傾《かし》げて、書院へ引っ込んだ夫の方を振り返った。

「私《わたくし》には訪ねて参るような若く美しい女性《にょしょう》に心当たりはございませぬが、不穏な事が続いておる時期だけに、不安がございます。いかが致しましょうか」

「確かに上品で美しい女性《にょしょう》だからと言うて、安心は出来ぬな」

和泉長門守はそう言うと、麻葉に向かって、

「ひとまず用人の山澤（真之助）を当たらせてみなさい。山澤が心配なしと判断したならば、庭伝いにこの書院の広縁前まで連れてくるように、と伝えなさい」

そう指示をした。

「承知いたしました」

麻葉は頷いて、小急ぎに下がっていった。

「用人の山澤で大丈夫でございましょうか。仕事のよく出来る大変忠実な家臣と承知してはおりますけれど……」

夏江が眉をひそめると、和泉長門守は首を横に振った。

「あれは剣術はまったく駄目だが頭の切れる男じゃ。気構えも確《しっか》りしておる。こういった場合、任せて心配はない」

和泉家の用人山澤真之助は体格が貧相で、両刀を腰に帯びるとその重さで足元がふらついて見えた。

けれども和泉家の支配人としては極めて経営手腕にすぐれており、長門守は『家』の家政的統括者として全幅の信頼を寄せている。

「失礼いたします。お傍に参って宜しゅうございましょうか」

書院の前に広がる池泉庭園の右手方向、そこに造園職人の拵えによる猫の額ほどのよく繁った竹林があって、表御門へと続く石畳の庭道は、その竹林を抜けていた。

いま声があったのはその竹林の中からで、猫の額ほどとは言っても広縁からでは人の姿は見えない。

「構いませぬ。御出《おいで》なさい」

用人山澤の声だと判っていたから、夏江が竹林の方へ視線をやりながら応じた。和泉長門守が再び広縁に姿を見せて、夏江と肩を並べるようにして胡座《あぐら》を組んだ。この夫婦、実に仲が良い。夫に対する夏江の尊敬の念が強いからであろう。

小雨降る中を、先ず小柄な用人山澤が、竹林の中から傘をさして現われた。その後《あと》に山澤と同じ傘――和泉家に備えの大きめな傘――をさして若く美しい女性とかが姿を見せたのであったが、傘をやや前落《さきお》とし気味にしているため肩から上が隠れていた。小柄な用人山澤よりは背が高い。

夏江の目が素早く、女の肩から下を観察した。

(いいものを、それも正しくきちんと着ている……)

と、夏江は見抜いた。旅を続けてきたのであろうか、手甲《てっこう》、脚絆《きゃはん》を身につけ、傘をささぬ方の手には女の長旅には欠かせぬ杖《つえ》があった。

(女としての歩き方の基本もよく心得ている……綺麗な歩き方だこと)

そう思って夏江は少し肩の荷を下ろした。警戒心が解け始めていた。

用人の山澤が小雨の中、広縁の長門守と夏江の前で歩みを止めて一礼したあと、

「連れて参りました」

「お殿様と奥方様じゃ。ご挨拶をしなさい」

と、やさしい小声で女に告げた。

女は、前落とし気味にさしたままの傘を、「はい」と応じて自分の前にそっと置いた。

まるで銀の絹糸のように降る小雨を気にもせずに面《おもて》を上げた旅の女を見て、長門守と夏江の顔に衝撃が広がった。

二十

長門守《ながとのかみ》も夏江《なつえ》も〝旅の女性《ひと》〟を眩《まぶ》しい、と感じて思わず目を瞬《またた》き背すじを正した。

後光《ごこう》が射している、と感じる程の眩しさを夏江は覚え、長門守も、まるで月の

光を背負っている、とその眩しさに驚いた。心底からの驚きだった。

「そこでは濡れましょう。さ、もそっと此方《こちら》へ……いいえ、書院に上がって戴きましょう。さ……お名前をお聞かせ下さるのはそれからでも」

日頃、滅多に取り乱したりすることのない夏江が小慌て気味に促したが、〝旅の女性《ひと》〟はひっそりとした笑みをみせて広縁の框《かまち》まで近寄ると、かむっていた女頭巾を取り、ふっくらとした豊かさを窺《うかが》わせる胸懐から一通の文《ふみ》を取り出した。

「私《わたくし》は大坂、茶臼山《ちゃうすやま》そばの比丘尼《びくに》寺（尼寺）月祥院《げっしょういん》にて修行の身でございました彩艶《さいえん》と申しまする。院主春節《いんじゅしゅんせつ》様の文《ふみ》をここに持参致しまして、桜伊《さくらい》銀次郎様の強い御指示のもと、こうして訪ねて参りました。彩艶の字綴《つづ》りは……」

澄んだ清らかな声で物静かに述べた〝旅の女性《ひと》〟の、いや、彩艶の口上《こうじょう》に、長門守も夏江も仰天した。尼であった美しい女性《ひと》が銀次郎の〝強い御指示〟で訪ねてくるなど予想も出来ぬことで、眩しさに続く、大変な驚きだった。

夏江は差し出された文《ふみ》を受け取りながら、「いま、桜伊銀次郎（様）の強い（御）指示と申されましたか……」と、強張《こわば》った表情で念を押した。念を押さずにはおれないほど、夏江は狼狽《ろうばい》していた。

「はい。銀次郎様が私《わたくし》に対して御指示なされました理由につきましては、院主様の文《ふみ》に詳しく書かれているものと存じます」

「まあ、この文《ふみ》に……」

と、受け取った文《ふみ》を、夫《おっと》長門守にそっとした手配りで渡す夏江であった。その表情が、やや青ざめている。

頷いて文《ふみ》を受け取った長門守が、彩艶に傘を差しかけている用人山澤真之助を見て言った。

「山澤。この御人《おひと》に、広縁より書院へ上がって戴くのは余りに非礼じゃ。中の口《なかのくち》でもいかぬ。丁重に表玄関へご案内しなさい」

「はい。承知いたしました」

と、応じた用人山澤が、彩艶を小声で促した。

長門守が言った中の口《なかのくち》とは脇玄関（内玄関）のことで、日常、武家の奥方や娘などは此処《ここ》より出入りし、あるいは訪ねてきた商人《あきんど》や町民なども此処で応対するのが原則だった。但《ただ》し、正面玄関（表玄関）からは絶対に出入りしないという訳でもない。時代が進むにしたがって、とくに中・下級の武家屋敷では、この原則は自然と緩《ゆる》んでいった。

ただ、屋敷の下働き――台所仕事を含む――を任されている下男や下女は、勝手口からしか出入り出来なかった。

「私《わたくし》も表玄関へ参って正しくお迎え致しましょう」

夏江が立ち上がり、

「そうだな。それがよい」

と、長門守が即座に応じてみせた。

彼は妻の後ろ姿が長い広縁を表玄関の方へ遠ざかるのを待って、文《ふみ》を手に書院へ体を移した。

書院に座して早速、長門守は大坂の月祥院院主・**春節**からの文《ふみ》を開いて目を通した。

読み進むうち長門守の表情が厳しくなっていった。顔色こそ変わることはなかったが、眉間に深い皺《しわ》が刻まれ、双《ふた》つの眼《まなこ》が光り出していた。

文はやや長いものだったが、流麗な文字で要点を判《わか》り易《やす》く丁寧に述べてあった。

長門守は、自分にとって知る必要のある点は全て満たされている、と思った。

「麻葉《およう》。衣裳部屋の桐簞笥《きりだんす》の一番下の引き出しを開け、私《わたくし》の西陣《にしじん》の着物を居間へ急ぎ持ってきなされ」

「畏《かしこ》まりました奥方様」

夏江と奥付女中麻葉《およう》の遣《や》り取りが、書院の長門守の耳へ小さく届いた。夏江の声が緊張しているのが、長門守には判った。

夏江は絹雨《きぬさめ》で湿《しめ》った彩艶の着物を、おそらく着替えさせるのであろう。

長門守はそう思い、ふうっと一息吐《つ》いて達筆な文字の文《ふみ》を丁寧に折り畳んだ。

「銀次郎め。尼僧としての修行を積んでいた美しい彩艶を一体どうする気だ……まったく、あ奴め」

長門守は呟《つぶや》き、もう一度、小息を吐《は》いた。実にゆき届いた内容の春節尼の文《ふみ》ではあったが、いま呟いた一点だけが判らなかった。

銀次郎の〝強い求め〟によって彩艶が江戸行きの覚悟を決めたことについては、春節尼の文《ふみ》は確かに明らかにしていた。だが、銀次郎の〝強い求め〟が何を意味するのかについては、書き述べることを避けている節《ふし》が窺われた。

衣裳直しに手間が掛かっているのか、夏江も彩艶もなかなか書院へやってこないので、長門守はもう一度文《ふみ》を開いてみた。

じっくりと読み改めてみたが、銀次郎の〝強い求め〟の背景については、矢張り文面からは把握できない。

と、広縁を一人ではない足音が伝わってきた。

夏江と彩艶。そして麻葉《およう》を加えた三人なのであろうか。

長門守は素早く文《ふみ》を折り畳んで、自分の膝前に置き書院へ足音が近付いてくるのを待った。いや、それは足音というよりは、静かな人の気配、と言った方がよかった。夏江も奥付女中の麻葉《およう》も、日頃より廊下を足音を立てて歩むようなことはしない。

その楚楚《そそ》たる作法を、さすがに彩艶もきちんと身に付けているようだった。

書院の大障子六枚のうち二枚は、開け放たれていた。

その大障子に、長門守の目には夏江と判る人影が、薄ぼんやりと映った。雨天で日差しのない今日は、大障子に映る人影も薄い。

「御殿様。彩艶殿をご案内致しました」

夏江が開かれた大障子に影を映して正座をし、長門守に控えめな調子で声をかけた。

「入りなさい。麻葉《およう》もそこに控えているなら甘酒の用意をな。ほんの少し熱めにして」

「甘酒を……でございますか」

少しとまどった様子の夏江の返事だった。

「甲斐《かい》の勝礼院《しょうれいいん》の院主、倫晶尼《りんしょう》様が先頃江戸へお見えになった際に戴いたものがあろう。あれがよい」

「あ、倫酒《みちのさけ》でございますね。承知いたしました」

大障子に映っている夏江の人影が後ろを振り向いて何事かを囁《ささや》いたが、長門守の耳へは届かなかった。

広縁を人の——麻葉の——気配が離れてゆく。明らかに急ぎ気味に。

「さ、彩艶殿。書院に入って、御殿様にお会いになって下さい」

「はい」

大障子に映っていた人影一つが二つとなって、大障子の開け放たれている所へゆっくりと進んだ。

長門守は〝文武の人〟と評されている人には珍しく、〝堅い気分〟に陥っていた。

これには、それなりの訳があった。

月祥院院主・春節尼の文《ふみ》によって、余りにも思いがけない事実――銀次郎の父親が女の手で殺されたこと――を知ったからだ。

夏江が先《ま》ず書院に入ってきた。しずしずとした歩みであった。

彩艶は夏江の後ろ直ぐには続かず、広縁に座して長門守と目を合わせたあと、三つ指をついて深深と頭を下げた。その動作の一つ一つが実にしとやかだった。

長門守は、衣裳替えし、化粧と髪をいささか改めた彩艶の大変な美しさに、思わず息を呑んだ。

一度は長門守の脇に控えるかたちで座った夏江であったが、直ぐに立ち上がって彩艶のそばに戻り「さ、お入りなさい。せっかく衣裳を変えたお体が、そこではまた冷え切ってしまいましょう」と、やわらかに促した。

長門守は、書院に入り自分の目の前に座った彩艶の桜の花びらのようにふわりとした一挙一動に見とれた。いや、見とれたと言うよりは、〝心を奪われた〟と表現を改めるべきであろうか。

少なくともこのとき、彼の頭の中からは、本堂近江守《おうみのかみ》良次（もと首席目付）の不幸な事件は消えていた。

（銀次郎の奴……この余りにも美し過ぎる女性《ひと》をいきなり江戸へ呼びつけて、一体どうしようと言うのか）

長門守は胸の内で一度舌を打ち鳴らしてから、目を細め笑みをその顔に広げて彩艶に言った。

「遠い大坂の地より、よくぞ江戸へ参られた。先ずは型通りの挨拶を致しておこうかのう。私は幕府首席目付の職にある和泉《いずみ》長門守兼行《かねゆき》と申して桜伊銀次郎の伯父に当たる。そして、ここに控えておるのが妻の夏江じゃ。私も夏江も、銀次郎の父であり母である積もりでおる、と心得ておいて貰いたい」

長旅を終えたばかりの彩艶の疲れを思ってだろう、長門守の口調はやさしく穏やかであった。

聞いて彩艶が言葉を短く返し、夏江が待ち切れない様子で上体をほんの少し前に倒して切り出した。

「先程はお化粧改めや衣裳替えを手伝う侍女たちが二人も三人も居《お》りましたゆえ、訊ねることが出来ませんでしたけれど、銀次郎殿とは何処でどのようにして知り合われたのですか」

長門守がそれを聞いて「これこれ……」と夏江を諫《いさ》めて、春節の文《ふみ》を彼女の膝前に置いた。

「そういう問いは、その文《ふみ》を読み終えてからでも遅くはない。それからにしなさい」

「けれど御殿様。何よりも大事なことを先ずお訊き致して、その後で文《ふみ》に目を通した方が、事情とか理由とか原因というものが速《すみ》やかに胸の内に入って参りましょう」

長門守はちょっと苦笑しただけで、言葉は返さなかった。

夏江の視線が彩艶へ戻った。

「のう、彩艶殿。私も御殿様もあなたが突然に江戸へ見えられたことに大層驚かされております。それはこれ迄に銀次郎殿より何一つ、あなたのことに関して聞かされた事がなかったからです。そこで、もう一度お訊ね致します。銀次郎殿とあなたは、お互いによく知り合った仲なのでございましょうか。お互いに何もかもを充分に見つめ合った上での仲なのでしょうか。私《わたくし》はその点について先ず知りたく思います」

　夏江にしてみれば、ごく型通りの問いの積もりだった。口調も表情も穏やかで物静かで、決して彩艶を追い詰めるものではなかった。

　けれども彩艶は、**「……お互いに何もかもを充分に見つめ合った上での仲なのですか……」**という夏江の問いに、殆ど反射的にある光景を思い出していた。忘れもしないそれは、月祥院での〝雪の満月の夜〟、浴室で出会った全裸の男女の光景であった。銀次郎と彩艶が一糸まとわぬ姿で、間近に出会ったあの光景である。

　それを思い出して純真この上もない彩艶の顔が、カァッと赤くなった。耳までが……。

　その彩艶の恥じらいの様子に、長門守と夏江は顔を見合わせた。

　夫婦二人の目には、大きな狼狽《うろたえ》の色があった。〝危うく取り乱しかけた〟色、と言い改めてもよかった。それはそうであろう。夏江の「……お互いに何もかもを充分に見つめ合った上での仲なのですか……」という問いかけに、彩艶は炎《ひ》のように赤面して目を伏せてしまったのであるから。

しかも、目を伏せたあと小さく頷いたのだ。

これはもう長門守も夏江も、

(うぬぬ。けしからん。重要な役目を負う身の旅でありながら、その旅先で純な女性《ひと》……それも若く美し過ぎる尼僧の体に手を出すとは)

(この清楚で美しい女性《ひと》に銀次郎殿が手を付けてしまったとなると、このままには捨て置けませぬ)

と、お互い胸の内を騒がしくさせるのは当然であった。

「ともかく夏江。月祥院院主である春節様からの文《ふみ》に目を通しなさい。三人でこれからのことを語り合うのは、それからでよい」

そう言った長門守であったが、「……月祥院院主である春節様……」の部分の響きが、非常に丁重に重重しくなっていた。

促されて夏江が文《ふみ》を開いて目を通し出したところへ奥付女中の麻葉《およう》が、甲斐の勝礼院院主、倫晶尼からの手土産だという甘酒をしとやかに運んできた。

彼女はさすがに奥付女中に取り立てられるくらいだから、直ぐにその場の〝妙な雰囲気〟を察して、甘酒を三人の前に置き速やかに、しかし静かに去っていった。

「さ、お飲みなさい。冷えた体が少しは温まろう」

長門守に言葉やさしくすすめられ、少し落ち着きを取り戻してきた様子の彩艶は、「はい」と応じた。

「この甘酒はな。妻の祖母の実家に当たる甲斐の秋山家と交流が深い勝礼院という尼寺の院主様より戴いたものじゃ。たいそう美味な甘酒で知られておる。さ、いただきなされ」

「甲斐の秋山家……」

呟いた彩艶が、甘酒のはいった碗を口もとへ運びかけた手の動きを止めた。

「どう致した。甲斐の秋山家を御存知なのかな」

御存知なのかな、と訊ねた長門守の目が少し険しさを見せた。目付だけに本能的な警戒の色を見せたのであろう。

彩艶が甘酒の碗を膝前に戻し、小さな声で言った。弱弱しいほどに小さな声であった。

「年若い私《わたくし》は知識も教養も浅うございます。若《も》し間違ったことを申し上げれば失礼になりまするけれど……」

「いいや、構わぬ。秋山家について知っていることあらば、遠慮無く申してみなされ。是非にも聞きたい」

長門守は相手の気持をやわらげるためであろう、険しかった目つきを改め、顔いっぱいに笑みを広げてみせた。

二人の遣り取りに、傍《かたわら》で文《ふみ》を読み始めていた夏江も、視線を上げて彩艶を見た。自身の生家、甲斐の秋山家が話題になろうとしているのだ。

関心がない訳がない。

「私も聞きたく思いますよ彩艶殿。甲斐の秋山家について知っていることがあればどうか聞かせて下され」

「は、はい。それでは……甲斐国《かいのくに》と申せば武田信玄公を抜きにしては語れませぬけれど、私《わたくし》は亡き母から、豊臣家滅亡の戦《いくさ》（大坂夏の陣、慶長二十年・一六一五）から遡《さかのぼ》って、数数の合戦の歴史についてかなり詳細に語り聞かされて参りました」

「なんと合戦の歴史について？……」

と文《ふみ》をまだ充分に読み終えていない夏江は目を見張ったが、長門守は静かに黙って頷いただけだった。

「私が母の教育によって存じ上げております甲斐の秋山家と申しますのは、重い病の床に伏していた武田信玄公が元亀四年（一五七三）三月六日に、最期《さいご》の作戦命令書として出したその相手の御方、**秋山伯耆守《ほうきのかみ》信友**様でいらっしゃいます」

夏江の生家と関係があるかもと判断してのことだろう、彩艶は**信友様**と〝様〟を付す気配りを忘れなかった。

長門守と夏江の面《おもて》に衝撃が穏やかに広がっていった。まさに、彩艶が語った通りであった。

夏江は甲斐の賢将として知られた名門、秋山伯耆守家の血を濃く受け継いでいたのである。

二十一

彩艶《さいえん》は、驚きを広げる長門守《ながとのかみ》と夏江《なつえ》の顔を見比べることもなく、その涼しげな視線を自分の膝前に落とし、言葉を選ぶようにして話の先を静かに続けた。

「その当時の武田信玄公は、三河国《みかわのくに》野田城攻撃の最中《さなか》に発病なされた病《やまい》の身を、同じく三河国長篠城《ながしのじょう》でお休めでございました。その間隙《かんげき》を縫《ぬ》い狙《ねら》うようにして織田信長が東美濃《みの》への進撃の気配を見せましたことから、信玄公は病床より秋山伯耆守《ほうきのかみ》信友様宛て、**東美濃防衛**の作戦命令書を発せられたものでございます……これは**信玄公最期の書状**と、私《わたくし》は母から教わってございます。もし間違《まち》うておりましたなら、深くお詫び申し上げます」

涼やかに語り終えた彩艶の様子には、いささかの力みも見られなかった。

折しも戸外《そと》では雨が止《や》み、閉じられていた六枚の大障子の一面に日が当たって、書院に真昼の明るさが訪れた。

が、そのことに気付かぬほど、長門守も夏江も茫然の態《てい》に陥っていた。彩艶の話のひと言ひと言に小さな誤りさえも見られなかったからである。二人が我を忘れるほど驚いたのは当然であった。秋山伯耆守に当てた信玄公の東美濃防衛の書状は元亀《げんき》四年三月に発せられたもので、銀次郎時代からみて百数十年も過去のものだ。しかも秋山家にとっては〝家宝的存在〟である筈のものであって公開されているものではなかった。

いかに江戸の現在《いま》、『合戦史』という学問が編まれていようとも、百数十年も過去《かこ》のその〝家宝的書状〟が秋山家から漏れ出て、『合戦史』に紛れ込むなどと言うのは考え難《にく》い。

そう判断したゆえに襲われた、長門守と夏江のはげしい驚きだった。

それを大坂の尼寺より訪ねてきたばかりの若く美しい尼僧――本格的修行にはまだ入っていなかったとはいえ――の口から小さな誤り一つなく聞かされたのであるから、長門守は日頃の泰然さを忘れ、また夏江は返す言葉が見つからなかったのだった。

暫《しばら》く三人の間に沈黙が漂ったあと、長門守が夏江に然《さ》り気《げ》ない口調で言った。

「雨が止んだようであるな」

「左様ですね。日が眩しいほど障子に当たっております。お座敷へ少し日の光を入れて宜《よろ》しゅうございましょうか」

「うむ、日差しあふれる雨上がりの庭を眺めるのも、よいものじゃ」

「そうですね」

と、夏江がゆっくりと腰を上げた。

大障子二枚が左右に開かれると、正座している彩艶の背中にまで日が差し込んで書院内が一気に明るくなった。

「空には雲ひとつありませんことよ。いつの間に、このように晴れたのでしょう」

などと言いながら、夏江が自分の位置に戻ってきた。

彼女はもう一度春節《しゅんせつ》尼からの文《ふみ》に目を通した。内容の確認のためであったから、行《ぎょう》から行《ぎょう》へと視線の移るのが速かった。

その短い間を利用して、長門守と彩艶の間で物静かな会話が交わされた。

「旅の疲れは、ひどくないかね」

「大丈夫でございます。無理な急ぎ旅は致しませんでしたゆえ」

「女の一人旅は心細かったであろう」

「はい。けれども途中、府中《ふちゅう》の宿《しゅく》(現・静岡市)から小田原の宿まではご高齢のお侍様ご夫婦と共に旅をする機会に恵まれまして、とても心強うございました」

「おう、それは何よりであったな」

「大坂で知られた大店《おおだな》へ乞われて婿入りした四男に子が出来たので、それを祝いに出向いての帰りであると申されておりました」

「ほう……して、その大坂で知られた大店と申すのは?」

「いいえ。私《わたくし》も大坂を旅立った者でございますゆえ、そのお話に深入りすることは避けましてございます」

「うむ。賢明《けんめい》な判断でありましたな。それが宜しい」

と、長門守は破顔して目を細めたが、直《す》ぐに真顔となった。

「ところで銀次郎のことだが、まだ江戸へは戻っておらぬし、いつ帰参するかもはっきり致しておらぬのじゃ」

「はい。そうと心得て江戸へ出て参りました。大坂での銀次郎様は明らかに何やら重要な御役目を背負《せお》うていらっしゃる御様子でございました」

ここで夏江は春節尼の文に目を通し終えて、それを静かに折り畳んだが、夫《おっと》と彩艶の話に加わる様子は見せなかった。硬い表情をしている。

「其方《そなた》が眺めた商都大坂の最近の様子について聞かせてくれぬか。幕府の首席目付の職に在《あ》る者として、是非にも聞きたい」

「あのう……」

「ん？」

「大坂で育った年若い私《わたくし》は目付の職について余り詳しくはございません。銀次郎様の伯父上様に当たる御殿様の御仕事について、この機会にお教え戴ければ嬉しく思います。それにより、私《わたくし》の大坂についての語り方が、形《かたち》づくり易《やす》くなるような気が致します」

「ほほう、なるほどのう。よろしい。私の御役目は公《おおやけ》に出来ぬ部分が多いのだが、息子のように思っている銀次郎を遠い大坂より訪ねて参った其方《そなた》のために、話せる範囲で聞かせて進ぜようか。その後で、旅立つ前の大坂について正しく聞かせてくれるとよい」

「はい。恐れ入ります。初めてお目に掛かりました御殿様に生意気なことを申し上げた非礼を、お許し下さいませ」
「よいのだ。率直でよい。これからの女性《おんな》は、そうでなければならぬ。いやなら
いやで、よいならよいでな」
夫の言葉に、夏江も漸《ようや》く微笑んで頷《うなず》いてみせた。
長門守の表情が、やや改まった。
「その前に確かめておきたいのじゃが、彩艶という名は、おそらく尼僧として修
行中の名であろう。そうであるならば、真《まこと》の名を知っておきたいのじゃが」
「亡き父に付けて戴きました真の名は、艶《えん》と申します。感情が燃えあがるように
豊かであった母から生まれた女子《おなご》であるから、艶《えん》が良いであろうと言う事になっ
たそうでございます」
「うむ、いい名じゃ。お艶《えん》、いい名じゃ。其方《そなた》の雰囲気によく似合《にお》うておる」
「いいえ、お艶《えん》ではなく、艶《えん》とお呼び下さりませ。お付き名にすると艶《えん》の部分が
色褪《いろあ》せる、と亡き母が大変嫌《きろ》うてございました」
「ははは、これは参った。確かに艶《えん》という言葉は、歌学における重要な美的理
念の一つとされており奥が深い言葉なのじゃ。優雅《ゆうが》にしてあでやかな明るい美的

感動をさすとも言われておる。お艶《えん》と言《ゆ》うてしもうたは、うっかりとは申せ私が浅はかであった。許せ」

「これからは、御殿様、奥方様ともに、私《わたくし》のことを艶《えん》と呼び捨てにして下さいますと嬉しく思います。どうか宜しく御願い申し上げます」

艶《えん》は三つ指をついて軽く頭《こうべ》を下げ、長門守と夏江は思わず顔を見合わせたあと、目をやさしく細めて深深と頷いてみせた。

これで長門守夫妻と艶《えん》との間は、一気に縮まった。夏江の胸の内には驚いたことに早《はや》、実の娘を見る思いさえ生じはじめていた。それもこれも艶《えん》が生まれながらにして持つ、決して汚《けが》れることがない清爽《せいそう》な純潔さのせいなのであろう。

「さてと、それでは……」

長門守が話を新たな方へ切り替えようとしたとき、広縁《ひろえん》を急ぎ近付いてくる微《かす》かな足音があって、大障子に人影が映った。

「失礼致します奥方様……」

麻葉《およう》の声であった。

「すでにいつもの時分時が過ぎましたけれど、いかが致しましょう。膳部方は用意を調《ととの》え終えてございますが……」

「おやまあ、いけない。そうでしたね……」

と、小慌てに立ち上がろうとする夏江に、長門守が言った。

「いい機会じゃ。江戸へ着いたばかりで疲れておろうがな、艶《えん》に和泉《いずみ》家の台所を見て貰《もろ》うておきなさい。あれこれの話はもう、昼餉《ひるげ》のあとでよい」

それを聞いて艶《えん》は、にこりとして小さく頷いてみせた。

二十二

それより三日後《のち》のこと。

品川宿を抜けたところで騎上にある銀次郎が手綱《たづな》を操る黒兵《くろべえ》は、晴天のもと、ゆっくりとした歩みで馬首を江戸市中へと向けていた。途中の茶店で避けていたシトシト雨はすでに止んで雲ひとつない青空が広がり、目に眩しいばかりの日が地に降り注いでいる。

そのせいでか街道の旅人や荷車の往き来が、賑《にぎ》やかに増え出していた。

この品川宿まで大きな騒動に巻き込まれることもなく、比較的穏やかに旅を続けられた銀次郎だった。

懐《ふところ》には伯母夏江からの路銀が充分以上に残っていたから、途中の宿や風光明媚《めい》な所では土地の旨《うま》いものを腹一杯食することができ、殆《ほとん》ど何の不自由も不満もない江戸への旅だった。

黒兵は実に健脚であったから、途中途中の駅家《うまや》で馬を替える必要は全く感じなかった。

それに馬の名〝黒兵〟が、銀次郎の感情を「江戸まで絶対に手放さぬぞ……」とひそやかに沸騰させていた。今は亡き実の母の厳しい面しか知らぬ銀次郎にとって、黒鍬《くろくわ》忍《しのび》の頭領黒兵のふくよかで温《あたた》かな乳房の思い出は、彼の長い一人旅を心丈夫にさせていた。

「黒兵（黒鍬の）はきっと何処からか、この自分を見守ってくれているはず……」

なんとも言えぬ甘苦しいその気分によって、銀次郎の旅は退屈に陥ることがなかった。

「ん？」

馬上の銀次郎の表情が動いた。

町役人身形《みなり》の二人が往き来する旅人たちを掻き分けるようにして、足早にこちらへ向かって来つつあるのに気付いたからだ。役人たちの視線は明らかに「俺の方を見ている……」と判った。

その通りだった。

中年の役人二人が黒兵の前に立ちはだかるようにして足を止めたので、銀次郎は手綱をツンと軽く押さえた。

太った方の役人が、やや挑戦的な目つきで、しかし慇懃《いんぎん》な口調を怠ることなく言った。

「恐れながら、ここ品川の宿の通りではご覧の通り人や荷車の往き来で混雑致しておりますゆえ、安全のためにも騎上での通り抜けはご遠慮願いたく存じます」

役人はそう言って丁寧に腰を折った。これが、銀次郎に供侍が二、三人でも付いていてその内の一人の手が黒兵の頬革にでも触れておれば、おそらく役人は『公務』中と判断して近寄ってこなかったであろう。

「品川の宿は抜けたと思うておるが……判った。下りよう」

銀次郎は油断なく穏やかに返して、黒兵から下りた。数数の難儀を潜《くぐ》り抜けてきた彼にとっては、相手が役人の身形であるからと言って、油断は出来なかった。超実力派の前《さき》の老中、幕翁《ばくおう》こと大津河《おおつがわ》安芸守《あきのかみ》忠助の残党が、江戸へ近付くにしたがって出現し始める可能性はある――そう用心することだけは忘れない銀次郎だった。

「恐れ入ります。これも御役目ゆえ、ご容赦下さい」

役人はもう一度丁寧に腰を折ると、あっさりと下がっていった。

このとき、直ぐ近くの茶店の床几《しょうぎ》に腰を下ろしていた深編笠の侍二人が、すっと立ち上がったのに銀次郎は気付いた。浪人ではない。明らかにきちんとした役目――幕府の――を持っている者の身形だった。銀次郎の目には、何処ぞの藩の藩臣には見えなかった。彼には持って生まれた鋭い直感力で判るのだった。全てではないにしても。

と、深編笠の侍が二手《ふたて》に分かれた。一人は銀次郎に下馬を求めた役人の前へ立ち塞がるかたちで動き、もう一方は足早に銀次郎に近付いてきた。その歩み方に強い意思を覗《のぞ》かせている。

銀次郎の左手が腰の大刀を帯の上から軽く押さえ、右の手五本指が開いた。反撃の備えだった。わざと相手に判るようにとった、備えだった。

が、深編笠の侍は躊躇《ちゅうちょ》することなく銀次郎の前に立った。

役人の前に立ち塞がった侍は既に、何事かを役人に喋り出していた。が、矢張り笠は取らない。

「加賀守《かがのかみ》様にお伝え申し上げます」

深編笠が笠で顔を〝半隠し〟にした状態のまま、不意に囁《ささや》いた。唇を殆ど動かさない囁きだった。

加賀守だの大目付だの面倒くせえ、と思っていた銀次郎は一瞬「ん？」となった。が、直ぐに「あ、俺のことか」と気付いて、相手との間を半歩詰めた。

「黒鍬か？」

「はい。お頭《かしら》（黒兵）からの伝言でございます。大至急、江戸市中にお戻り下さい。お頭《かしら》（黒兵）からの伝言の結論の部分のみお伝え致します。首席目付**本堂近江守《おうみのかみ》良次**様、暗殺されましてございまする」

「な、なにいっ」

危うく大声を発しそうになったのを、銀次郎はぐっと呑み込んだ。聞き間違いではあるまいか、と思いたくなる程の衝撃を受けていた。顔色がなくなっていた。

「近江守殿は一体どこで襲撃されたのだ」

「楓《かえで》の森で知られた『二言《ふたこと》神社』のそばにおいてでございます。それだけではありませぬ。ほぼ同じ刻限、白金《しろかね》の古刹《こさつ》法草宗別格大本山『清輪寺』では、墓前法要の最中でありました御小姓頭取《とうどり》六百石**内藤佐渡守高沖**様も凄腕の刺客の襲撃を受けて命を落とされました」

「な、なんと……御小姓頭取の内藤家と言えば確か……」

「首席目付**本堂近江守**様の五男**典信**《のりのぶ》様が、内藤家のひとり娘和江様のもとへ婿入りなされておられます。内藤家を継ぐ者として」

「おのれ。幕府の司法権力を狙い討ちにしやがったな」

「幕府では今のところ首席目付が暗殺されたことは、公にはしておりませぬ。幕府権力は平穏な状態を維持しているとして、首席目付が暗殺されたことにつきましては、厳しい箝口令《かんこうれい》が敷かれてございます。本堂家での葬儀も禁じられていま
す」

「内藤佐渡守が暗殺されたことについては？」

「心の臓の病で急死、と簡単に公表され、葬儀も幕府の手配りで密葬で終えてございます」

「二つの暗殺事件の処置は幕府の誰が中心となって動いたのだ」

「新井《あらい》筑後守《ちくごのかみ》白石《はくせき》様でございます。色色とこまやかに動かれたようでございます」

「我が伯父和泉長門守は無事なのだな」

「黒鍬の者が総力を挙げて、しかし目立たぬように警護いたしてございまする」

「二件の暗殺事件、襲撃者は何者であったのか、見当はついておるのか？」

「いいえ、残念ながら今のところ刺客の素姓《すじょう》は全く摑めてはおりませぬ」

「そうか、判った。江戸市中へは速《すみ》やかに参ろう」

「但《ただ》し、暗殺事件などはなかったかのような穏やかさで、お戻り下さいませ。何も知らぬ御様子で静かに……とにかく静かに」

「うむ。心得た」

「身辺は警護させて戴きますゆえ、ご安堵下さい」

てお頭《かしら》自ら私の面前に出て参れ、と伝えておけい」

「無用だ。どうしても警護したいのなら、お頭《かしら》自ら私の面前に出て参れ、と伝え
ておけい」

そう言い置いて銀次郎は再び騎上の人となった。
彼に下馬を求めた役人とその同輩の姿は、すでに辺《あた》りから消えていた。もう一人の黒鍬の者が「急ぎの御公儀の御用……」とか何とか、馬で急がねばならぬ口実をもうけて平役人を追っ払ったのであろう。

二十三

その日、夕刻より少し前。
銀次郎を乗せた黒兵は蹄《ひづめ》の音を立てることもなく、麹町《こうじまち》の桜伊邸《さくらいてい》表門の前でひっそりと歩みを止めた。
屋敷に変わりはなかった。頑《かたく》なに閉じられている表門を久し振りに眺めた銀次

郎は、「ようも五体無事に戻ってこれたものだ……」と呟《つぶや》いて漸《ようや》くホッと肩の力を抜いた。

が、本堂近江守と内藤佐渡守が暗殺されたことを知ったその顔は、険しい。眉間に深い皺《しわ》が刻《きざ》まれている。

それでも騎上の彼は上体を前に倒して、黒兵の耳にやさしく囁きかけた。

「長旅によく耐えてくれて有り難うよ黒兵。ここが我が屋敷だ。そしてな黒兵、これからのお前の棲《す》む場所でもある。よいな」

そう言い言い銀次郎は黒兵の首すじを、幾度も撫でてやった。

銀次郎の言葉の意味を解した訳でもあるまいが、黒兵がさも嬉しそうにヴルッと鼻を低く鳴らした。

と、表門が微かに軋《きし》み出したので、銀次郎の表情が思わず「おっ」となった。

表門がゆっくりと左右に開いてゆき、そして予想だにしていなかった人物二人が現われ、深深と御辞儀をした。

「おお、何とこれはまた……」

険しかったそれまでの顔いっぱいに笑みを広げた銀次郎は、馬上から身軽に下りた。

表門を開けて彼を出迎えた二人は、小柄で痩せぎすな老爺《ろうや》と、髪が真っ白な大柄で太り気味の老女であった。

この二人、〝蚤《のみ》の夫婦〟である（徳間文庫『無外流 雷がえし』）。

桜伊家がいわゆる頑なな『自主閉門』（自ら閉門・謹慎）に入るまでは、〝蚤《のみ》の夫婦〟は桜伊家の下働き達を束《たば》ねる立場にあった。

老爺の名を**飛市**《とびいち》、老女の名をイヨと言って、飛市は下僕たちに日日の仕事を割り振って小《こ》まめに監督し、イヨは銀次郎を育てる乳母《めのと》の立場にあって、同時に幾人もいた下働きの女たちを上手に束ねてきた。自分も一緒に働く仲間として加わりながら。

銀次郎は生まれると直ぐ、癇気《かんき》が強く体が余り丈夫でない母親（正代《まさよ》）に代わって、乳が豊かに出る二人の乳母に代《か》わる代《が》わる育てられた。

が、銀次郎が物心つくようになってからも、どっしりとした存在感を見せ続けていたのはイヨで、次第に下働きの女たちを差配する立場になっていったのだった。

　もう一人の乳母は、体の具合を悪くして、やや早めに亡くなっていた。

　久し振りに顔を見せた飛市とイヨが、頑なな『自主閉門』の象徴であった表門を内側から開けたのであるから、さしもの銀次郎も、険しかった表情をくしゃくしゃにさせざるを得なかった。

「来てくれたのかお前たち。久し振りだのう」

「お帰りなされませ坊っちゃま。長旅お疲れ様でございました」

　イヨがそれはもう、祖母が孫に久し振りに出会《でお》うたかのような喜び様《よう》だった。

「おいおいイヨ。その坊っちゃまはいい加減に止してくれ」

「いいえ。お幾つになられようとも、私にとっては坊っちゃまは坊っちゃまでございます」

「儂《わし》はそろそろ、坊っちゃまを若様に切り替える頃だと思うがな」

　飛市が横から口を挟み、イヨが両手をパンと低く打ち鳴らして、

「そうだねえ、お前さん。若様がいいねえ。よし、今日から若様に致しましょう。さ、若様、とにかく御屋敷内へ……」

「馬は儂《わし》が面倒見ましょう。蹄ぐれえは検《み》れますし、餌《えさ》も水も用意を調えてござ

います」

「これはまた……」

　と苦笑の銀次郎が、飛市に求められるまま黒兵の手綱を預けると、「さあ、若様……」とイヨが銀次郎の手首を摑んで強く引っ張った。

「ところでイヨ。私が長旅に出ていて今日屋敷へ戻ってくることは、誰に教えて貰ったのだ」

「和泉家より奥方様のお使いで御女中の麻葉《およう》様が私共の亀島川河口の荒屋《あばらや》へ見えられ、教えて下さいました」

　飛市・イヨ夫妻は頑なな『自主閉門』に入った桜伊家から涙ながらに去ったあと、亀島川（現・中央区八丁堀駅近く）の河口に住居《すまい》を得、漁師をしてのんびりと住み暮らしている。

「で、麻葉《およう》はどのように話していた」

「若様が間もなく大切な御公儀の御役目の旅を終えて江戸にお戻りになるので、御屋敷を綺麗にしてお迎えの準備を調えておくように、と奥方様（夏江）の言付《ことづけ》を持って参られました。暫くの間、私ども老夫婦は此処に居続けますからね若様」

イヨは早口になって言う間《あいだ》もにこやかな表情を変えず、銀次郎の手を引いて玄関式台に上がった。

式台の床も、玄関の間《ま》（板間《いたのま》）へと上がる三段の緩《ゆる》い階段も、そして十畳相当の玄関の間《ま》も、床板は丹念に拭《ふ》き研《みが》かれて黒光りしていた。

嗅覚《きゅうかく》に触れるその屋敷の香《にお》いに、銀次郎の心は安らいだ。

「イヨ、もう手を放してくれてもいいだろう。俺は一人で歩ける」

「はいはい……お風呂を沸《わ》かしてございます。旅着を解《と》かれましたなら、先《ま》ずはお入りなさいまし」

イヨは諦めたように銀次郎の手を離した。

「うん、風呂は有り難い。何よりの御馳走だ」

イヨが先に立って、二人は明るい庭に面した広縁を居間――銀次郎の――へと向かった。微かにギシギシと鳴る広縁の床板の音も、銀次郎には妙になつかしかった。二年も三年もの長旅ではなかったというのに。

ただ、激戦につぐ激戦の『重きに過ぎる御役目旅』であったことは、間違いない。

銀次郎はイヨに案内されるかたちで、綺麗に掃除が行き届いている自分の居間へと入っていった。床《とこ》の間《ま》の前に置かれた衣裳《いしょうばこ》箱は蓋《ふた》が開けられ、イヨの手配りであろう着替えが調えられている。

竹で隙間なく見事に編まれたこの衣裳箱は黒漆塗りで、蓋には金色《こんじき》の家紋が入っていた。

「着替え、お一人で大丈夫でございますか」

「ああ、まったく平気だ。大丈夫」

「お背中をお流し致しましょう」

「いらぬ、いらぬ……」

銀次郎が苦笑まじりに答えると、イヨは失望したような顔になって、

「それではお風呂のお湯を、少し温めて参りましょうね」

と、居間から広縁に出ていった。

だいぶ老いたなあ、と感じるイヨの背中に銀次郎は、「子供の時から、いつも濃《こま》やかに有り難うよ、婆や」と胸の内で呟いた。飛市とイヨがいなければ、自分はどのような無頼漢に育っていたか知れない、と思うことが多い銀次郎である。

癇気《かんき》が強く気性《きしょう》の激しい体の弱かった亡き母正代。その亡き母の気性の激しい部分だけを数倍に膨らませて受け継いでいる、とつくづく思わざるを得ない最近の自分——銀次郎——だった。

　彼は久し振りに自分を受け入れてくれた居間の天井を眺め、壁、床の間、畳を見まわしてから、思い切り息を吸い込んだ。心地よかった。江戸に戻ってきたという実感が、やっと膨らみ出した。

　居間の奥——床の間を右端に備えた——の四枚の大障子のうち二枚が開けられており、日差しのあふれる中庭の向こうに一段と幅広な広縁を持つ書院が見えていた。亡き父が使っていた造作すぐれるその書院へは、銀次郎は滅多に近付かなかった。亡き母以外の女に父が近付いた事実を、銀次郎は胸の内で嫌悪《けんお》し続けてきた。かと言って、癇気の強い母がべつに好きだった訳でもない。

　亡き父に対するその嫌悪が今はすっかり消えている。剣に秀《すぐ》れた父が女に手をかけたのではなく、女に『愛を武器として』殺《や》られたという**それ迄とは逆の事実**を得たからだ。

　その女の娘——まれに見る美しい——**彩艶**を「必ず江戸へ出て参れ……」と強

い意志で呼び寄せている銀次郎だった。一体、彩艶をどのようにしようというのか。

「さて……果たして来るかな」

月祥院《げっしょういん》の浴室で見た彩艶の雪のように真っ白な裸身を脳裡に思い浮かべて、銀次郎は呟いた。

彼は、美貌の彩艶がその余りの美しさで、すでに長門守夫妻を驚愕させている現実を未《いま》だ知らない。父（銀次郎の）が、**それ迄とは逆の事実**で〝愛〟に殺されたことを、すでに**長門守夫妻が春節尼の文《ふみ》**で知った現実を未だ知らない。

銀次郎が着替えを済ませてホッとしたところへ、イヨが戻ってきた。

「いい湯加減ですよ若様。ゆっくりと入って旅の疲れを、お取りなさい」

「うむ。今宵は久し振りにイヨの手料理を味わえるな」

「もう用意は殆ど出来ております」

「酒もか?」

「むろんですよ。この婆やのやる事に手抜かりなどあるものですか。下《くだ》り物《もの》（酒）を調えています」

そう言い終えてイヨは、「ふふっ……」と含み笑いを漏らした。

「どうした。何がおかしい？」

「此度《こたび》の旅のせいでしょうかね。若様、すこし変わられました」

「何がどう変わった？……」

「べらんめえ調がすっかり消えておりますよう」

「あ……」

「べらんめえ調は若様に似合《にお》うていないとは申しませんけど、そろそろ桜伊家の跡継ぎとしてのお侍に戻ることです。話し方も、ものの考え方も……婆やはそう願っています」

「そうだな。真面目《まじめ》に考えておこう。ところで下《くだ》り物《もの》と聞くとたまらぬ。湯につかりながら熱燗《あつかん》を少し嘗《な》めたいのう」

「駄目です。湯中《ゆちゅう》の酒はお体によくありません」

イヨはそう言うと、銀次郎の夕餉の仕度《したく》が気になるのであろう、さっさと座敷から出ていった。昔からの口達者が変わっていないイヨに、銀次郎は思わず顔に笑みを広げた。

下り物とは、海路大坂より江戸へ大量に運ばれる様様《さまざま》な『上物の品』を指して言い、男同士の話の中では『酒』を指す場合が少なくない。

酒の他では、下り米、下り油、下り木綿、下り醬油《しょうゆ》と色色あるが、案外に少なかったのが薪《たきぎ》とか味噌であったらしい。

上物としての『下り酒』は、大坂の荷主から江戸の酒問屋へ運び込む『**直送《じか》り**』の他に、大坂の荷主が江戸に設けたいわゆる〝支店〟を通じて江戸の酒問屋に売る『支配受け』あるいは『差配人送り（支店送り）』と称される方法があった。

下り酒の問屋は、**中橋広小路**、**瀬戸物町**、**呉服町**で目立っていたが、次第に**新川**方面へと広がっていった。

当時の**新川**とは隅田川と日本橋川が合流する界隈（現・東京都中央区新川あたり）を指し、回漕業者や蔵《くら》（倉庫）業者、下り酒問屋などが集中した。

二十四

久し振りに我が屋敷の大きめな風呂に入った銀次郎は、さすがに旅の疲れが肉体《からだ》から抜け出ていくのを感じた。心地よい気分であった。

が、精神状態はざわついていた。なにしろ首席目付であった本堂近江守と、本堂家の五男典信《のりのぶ》の婿入り先である御小姓頭取内藤佐渡守が暗殺されているのだ。

温《あたた》かな湯の中で目を閉じ、銀次郎はあれこれと考えた。

事件については、静かに、とにかく静かに知らぬ振りを装って……とのこと故、伯父（和泉長門守）の身が心配だからといって、眦《まなじり》を吊り上げ慌ただしい動きをとる訳にはいかない。

二件の暗殺事件の背後に前《さき》の老中首座、大津河安芸守すなわち幕翁の強烈な影響力が蠢《うごめ》いているのではないか……と疑えたとしても今は迂闊《うかつ》には調べ回れないのだ。

幕府の司法権力の頂点に位置すると称しても決して言い過ぎではない目付の首席が暗殺されたことで、幕府中枢部に大衝撃が走ったことを容易に想像できる銀次郎だった。

「目付の首席が暗殺されたことにより、幕府中枢部は更に恐ろしい騒動の第二幕が上がった、と思い込んで怯《おび》えていることだろう」

銀次郎は目を見開いたまま呟いて、掌《てのひら》で掬《すく》った湯を肩に掛けた。

ここで**目付史**の入口に立つ前の余談に少しだけ触れておきたい。

江戸時代（後期）、幼時に視力を失った刻苦勉励《こっくべんれい》（大変な苦悩に挑み学問や仕事や研究に励むこと）の大国学者に塙保己一《はなわほきいち》という人物がいた。江戸に出て雨富検校須賀一《あめとみけんぎょうすがいち》に入門して教えを受け、のち総検校にまで上《のぼ》り詰《つ》めるという、まさに秀《すぐ》れた刻苦勉励の人だった。日日が学びの蓄積であったに相違ないと容易に想像できる彼は、歌文を萩原宗固《はぎわらそうこ》、六国史を賀茂真淵《かものまぶち》（国学者）、律令を山岡浚明《やまおかまつあけ》（山岡明阿とも。儒学者、国学者）らに学んで実証主義を次第に熟成させてゆき、やがて塙《はなわ》門下から中山信名《なかやまのぶな》（国学者）、屋代弘賢《やしろひろかた》（考証学者）、石原正明《いしはらまさあきら》（国学者。本居宣長《もとおりのりなが》の弟子のひとり。和学講談所塾頭）ら大秀才《しゅうさい》が巣立っていくこととなる。

『**この師在《あ》りてこそ　この生徒あり**』の理想の姿《かたち》がそこに存在したと言えようか。

前置きが長くなったが、この塙保己一《はなわほきいち》が監修の武家故実書に、十六部門（職名・呼称・居処・衣服・公事《くじ》・文書《もんじょ》・歳時・儀式・弓箭《きゅうせん》・甲冑《かっちゅう》・刀剣・旗幟《きし》〈合戦旗のこと〉・輿馬《よば》・術芸・軍陣・雑）に亘《わた》って著わされた『**武家名目抄**《ぶけみょうもくしょう》』という書物がある。

江戸幕府の**目付の起源**をこの『**武家名目抄**』は、室町時代・足利幕府政所《まんどころ》の所司代の指揮命令を受けて**盗賊退治**にかかわった武士に求めている。

だが、いかになんでも盗賊退治に従事した武士と、江戸幕府の目付とではその職務内容も格も違い過ぎるのではないか。

『日本の覇者』を何としても我が手にせんと欲して、あちらこちらで衝突・火柱があがった戦国時代、いずれの主宰《しゅさい》大本営も**戦功の評価と査察**、**敵情偵察および潜入、麾下《きか》将兵の勤怠・忠誠度の監察**などを専任とする**目付**（横目とも）を配置した。

これが最も、江戸幕府の目付に近いのではないだろうか。つまり、政治を動かす程の力を彼らは有していた、と言っても過言ではない訳だ。

「若様、あまりの長湯はかえって体によくありませんよ」

風呂場の外廊下で、イヨの声がした。早く自慢の手料理を銀次郎に食べさせたいのであろうか。

「わかった……」

と、苦笑しながら返した銀次郎は、ザアッと湯音を立てて立ち上がった。顔だけではなく、体のあちらこちらに激闘を物語る刀傷のあとがあった。

たくましい男をゆさりとひと揺れさせて檜《ひのき》の香りを放っている浴槽からあがっ

た銀次郎は、白い湯けむりがふわりと満ちている浴室内を、この時になって見まわした。年月を重ねてきた浴室の割には檜の香りのすがすがしさが強すぎると感じたからだ。

案の定、浴室内の四隅に柱と一体となるかたちで真新しい檜の板が目立ち難《にく》いように張り付けられていた。こういう気配りは、イヨの亭主飛市と決まっていた。

「有り難うな飛市よ。いい湯だった」

呟いて銀次郎は脱衣室に出、着なれている常の着物（普段着）を着て居間へ急いだ。

衣裳簞笥の中の、どれが着なれている常の着物かを心得ているのは、イヨだ。

銀次郎が大燭台三本の明りの点《とも》った居間へ入っていくと、膳が三つ調えられ、飛市とイヨが姿勢正しく座して待っていた。

イヨが言った。

「若様、今日の夕餉だけは、私どもがご一緒させて戴く非礼をお許し下さいましよ」

「何を水臭いことを言う。わざわざ断ることでもあるまい」

「雪見窓は開けたままで宜しいですか」

イヨの視線が閉じられている大障子六枚の方へチラリと流れた。

六枚障子の内の一枚に雪見格子の拵《こしら》えがあって、その部分が上へと引き上げられていた。その向こう、すっかり夜の帳《とばり》が下りた庭で、等身大の石燈籠が二対《つい》、点した明りをゆらゆらと揺らしているのが見える。

「構わぬよ。石燈籠が明りを点した庭を見るのは久し振りだ。気分が落ち着く」

「さ、先ずは一献、若様」

丸火鉢にのっている実に古い――桜伊家の家紋が入った――薬罐《やかん》型の燗銚子《かんちょうし》をイヨが手に取った。

銀次郎が膳の上の盃を手に取り、「うん」と頷いてイヨに差し出す。

その盃に酒を注ぐイヨの両の目が、たちまち潤《うる》み出した。

「泣くなイヨ。元気な銀次郎がこうして目の前におるのだ」

「たとえ目の前に元気なお姿でおられても、お顔に窺《うかが》えます幾つもの痛痛しい刀傷のあとが、これ迄の古いものか、最近の新しいものかは、婆やにも判ります」

「侍というのは難しい御役目を遣り遂げる際には、一つや二つの刀傷くらいは受けるものだ。それくらいのこと、判っておるだろう。とにかく心配するな。さあ、飛市もイヨも今宵は呑め」

「そうだぞ。夕餉の刻になって、なんでわざわざそのような話を持ち出すのじゃ。お前という奴は」

帰参なさった若様の顔を見た途端に判ったことではないか、と言わんばかりの、女房に対する飛市のやわらかな叱声であった。

「とにかく二人とも呑め。遠慮するな」

「本当に呑ませて戴いて宜しゅうございましょうか」

と、イヨの表情が改まった。

「と言うよりも、お前たち二人の膳にもちゃんと盃がのっておるではないか」

「あ、ほんにまあ……」

「ははははっ」

銀次郎は天井を仰いで笑うと、盃に満たされた酒を一気に飲み干した。

表門を叩く音がしたのは、この時だった。拳で殴っているのであろうその音の響き様《よう》が、かなり急いでいることを座敷の三人に伝えた。

笑顔を消した銀次郎が立ち上がって床の間の刀掛けに手を伸ばそうとすると、

「若様、この爺《じい》が……」

と、飛市が勢いをつけて腰を上げた。

「いや、夜は物騒だ。私が出る」

「この爺だって、長年に亘り桜伊家に御奉公させていただき、やっとう以外の事は充分以上に鍛えられております」

飛市はそう言うと、さっさと広縁に出ていった。

「ああ見えても、うちの爺さんはいい根性をしておりますよ。気性の荒い亀島川河口の漁師たちと上手に付き合っておりますから」

イヨにそう言われた銀次郎であったが、普段着のやや広めの帯に確《しっか》りと大小刀を差し通すことを怠らなかった。

と、二、三人の慌ただしい足音が庭から伝わってきた。

「イヨ、念のための用心だ。次の間《ま》に下《さ》がっておれ」

「は、はい」

イヨが座っていた位置から小慌てに陥ることなく離れ、次の間との間を仕切っている松竹梅の絵が描かれた襖《ふすま》をそっと引き、薄暗がりの中へと消えた。

銀次郎は大障子を開け放ち、居間から広縁に移った。すでに広縁の床板を噛むようにして両足十本の指が、ぐっと鉤《かぎ》型に曲がっている。

無外流『蒼月《そうげつ》』の足構えだ。自分より低い位置に立つ者に対して、居合い抜刀と同時に頭上から幹竹割《からたけわり》とする難易度の高い業《わざ》を放つ、足構えである。電光石火《でんこうせっか》の早業《はやわざ》で倒すことをしくじれば、相手の剣で下から己れの脚を切り払われる危険があった。

飛市に案内されるようにして、庭石伝いに二人の侍が現われた。

「おお、仁平次《にへいじ》に仁治郎《じんじろう》ではないか」

そう言って表情を緩めた銀次郎ではあったが、左の手は帯の上から大刀を軽く押さえたままだった。目配りに油断を見せていない。双《ふた》つの眼《まなこ》も、まるで飢えた狼のような光を放っている。そのことに実は銀次郎自身は気付いていなかった。数数の修羅場を潜り抜け、生死の境を往き来したことで、知らぬ間に自然と身に備わった〝凄み〟であった。

銀次郎の口からその名が出た仁平次は、和泉長門守邸の次席用人**高槻左之助**

（四十八歳、今枝流剣法の達者）の嫡男で、仁平次もやはり今枝流剣法をやり武に長《た》ける父親よりも圧倒的に強い。しかし、五尺一寸と小柄だった。

もう一人の方は、和泉長門守兼行《かねゆき》に近侍する室瀬仁治郎で、念流の免許皆伝者だ。

「どうした。和泉家に何事かあったのか」

「いいえ、そうではありませぬ。実は……」

そう高槻仁平次が応じ、二人が広縁に近寄って来ようとするのを、

「待て……」

と、銀次郎は右の手を前に出す仕種《しぐさ》を見せ、押し止《とど》めた。

剣の達者である二人の歩みが、反射的にぴたりと止まったのは、さすがだった。

「飛市、座敷の燭台を持ってこい」

「は、はい……」

飛市が踏み石に鞋《わらじ》を脱いで広縁にあがると、次の間に控えていたイヨが姿を現わして、大燭台の一本を座敷に入ってきた夫に手渡した。

銀次郎が言った。双眸《そうぼう》はまだ強い光を放っている。

「飛市よ。仁平次と仁治郎の顔に明りを近付けてみてくれ」

「判りました」

「おい、仁平次に仁治郎、もう少し広縁に近寄りねえ。両手を刀に触れねえで、だらりと下げたかたちでよう。お前《めえ》たちの面《つら》を、ようく確かめさせて貰うぜ」

銀次郎が、ドスの利いたべらんめえ調に戻っていた。飛市もイヨも気付いた様子がない。

広縁に近寄ってきた仁平次と仁治郎の顔に、飛市が大燭台の明りを近付けた。銀次郎は身じろぎ一つしない。じっと和泉家に忠実な二人の家臣の顔を見つめている。

が、それは長い間ではなかった。

「よし飛市、もういい」

言われて飛市は、相手に対して丁寧に頭を下げてから、イヨのいる居間へと下がった。

広縁が大燭台の明るさを失った。

銀次郎が侍言葉に戻って言った。

「すまぬな。忍《しのび》の間では緻密な拵えの獣皮《けものがわ》の人面《じんめん》が当たり前になりつつあるのでな。油断がならぬのだ。気を悪く致すな」

そう言い言い広縁に胡座《あぐら》を組んで、相手の顔との間を縮めた銀次郎だった。

「とんでもございませぬ。ご用心あって当然の事と存じ上げます」

高槻仁平次が頭《かぶり》を振って応じた。

「で、仁平次、何用あって参ったのだ。この刻限だ。伯父上（和泉長門守）の用を持って参ったのだろうが、只事ではないな」

「はい、実は……」

気になるのか、仁平次は居間へチラリと視線を流した。

銀次郎は雪見窓の格子を下ろしてから、大障子を確りと閉じて囁いた。

「居間の二人はお前たちもよく知っている桜伊家に忠実な古くからの奉公人ではないか。大丈夫だ。さ、小声で話せ」

「ええ、その点はよく心得てございますが、事が事だけに……実は銀次郎様……」

「本堂近江守良次様、内藤佐渡守高沖様のお二人が暗殺されたことについてはすでに私の耳に届いておる。その事件に関することか?」

「左様でございます。今よりおよそ四半刻《しはんとき》ほど前、内藤佐渡守様の後継者として婿入りしていた本堂近江守様の五男**典信**様が自害をはかりたること、本堂家より駆けつけた用人**山根仁右衛門**様によって知らされました」

「な、なにっ」

銀次郎の顔から、さあっと血の気が失《う》せていった。が、居間の大障子が、点されている三本の大燭台で明るいため、逆光の位置にある仁平次と仁治郎には判り難《にく》かった。

「で、典信殿は亡くなられたのか」

「いえ、脇差の切っ先が腹に突き刺さった瞬間に気付いた家臣が飛び掛かり、かなりの深手ではありますが幸い命には別状ないようでございます」

「う、うぬ。内藤家の主人《あるじ》である佐渡守高沖様が不幸な死を遂げられたばかりだというのに、典信殿は何故《なにゆえ》にまたこの時期、腹を召《め》そうとしたのだ」

「これは秘中の秘の話でございますが、典信様は内藤佐渡守様が暗殺される際、義父(内藤佐渡守)の最も身近に位置しながら、刺客と闘うことも義父の盾《たて》となることも出来なかったそうでございます」

「それを苦にしての自害だと言うか」

「おそらくは……」

「で、伯父上の用というのは？」

「はい。この刻限ではありますが大至急、銀次郎様に内藤家の様子を検《み》てきて貰いたいそうでございます」

「お家の後継者たる者が、ひ弱《よわ》な判断で腹を召し、しかも見苦しく未遂で終ったとなると、御小姓頭取内藤家は蟄居《ちっきょ》（謹慎刑）や閉門《へいもん》（出入り禁止刑）では済まぬかもしれぬな」

「我が殿（和泉長門守）もその点を大層心配しておられました。典信殿の自害未遂は見苦し過ぎるとして、幕閣が改めて切腹の沙汰を下す恐れがあると……」

「そのような恐れのある内藤家へ、長旅を終えたばかりの私が訪ねてよいものかどうか……」

「我が殿は、銀次郎様が御役目旅の途上で昇進なされました**幕府黒書院直属監察官大目付三千石、従五位下加賀守**の地位にある者として訪ねるようにと申されておりました」

「伯父上らしいのう。矢張りその地位を用いるように言《ゆ》うておられたか」

「はい。しかしながら、桜伊家が神君家康公より賜《たま》わっている永久不滅感状に頼るような強い姿勢は誰の前であろうとも執《と》ってはならぬ、とも申されておられました」

「そのようなことは常より心得ておるわ。おい、仁平次、伯父上にお伝えしておいてくれ。いずれ銀次郎は大目付三千石などという窮屈《きゅうくつ》な肩書はお返しに参る、となし
「そ、それは余りでございまする銀次郎様。銀次郎様がそのような態度をお執りになれば、我が殿の立場が大変なことになりまする」

「何がどう大変になるというのだ」

「秘中の秘で首席目付暗殺事件への対処が新井白石様ほかの手で進められている最中《さなか》、我が殿は後任の首席目付の地位に就かれたのでございます」

「なにっ……それはまことか」

銀次郎は、カッと目を見開いた。その情報については全く耳に届いてはいなか

った。

「はい。まことでございます。大きな責任を背負いなされました。首席目付と次席目付とでは責任の大きさやかたちがまるで違う、と我が殿は厳しい表情で申しておられました。いささか苦し気な様子でいらっしゃいます」

「う、うむ」

銀次郎は腕組みをして仁平次を睨みつけた。睨みつけたが最早《もはや》、仁平次の顔は銀次郎の網膜に映ってはいなかった。心は〝無心・無想〟の世界に陥っていた。

仁平次も仁治郎も、銀次郎が現実の世界に戻ってくるのを静かに待った。

やがて、銀次郎は腕組みを解いた。

「判った。帰って伯父上にお伝え申せ。銀次郎はこれより内藤家を訪ね黒書院直属監察官大目付三千石にふさわしい御役目を勤めるゆえ御安心願いたい、とな」

「ははっ。我が殿もそれを聞けばご安堵なされましょう」

「伯父上と黒鍬頭《がしら》とは緊密に情報の遣り取りは出来ているのであろうか」

「ご心配ないと存じまする。但し、家臣の立場ではその領域へは余り踏み込めませぬ」

「そうだのう。よし、行け。和泉家の警護を確りと頼むぞ」

「心得てございます。ではこれにて……」

高槻仁平次と室瀬仁治郎は身を翻《ひるがえ》すようにして、銀次郎の前から消えていった。

「飛市。二人は帰った。表門を確りと閉めてきてくれ。それから馬を厩《うまや》からな……」

銀次郎は大障子を開け、飛市に小声で告げた。

飛市が黙って頷いて立ち上がる。

「さ、若様。内藤家へ向かわれる前に、ともかく一杯だけ味わいなさって下さい」

イヨが真顔で徳利と盃を手にしていた。

「小声で話していたのに聞こえていたのか」

「イヨは地獄耳ですから」

そう言いつつも、イヨは真顔を崩さなかった。

(内藤家の、お家取り潰しだけは何としても救ってやらねばならぬな)

胸の内で呟き、ふうっと短く頷いたあと、イヨと向き合って腰を下げた銀次郎であった。

武家などを対象とした江戸時代の『刑罰』には、**改易**《かいえき》、**閉門**《へいもん》、**蟄居**《ちっきょ》などがあった。

先ず『**改易**』だが、江戸時代を遡《さかのぼ》った時代においても、守護や地頭に対する懲罰《ちょうばつ》的な〝人事異動〟は**改易**と称した。ただ、**改易**という表現が武家社会にあふれたのは江戸時代に入ってからで、とくに開幕者で初代将軍の徳川家康、二代将軍徳川秀忠、三代将軍で癇気が強かった徳川家光の時代は、対大名懲罰（改易）が厳しく断行され、この三人の将軍の期間に外様大名八十二家、譜代大名四十九家、合わせて百三十一家が**改易**で処分され、没収総石高千二百十四万八千九百五十石の領地が天領（幕府領）に組み入れられた。明らかに幕府権力の確立に**改易**を役立てた、という節《ふし》がある。

改易を判り易く分解すれば、士分も収入（知行・俸禄など）も家屋敷も**没収**するということになる。これはつまり『**お家取り潰し**』であった。

『**閉門**』は江戸時代、**武士**と**僧侶**に科せられた刑で、その名称から察せられるように屋敷の門を閉じ、昼夜に亘ってその自由が抑えられた。しかし、病気治療や火事避難の時などは拘束は一定の制限のなかで緩《ゆる》められたようだ。自由剝奪《はくだつ》の刑の側面が見られる。

『**蟄居**』は江戸時代、**武家**や**公家**に対して科された刑だが、『閉門』に比してその姿はやや捉え難《にく》い。門を閉じ（閉門）て**一室に籠《こ》もりひたすら反省**、という印象が窺えるが果たして正しいのか。ごく簡潔に幾つかの例を短く挙げておこう。

林子平《はやししへい》――対外軍備の重要性を説くなどで広く知られながらも不遇の人であった。思想家・経世家の彼は、自費で刊行した『海国兵談』が幕府に「奇書に過ぎる」とされて、仙台に蟄居を命ぜられた（寛政四年）。

徳川斉昭《とくがわなりあき》――御三家の一つ水戸の領主であった彼は、将軍後継者問題や政治諸問題で、『安政の大獄』の大立て者だった幕府大老で彦根藩藩主、井伊直弼《なおすけ》と激しく対立。永蟄居《い》を命じられた（安政六年）。

岩倉具視《いわくらともみ》――孝明天皇の従者として知られた彼は、日米修好通商条約勅許（天皇裁可）に対し公家八十八名と結束して強く反対。のち公武合体を主張して和宮（孝明天皇の妹。仁孝天皇の第八皇女）降嫁を推し進めようとしたため、尊攘《そんじょう》国粋派の弾《だん》劾《がい》を激しく浴び、職を辞して京都洛北に蟄居の身となった（文久二年）。

右の例のほか、渡辺崋山、佐久間象山、吉田松陰といった人物も蟄居に処されている（吉田松陰はその後、江戸伝馬町の獄中にて刑死）。

二十五

半刻ほど後《のち》、大目付三千石、従五位下加賀守桜伊銀次郎を乗せた賢馬《けんば》黒兵は、番町の御小姓頭取六百石内藤家の門前で二、三度蹄の音を打ち鳴らしてから、ヴルルッと鼻を低く鳴らした。

馬上で銀次郎は用心深く辺りを見まわした。

満月の夜である。

中堅の旗本屋敷が続いている『旗本八万通』は、通りの彼方《かなた》までよく見通せたが不審な気配は認められない。ただ、野良猫の一匹さえうろついていない不気味なほど静寂深い通りだった。

内藤邸の表門脇の番所の小窓が、馬の気配に気付いたのであろう、細目に開いて、小慌てに直ぐ閉じられた。

銀次郎が馬上から降りると、表門の潜り門が開いて六尺棒を手にした若党二人が恐る恐る現われた。主人《あるじ》が暗殺され、後継者である婿《むこ》までが自害未遂を引き起こしたのであるから、奉公人がピリピリするのは当然であった。

「安心いたせ。大目付の桜伊加賀守銀次郎じゃ」

怯えを隠さない若党二人に、銀次郎は声を抑えてやわらかく告げた。

「こ、これは……」

上級人事の触書《ふれがき》がすでに市中の主要な武家屋敷へ行き渡っているのであろうか。若党たちは驚愕《きょうがく》し狼狽《ろうばい》した。

「安心いたせ。忍びで参った。開門を頼む」

銀次郎がそう言いながら手綱を引いて三段の石段を上がると、若党の一人が身を翻すようにして潜り門内へ戻り、両開きの表門を静かに開いた。

銀次郎は黒兵の手綱を目の前の若党に預けながら、言葉を飾ることなく訊ねた。

「典信殿の具合はどうだ」

「は、はい。私ども下の者にはよく判りませぬが、容態は落ち着いている、と伝わってきてございます」

「それにしてもいやに静かだな」

「奥方様から、奉公人の全員に、そのように厳しく命じられてございます。取り乱してはならぬ、と」

「で、典信殿はどの部屋に伏せっておるのだ」

「騒ぎが生じましたのは枯山水の庭に面した書院らしゅうございます。その書院で医師の治療を受けられたのではないかと……」

「枯山水の庭に面した書院だな」

「はい……」

「馬を頼む。表門を堅く閉じ、これより以降は誰が訪れても開けてはならぬ。よいな」

「承知いたしました。あ、あの、大目付様がお見えになりましたことを宿直《とのい》の……」

「不意に参ったのだ。誰に伝えずともよい。私が書院へ直接参る」

銀次郎は若党に皆まで言わせず低い声でそう言い残すと、左手斜めの方角に見えている玄関式台へと足を急がせた。

黒兵の手綱を持っていた若党は銀次郎の後ろ姿が離れていくと、もう一人の若党に何事かを囁いた。

それを受けた若党が頷き、庭の奥に向かって小駆けに消えていった。

銀次郎は式台で雪駄《せった》を脱いで数歩を歩むと、二段の階段を上がり閉じられている玄関の重い二枚木戸の内の一枚をゆっくりと引いて開けた。

玄関の間《ま》の掛け行灯《あんどん》の明りが漏れ、同時に敷居が微かに鶯《うぐいす》の鳴き声を放った。名工が細工《さいく》した防犯鈴《ぼうはんれい》とでもいうものだ。

と、彫りが見事な額《がく》の中に山水画が描かれた大衝立《おおついたて》の向こうで、若い侍が緊張した顔で立ち上がった。

玄関の間《ま》に続く次の間《ま》で宿直《とのい》をしていた家臣なのであろう。

「誰だ」

と、その侍が低い声を発し、眦が吊り上がった。

「驚かせたようだな。すまぬ。火急の用あって訪ねて参った大目付の桜伊加賀守銀次郎だ。目付の和泉長門守は私の伯父に当たる」

「あ、こ、これは……」

宿直《とのい》の若侍の顔に一気に緊張が走って、大衝立の手前へ小慌てに出てくるなり平伏した。やはり幕府発の上級人事の触書は行きわたっていたのだ。余程に急がせたのであろうか。

俺より七つ八つは若いかな、と平伏の若侍を見つめながら銀次郎は告げた。

「火急の時ゆえ面倒な礼儀は抜きでよい。さ、顔を上げられよ」

「な、なれど……」

「伏せっている典信殿の寝所まで案内願いたい。忍びで訪れたのだ。検分ではないゆえ安心いたせ」

「はっ」

宿直《とのい》の若侍が腰を上げたとき、殿舎の奥方向から玄関の方へと急ぎ来る慌ただしい足音があって、若侍が姿勢を振り向かせた。

「あ、御用人様……」

御用人に様《さま》を付した宿直《とのい》の若侍が、大衝立の向こうへ戻った。

「おお、近習《きんじゅう》の涼之助《りょうのすけ》が今宵《こよい》の宿直《とのい》であったか……」

そう言いつつ大衝立の向こうに現われたのは、六十近くに見えるがきりりとした面立《おもだ》ちの白髪の武士であった。おそらく若党(門衛)の報告を受けて相当に驚いたのであろう。荒い呼吸《いき》をしている。

「こ、これは大目付桜伊加賀守様。お出迎えを怠り誠に申し訳ございませぬ」

腰低く、そう言い言い大衝立のこちらまでやってきた白髪の武士は、矢張り勢いつけて平伏すると、宿直《とのい》の若侍も再び平伏《それ》を見習った。

白髪の武士が、早口で続けた。

「私は内藤家の用人倉川治右衛門《くらかわじえもん》と申しまする。大目付桜伊加賀守様がお見えなされましたということは若《も》しや……」

「まあ、そう話を急ぐな。今宵訪れたのは忍びだ。検分ではない。安心いたせ」

「ははあっ」

内藤家用人倉川治右衛門は、一度上げかけた顔を慌てて伏せた。

「典信殿の具合はどうだ。詳しく聞かせてくれ」

はい、と用人倉川は顔を上げげた。

「典信様には首席目付であった御父君と殿《との》(内藤佐渡守高沖)のお二人の突然の不幸

が相当にこたえているようでございましたので家臣一同、用心いたしておりましたのが幸いでした。典信様の左脇腹に一寸ほど突き刺さった切っ先が、右へ僅《わず》かに裂き引かれた瞬間を近くに控えておりました近習根元《ねもと》涼之助が気付いて飛びかかり、危ういところで制止できた訳でございます」

「首席目付の不幸も典信殿の自害未遂騒ぎも、屋敷内で確りと抑え込んでおるな。外へ漏れては一大事ぞ」

「はい。その点は大丈夫でございます。ただ、典信様の騒ぎにつきましては、本堂近江守邸へ急ぎ報せにあがりましたが」

「その点は承知しておる。では、典信殿の寝所へ案内してくれぬか」

「畏《かしこ》まりました」

典信の自害未遂騒動については、内藤家から本堂家へ急ぎ報告され、直ぐさま本堂家の用人山根仁右衛門によって和泉長門守へ報された。それによって伯父の指示（もはや銀次郎の方が地位は上だが）を受けた銀次郎が動いているのであったが、倉川治右衛門と根元涼之助の前では一言もそれに触れぬ銀次郎だった。

無意識の内にか、それとも意識してか、彼の〝口〟は大目付にふさわしく重くなり出していた。

用人倉川治右衛門のあとに従って、銀次郎は典信の寝所（書院）へと向かった。

（今宵も、他の目付が刺客の犠牲にならねばよいのだが……）

胸の内でそう願いながら、銀次郎は典信の気性の弱さに、忸怩《じくじ》たる思いに捉われていた。そのせいであろう、彼の奥歯がカリッと微かな音を立てた。

二十六

用人倉川に案内された書院で銀次郎が見たものは、情けない内藤典信（暗殺された本堂近江守の五男）の姿だった。

倉川の後に続いて銀次郎が書院へ入った気配にさえ気付かず、掛布団を捲《めく》り下げた寝床の上でこちらに背を見せて横たわりウンウンと呻《うめ》いている。その背を奥付女中が恐る恐る撫でていた。

さすがに用人倉川は小慌てに振り返り、銀次郎と目を合わせて何事かを言いかけたが、銀次郎は「よい……」という意思を覗《のぞ》かせて小さく頷《うなず》いてみせた。

典信の背中を撫でている女中を挟むようにして、手前に惨殺された内藤佐渡守《さどのかみ》の妻美知が、反対の位置にひとり娘和江（典信の妻）が、疲れ果てた表情で座っている。

痛がって呻いている切腹未遂の者の背を、おそらく女中とかわるがわる撫でていたのであろう。

用人倉川が美知の斜め後ろからそっと近寄って座り、囁《ささや》いた。

何を囁いたかは、判り切った事だ。

あっという表情で正座していた姿勢を、さすが天流薙刀《なぎなた》術の達者美知はそのまま振り向かせ、平伏した。

「これは監察官大目付様、お出迎えも致しませず大変な粗相を致してしまいました。亡き内藤高沖の妻美知と申しまする。枕元に付いておりますのはひとり娘の和江でございます。非礼の段なにとぞ御容赦下さりませ」

美知の震え気味な小声に、典信に集中していた和江も女中も気付かぬ筈はなく、勢いつけて向きを改めるや美知を見習うかのようにして深深と平伏した。

三人のその恐れと必死さに取り憑《つ》かれたような様子に、たった一つの小さな誤りや不手際で生活の術《すべ》の全てを幕府に取り潰されかねない侍の哀れを、銀次郎は見たように思った。

だが向こう向きに横たわっている典信は、その体をこちらへ向き改めようともしない。

銀次郎は、美知の前に片膝をつくと、彼女の膝頭《ひざがしら》までもが小さく震えているのに気付いた。

「心配するな。内藤家の安堵《あんど》は引き受けよう。ただ……」

銀次郎はそこで言葉を休めて腰を上げると腰の大刀を取り、典信の足元を回り込んで彼の枕元へ、どっかと胡座《あぐら》を組んだ。

そして大刀を脇に横たえる。

美知たち三人がおどおどと、銀次郎の方へ姿勢を向き改めた。

典信はウンウンと苦し気に呻っていたのだから、眠ってはいない。

それどころかカッと見開いた両の眼《まなこ》で銀次郎を見、途端その顔に恐怖を広げた。

銀次郎はフンと鼻先を鳴らして苦笑した。

「おい内藤典信殿よ。この桜伊《さくらい》加賀守《かがのかみ》の刀傷のあとだらけの面相に余程驚いたようだな。侍などというのは、御役目次第ではこの俺のような傷だらけの面相になるのだ。面相だけじゃあねえぜ。俺の手足も背も腹も見せてやろうかえ。そりゃあ、ひでえもんだ」

僅《わず》かにドスを含ませたべらんめえ調を、チラリと覗かせた銀次郎だった。

典信は寝床の上で石のように固まっていた。ウンともスンとも言わなか……いや、言えなかった。心が凍りついてしまっているらしい。

「内藤家を潰したくない、と本気で思うなら、寝床の上に武士らしく正座をしてこの監察官大目付の目を真っ直ぐに見ろ。六百石旗本家の主人《あるじ》であろうが」

「………」

「馬鹿野郎めっ」

不意に目の前に落下した稲妻が爆裂したかのような怒声だった。書院の天井や大障子をビリッと震わせた。

それは銀次郎が東近江国《ひがしおうみのくに》の『幕翁城』内で、松平定重（伊勢桑名十一万石領主）率いる討伐隊に敗れて虜囚の身と化した幕翁の忠臣たちに対し放った、怒声そのものだった。

怒鳴られて内藤典信は顔をしかめつつも寝床の上に正座をし、傍《かたわら》でどうなる事かと見守っていた美知や和江たちは、銀次郎の余りの凄まじい怒声に蒼白《そうはく》となった。

「そうれみろ。体を起こすことが出来たではないか。そもそも大目付が、しかも上様に直属する監察官大目付が訪れたというのに、寝床で体を小さく固まらせているとは何事か。己れの手で腹をちょっと傷つけたことくらいで、同情を仰ごうとしたのか」

「………」

「震えておるな……確《しっか》り致せ典信殿。実の父と義理の父を同時に殺害され、衝撃の余り我を見失ってしまっている点については同情もしよう。だが、六百石旗本家の後継者ではないか」

「は、はい……で、ですが」

「お、言葉が出たな。ですが、なんじゃ。申せ」

「こ、怖かったのでございまする。お、恐ろしかったのでございまする」

「だから今、申したではないか。親を殺されて受けた衝撃で我を見失っている点

について は同情する、と」

「そ、そうではありません。そのような事ではありませぬ」

「なにっ。ならば、なんじゃ。すぱっと言うてみい。うじうじ致すな」

銀次郎が思わず眦《まなじり》を吊り上げると、怯《おび》えた様子で見守っていた典信の妻和江が、寝床の向こう側から「あのう、恐れながら申し上げます」と口を挟んだ。

「いま典信殿と話しておる。控えていなされ」

銀次郎にジロリと睨みつけられて、「は、はい」と和江は肩を小さく窄《すぼ》めた。

銀次郎はまだ全く気付いていなかった。数数の修羅場を潜《くぐ》り抜けてきた自分に今、これ迄になかった喩《たと》えようもない『凄み』や『圧倒感』が備わっていることを。しかも薄くなりつつはあるが顔に刻まれた幾つもの惨《むご》い刀傷。べつに全身に怒りを漲《みなぎ》らせなくとも、それらの『凄み』『圧倒感』はもう彼の体の一部として完全に同化していた。

「さ、言うてみよ典信殿。何が怖かったのか、何が恐ろしかったのか」

「も、申し上げて宜《よろ》しゅうございましょうか」

「構わぬ。安心して申せ。この私が傍《そば》についているのだ」

「その桜伊加賀守様が……監察官大目付様が無性《むしょう》に怖かったのでございまする。無性に恐ろしかったのでございまする」

「なんと……」

銀次郎は、ほんの一瞬であったが放心状態に陥った。自分が怖がられている、など予想もしていなかった。いや、大目付の手でお家取り潰しになるのでは、と内藤家は恐れるのではあるまいかと予想は出来ていたのだが。

しかし、自分の**存在自体**が恐怖の的になっていようなどとは思いもしていなかった。気付きさえもしていなかった。

それは彼が、まったくいきなり、それこそ唐突なほどいきなり『黒書院直属監察官大目付』などに任じられたせいである。

が、そこにこそ銀次郎をいきなり高級幕僚に推し上げた幕僚たちの狙い――狡《こう》猾《かっ》さ――があったことが、やがて判ってくる。

「そうか……この桜伊銀次郎が怖かったというか……この顔に幾つもある刀傷も怖いか典信殿」

「いいえ。お顔のお傷は恐ろしいとは思いませぬ」

と、やや落ち着きを取り戻してきた様子の典信だった。

「桜伊加賀守様のご気性、極めて激烈とのお噂が耳に入ってきておりました」

「激烈のう……それで背筋を寒くさせたというか」

「は、はい」

「侍はのう典信殿。御役目によっては阿修羅と化さねばならぬ時がある。長く続いておる合戦なき平和な時代を満喫し、**平和**を**飯**《めし》とも**総菜**《そうざい》とも思うて毎日むさぼり喰《くら》っていると国民だけではなく、国の司法を預かる者の顔も、刑事に働く者の顔も、次第にポカーンとした狸顔《たぬきづら》になってくる。ワルに騙《だま》され、ワルに嘲《あざけ》られる、ポカーンとした狸顔《たぬきづら》にのう」

「は、はあ……」

「今の侍は多くがその狸顔《たぬきづら》よ……典信殿、お前さんもな」

「も、申し訳ございませぬ」

「本心から申し訳ねえと思うなら、ときどきは桜伊家を訪ねてきな。お前《めえ》さんに、無外流《むがいりゅう》の剣を教えてやるくれえの小さな道場なら備わっている。覚悟を胸懐に確りと納めて出向いて来なせえ。侍《さむれえ》としての覚悟をだぜ」

考えあっての事だろう。なよついたやさしい面立ちの典信に、べらんめえ調を一発放った銀次郎であった。

「判りました」

と、典信は意外にも深深と頷いた。

「いい返事だ。ところで酒はやるかね？」

「いいえ。一滴も呑めませぬ。呑むことで足元がふらつくと暗い奈落の底に落ち込むようで、恐ろしゅうございます」

「では、そちらも鍛えてやる」

銀次郎はそう言うと大刀を手にして立ち上がり、帯に通した。

帯がヒヨッと短く鳴った。

寝床の向こうに座している典信の妻和江が、縋《すが》るような眼差《まなざ》しを銀次郎に向けた。

その和江に、銀次郎が鋭い視線を返す。

「和江殿……であったな」

「は、はい。お出迎え出来ませなんだ不手際どうかお許し下さりませ。心よりお詫び申し上げまする」

和江は寝床に顔が触れる程に頭を下げた。

「出迎えの有る無しなど気にもしていねえよ。婿《むこ》だからというて典信殿を決して軽く見るんじゃねえぜ。家臣を含め一家揃って婿殿を確りと敬い立ててやりなせえ。そうすりゃあ、お家取り潰しも閉門も謹慎もこの屋敷へは、やっちゃあ来ねえよ……おい和江殿よ、約束できるかえ」

またしても小気味よい、銀次郎のべらんめえ調であった。

和江が下げていた面《おもて》を上げた。その目がみるみる潤《うる》み出していた。

「は、はい。堅くお約束申し上げます」

「うむ。それでよい」

銀次郎は、にこりともしないで小さく頷くと、風のように書院から出ていった。

二十七

銀次郎は賢馬黒兵《けんばくろべえ》の手綱《たづな》を引いて内藤邸の表門を出、夜空を仰いだ。

訪れたときは満月が皓皓《こうこう》と照り輝き、無数の星屑《ほしくず》に覆《おお》われていた夜空が、墨を流したように何も見えない。

「大目付様、どうぞ足元お気を付けなされまして」

見送りの若党二人が表門を背に深深と腰を折り、その二人の手元で提灯《ちょうちん》が揺れた。

先程その提灯の一つを差し出された銀次郎であったが、やんわりと笑顔で断った。

帰り道、片手は黒兵の差縄《さしなわ》に触れていなければならない。もう一方の手に提灯を預ければ両手が塞がってしまう。

これでは夜道で不測の事態に突如見舞われたとき、反撃に寸陰を要してしまう。

『防御と反撃は常に閃光を超えよ』

銀次郎に無外流剣法を叩き込んできた無外流の達人笹岡市郎右衛門《ささおかいちろうえもん》の教えであった。

この時代は手元明り無しの夜歩きが役人に見つかると叱られることになっているが、単なる〝建て前〟に過ぎない。明り無しで酔っ払って気分よく歩いている者は、そこかしこにいた。

「黒兵よ、なるべく蹄《ひづめ》の音を立てるな。静かに歩め。この暗過ぎる闇に溶け込むようにしてな……」

背後で内藤家の表門の閉じられる音がしたとき、銀次郎は黒兵の首すじを撫でてやりながら囁いた。

実に賢い黒兵であった。銀次郎に注文をつけられなくとも、足音を忍ばせる歩み様《よう》をちゃんと心得ている。

銀次郎は黒兵の背に乗らず、漆黒の夜道を歩くことを選択していた。この賢馬《けんば》になるべく負担をかけたくない、という思いからであったが、その思いは黒鍬組《くろくわぐみ》の頭《かしら》である黒兵の豊かで温《あたた》かくやわらかな乳房への想いにつながっていた。切ない想いに。

「お前の母者人《ははじゃ》（黒鍬黒兵）に会いたいのう」

銀次郎がポツリと呟《つぶや》いたが、賢馬の反応はない。

（それにしても……）

と銀次郎は再び墨を流したような夜空を仰いで、溜息を吐《つ》いた。

（上級幕僚である御小姓頭取家の後継者（典信）が、あれじゃあなあ……徳川の世は長くはねえぜ、まったく）

胸の内でべらんめえ調で呟き、もう一度大きく溜息を吐く銀次郎だった。

星、月が隠された時の江戸の夜は、現代社会では想像も出来ない程に暗い。まさに漆黒の闇であった。

夜間の治安のためには、町家《まちや》地域には自身番、木戸番と称される施設が、また武家地域には幕府の施設として公儀御給金辻番（略して公儀辻番）および大名維持負担による手持辻番、大名旗本が共同で維持負担する組合辻番などがあったが、これらの施設から通りへ漏れる明りなど微微たるものだった。

それでも、暗闇の生活に馴れた者は、墨を流したような中を巧みに歩けるものだ。

「お……」

銀次郎は不意に降り出した眩しいばかりの明りに天を仰いだ。

それまでの雲がいつの間にか流れ過ぎて、月も星もくっきりと見えていた。

銀次郎は「矢張り明りは有り難い……」などと呟きながら、防火用水として設けられた細長い短形の池に架かっている木橋を渡り出した。御用池と呼ばれている池を渡ると、かなりの近道になる。

が、本来は渡ってはいけない木橋だった。

「おい、黒兵よ。母者人《ははじゃ》（黒鍬黒兵）の傍へ帰りたいかえ……いや、帰りてえだろうな」

銀次郎は冷やかしに黒兵に囁きかけたが、賢馬からの返答はなかった。

木橋を渡ると池の畔《ほとり》に沿って、防火林の発想で見事に育った常緑樹の並木が月明りを浴びて続いていた。

人馬はその並木に沿った池の土手の上を進んだ。

右手には武家屋敷が広がっており、静まり返っている。

池の土手は進むにしたがって穏やかに高さを下げてゆき、そしてごく自然なかたちで『旗本八万裏通』へとつながっていった。

『**旗本八万通**』（通称、表通り）と並行に走っているこの**裏通り**の此処いら辺《あた》りまで来ると界隈はもう、かなりの敷地を有する屋敷が目立つようになる。

『旗本八万通』および『旗本八万裏通』を江戸城方向へと進むにしたがって大き

な邸《やしき》が増え出し、町名も**番町**となる。ただ巨邸と称される大屋敷は、圧倒的に**表通り**（旗本八万通）に多い。

この**番町**で最も名高い注目されている屋敷が、全旗本の敬いと憧れを一身に集めている**番衆総督**《ばんしゅうそうとく》にして**若年寄心得**の西条山城守《やましろのかみ》九千五百石屋敷であった（祥伝社文庫『汝よさらば』）。

番衆総督とは、大番、書院番、小姓組番、小十人組、新番あわせた五番勢力二千数百名の**番衆**（将軍直属戦闘隊）を統括・指揮する立場を指す。生臭い華やかさと清濁《せいだく》を併せ持つ政治の表舞台へは殆ど登場せず、将軍家安泰ひとすじの任務に集中する立場だ。

番町という町名の由来は、この**番衆**の**番**によるとされている。

「ご苦労だったな黒兵。帰《けえ》ったらよ、夜食をたっぷり食《く》わしてやっから……」

銀次郎が呟くようにしてそう言ったとき、黒兵の歩みが止まった。

頻《しき》りに耳を動かしている。

『旗本八万裏通』の少し先右手に、妻は若い独り身の美男御家人に、主人《あるじ》は料理屋の美貌の女将《おかみ》にと、夫婦揃って激し過ぎる不純交遊に打ち込んでどうにもならぬ程に借財を膨らませ、一昨年夏お家取り潰しとなった中堅旗本八百二十石の屋敷跡があった。かつてないほど公儀を激怒させた重い刑で、主人《あるじ》は斬首させられてもいる。

以来、表門も潜り門も竹矢来《たけやらい》で閉鎖され、処分の詳細が記された高札《こうさつ》（たかふだ、とも）が立てられていたのだが、それもこれも何時《いつ》の間《ま》にか朽《く》ち落ちて表門も潜り門も半開きの状態のままだった。

治安の面で甚《はなは》だ宜《よろ》しくないとの周辺有力武家からの訴えもあり、敷地内の殿舎だけが公儀の手で取り壊されたのが昨年の春。そのため敷地全体がかえって草茫《ぼう》茫《ぼう》の状態に陥って、斬首された主人《あるじ》の幽霊が出るとか出ないとかの尾鰭《おひれ》までがついていた。

黒兵はいま、月明りの下のその屋敷跡——門、塀だけは残っている——にじっと視線を注ぎ、耳を動かしていた。

「あの屋敷跡から幽霊でも出そうかえ黒兵。ならば直ぐ先を左へ折れて、**表通り**へ回ろうかえ」

銀次郎が黒兵の耳もとで、苦笑しつつ低い声で告げると、黒兵は首を二度縦に振って静かに歩み出した。

表通りにつながる左へ折れる旗本家に挟まった小路は、直ぐ目の前だ。両旗本家の私費で石畳が敷かれた小路である。

だが、幾らも進まぬうちに黒兵の歩みが再び止まった。それだけではない。穏やかにそっと後退しようとする様子を見せたではないか。何かを警戒するかのように。

「わかった。下がっておれ……」

銀次郎は触れていた差縄《さしなわ》から手を離し、黒兵の首を軽くひと撫でしながら囁いた。

が、黒兵が下がったのは、ほんの三、四歩ばかりであった。銀次郎の身傍《みそば》から遠くには離れない、という意思をありありと見せている。

「ここにおれ。動くなよ。いいな」

声低く黒兵に告げた銀次郎は用心深く数歩を行って、ぴたりと立ち止まった。

通り（旗本八万裏通）の左右に立ち並んでいるのはひっそりと静まり返った敷地五、六百坪に揃えられた旗本屋敷だ。

この裏通りに面して連なる塀の高さは、およそ六尺程度とこれも揃っている。板塀、築地塀《ついじべい》そして、うまい拵えの練塀《ねりべい》もありで構造は様様だ。いずれも瓦を上にのせており、板塀に比べ築地塀や練塀は火災時の貰い火を多少なりとも防ぐ意味では有効である。ただ、江戸を焼き尽くした明暦《めいれき》の大火（明暦三年、一六五七）以降、屋敷建築は地味に質素にが公儀の方針であるため、いま銀次郎の目にとまっているのは築地塀が一邸、練塀が一邸のみであった。

しかも後者が前《さき》に述べた、重罰処分後の幽霊屋敷ときている。

練塀は『粘質の土を固めて築きその表面などを漆喰《しっくい》などで綺麗に白く塗装するなどした築地塀』の一種、と捉えてもよいのではないか。築地塀で有名なのは法隆寺東院、西宮神社、蓮華王院《れんげおういん》、などで重要文化財に指定されている。

練塀は、粘質の土と熨斗瓦《のしがわら》を下から上に向かって交互に積み重ねていって確りと固め、最上部を瓦葺《かわらぶき》とした塀のことである。

粘土中に積み重ねられる熨斗瓦《のしがわら》とは、短冊型の平瓦、という大雑把《おおざっぱ》な解釈で事《こと》足《た》りる。

銀次郎は少し先右手の、傷《いた》みひどいその練塀に注意を注いだ。其処に何かを感じている訳ではなかった。ましてや、幽霊の出現を予感している訳でもない。彼にとってはおそらく幽霊などよりも、血まみれで討ち倒した床滑七四郎《ゆかなめりななしろう》の方が余程に恐ろしい。

と、銀次郎の視界に黒い幕が、つまり地上の何もかもに墨が降り掛かったかのように、スウッと暗くなっていった。雲が夜空を覆い出し月、星を隠したのだろう。

銀次郎はまだ何も感じていなかったが、しかし、その戦闘本能はピチッという微かな音を発して弾《はじ》けていた。

彼の左手が両刀を確りと固定している帯をそっと抑え、右の手が大刀の柄へと移った。

目よりも聴覚へ注意を集中させた銀次郎の両眼《まなこ》が、すでに爛爛たる光芒を放ち出している。そして、左脚がゆっくりと下がり、腰が僅かに左へ回転しつつ沈んだ。

(何も……感じねえ……だが……いる)

銀次郎は己れに向かって、言って聞かせた。

このとき地上という大舞台に下ろされていた漆黒の緞帳《どんちょう》（幕）が静かに、それこそ音ひとつ立てずに上がり出した。

幾万の星屑が再び騒ぎ出し、満月が目覚めた。

『旗本八万裏通』が、そして連なり並ぶ旗本屋敷が、深く息を吸い込むようにして明るさを取り戻していく。

とたん、銀次郎の戦闘本能と恐怖が、ザアッと音立てるかのようにして髪を逆立てた。

なんと、幽霊屋敷の門前に、五人の武士が素面のまま抜刀して立っているではないか。

身の丈、肩幅、五人すべて揃っている。いや、それだけではない。五人が五人とも白装束に金色《こんじき》の襷掛《たすきがけ》であった。年齢はこれも揃って、三十を少し超えた辺りか。

「何者かあっ」

銀次郎が突如、大声を発した。その怒声のような一喝《いっかつ》が静まり返った旗本街区を駆け抜け、満月の夜を震わせて戻ってきた。

銀次郎のその一喝にも、月明り満ちた夜気を震わせて戻ってきた谺《こだま》にも、白装束の五人は動じなかった。微動だにしない。

銀次郎から仕掛けてくるのを、待っているのか？

銀次郎も動じない。床滑七四郎を倒したことで、その度胸《どきょう》は自身も気付かぬ程に大胆かつ不敵になっていた。

（こ奴ら。俺がこの**裏通り**に現われると読んでいたのか。それとも此処《ここ》で出会ったのは偶然か……）

ええい面倒な、そんな事《こた》あどうでもいい、と銀次郎は胸の内で呟き、相手との間をジリッと詰めざま抜刀した。

相手五人も漸《よう》や く、申し合わせてあったかのように一斉に大刀を正眼に身構える。

銀次郎は大刀を右斜め下段に構え、尚も相手との間を詰めた。

五人の白装束の後方で、ギギギイッと扉の軋《きし》む音がしたのはこの時である。

その軋み音の重さと速さからして、旗本邸の表門が人の手で開けられたことは明らかだった。

旗本邸の表門は通りに面してよりも奥へ引っ込んで位置しているのが普通だか

ら、銀次郎の位置からはその表門の様子は窺《うかが》えない。

が、事態に急変が生じた。

その旗本邸から月明りの下へ若党ひとりがおどおどと現われ、対立する銀次郎と白装束五人を見て驚くや、弾けるようにして屋敷内へと消えた。

自ら相手との間を詰めていた銀次郎の動きがここで止まる。

「おい。その金色《こんじき》の襷掛《たすきがけ》は何の意味でえ。床滑七四郎の仇討《かたきう》ちの積もりなら笑わせるぜ」

またしても銀次郎の大声であった。

すると件《くだん》の旗本邸から七名の侍が、白装束の後方へバラバラと飛び出してきた。

うち二名が長槍を手にしており、ひとりが叫んだ。

「仇討ちならば見届け申す。お手伝い必要ならば遠慮のう申されよ」

七名が七名とも銀次郎を礑《はった》と睨みつけていることから、どうやら白装束の五人に加勢する積もりのようだ。

銀次郎は怒鳴りつけた。

「我は監察官大目付、桜伊加賀守じゃ。要《い》らざる手出し無用。さがれっ」

月夜に朗朗と響き渡る怒声であった。

旗本家の家臣たち七名が、思わず顔を見合わせた。上級人事の御触書が伝わっていない筈がない旗本家である。ましてや、この界隈は幕府の要職に就いている者が少なくない。

事態が急転した。

白装束五人の内の二人が、旗本家の家臣七名に向かって閃光の如く飛翔《ひしょう》して斬りかかった。それはまさしく電撃的と表現する他ない、凄まじい斬り込みだった。

アッという間《ま》に二名が斬り倒され、続いて槍を手にする者二名が手首から先を斬り飛ばされて声もなく地に叩きつけられた。

またたく間《ま》に四名の戦力を失った旗本家の家臣たち三名が、「うわわっ」と悲鳴とも呻きとも取れる声を発して、大きく退がる。

まさに一瞬の勝敗。

けれどもその〝一瞬の事態の急転〟を見逃すような銀次郎ではない。

白装束五人の内の二人が後ろへ〝振り向く〟という動作を取りかけたその刹那《せつな》。

銀次郎の剣は残った白装束三人の内の一人の足首に、それこそ矢のような速さで迫っていた。

ガツッと骨を断ち切る鈍《にぶ》い音。

「ぐあっ」

白装束の中からはじめてあがった悲鳴。其奴《そやつ》が足首の飛び跳ねた方角へもんどり打って横転した。

「おのれ」

やられた仲間を救わんとした白装束二人が、銀次郎の左右から同時に打ち込む。

だが、それより速く、ぐいっと左斜めへ足を踏み込ませていた銀次郎の剣は、下から上へと激烈に掬《すく》い上げていた。

ザンッという鈍い音と同時に〝白い刺客〟の悲鳴が月夜の静寂《しじま》を打ち震わせ、其奴の右大腿部が天空へと舞い上がった。

痛烈な、余りに痛烈なその一撃で、地に沈んだ其奴の肉体がドンという音と共に大きく弾む。

この瞬間、もう一方の刺客の剣は、その切っ先で銀次郎の右肩を深深と抉《えぐ》り斬っていた。

いや、そう確信したのは襲撃者だけであった。

銀次郎が稲妻のような速さで——それは殆ど本能的な——右脚を引いて上体を反転させる。敵の切っ先が彼の両眼《まなこ》僅か二寸と満たぬ先で、空《くう》を切った。

夜気が裂かれて、ヴアッと唸った。その異様な音だけで、ただ者ではない襲撃者の刀法と判る。

銀次郎の顔が押し寄せた怒濤《どとう》の刀波《とうは》で一瞬歪んだ。

白い其奴の切っ先は、狙った銀次郎の右肩を外しはしたが、斬り下げたその勢いで彼の左膝頭《ひざがしら》の表皮を、裂いていた。

しかしながら、**『最恐の強者』**と恐れられた床滑七四郎を討ち倒した銀次郎の剣は、如何《いか》なる危機の下でも〝痛烈なる反撃刀法〟を忘れない。

白い其奴の切っ先が銀次郎の左膝頭を掠《かす》め切りした瞬間、彼の猛烈な反撃刀法は己《おの》れの刃をするりと敵の股間へ滑り込ませていた。

それはまさに寸陰差の勝敗であった。酷すぎる勝敗であった。

股間から上腹部までをザックリと割られた白い其奴は、声にはならぬ声を発し万歳《ばんざい》の状態で天を仰いだ。

激しい痙攣《けいれん》が瞬時に其奴を見舞い、噴き出した鮮血が雨となって銀次郎に襲い掛かる。

ごく僅かな時間《うち》に白い刺客三人を倒した銀次郎は、頭から下を敵の血で真っ赤に染め、両眼《まなこ》は獲物《えもの》を見つけた狼の如くギラついていた。

「向かって参れええっ。余《よ》の者を相手とするなあっ」

銀次郎はびりびりと咆哮《ほうこう》した。見る者によってはその憤激の姿は、床滑七四郎よりも遥かに恐ろしく見えたかも知れない。

この時になって件《くだん》の旗本屋敷から、更なる手勢が飛び出してきた。

こうなると白い刺客どもが如何に鍛えられた〝烈士〟であろうとも、劣勢に立たされる。

「おい、ここ迄だ」

白装束の一人がもう一人の仲間を促し、銀次郎との直接対決を避けた二人はこうして幽霊屋敷へと素早く姿を消した。

その後を追いかけようとする様子を見せた旗本家の家臣たちを、

「こちらも、そこ迄となされ。深追いをすれば新たなる犠牲者が出かねない」

と、銀次郎は強い語調で押し止《とど》めた。

その旗本家の家臣たちの中から年齢《とし》の頃五十前後の者が銀次郎に近付いてきた。

優し気な顔立ちだ。

控えめな様子であり、歩み様でもあった。

二十八

その侍は、若年寄支配下にある納戸頭《なんどがしら》七百石、戸張美濃守高行《とばりみののかみたかゆき》であると丁重に名乗った。むろん銀次郎とは初対面である。

銀次郎も言葉やわらかく応じた。

「監察官大目付三千石桜伊加賀守でござる。拙者を襲いたる刺客により、戸張家の大事な家臣が四名深手を負わされたること、胸が痛み申す。真《まこと》に申し訳ござらぬ」

「お気遣いご無用に願いまする。それよりも桜伊様のお膝より血が噴き流れてございまする。当方にてお手当をさせて下さりませ。また血を浴びたるお着物も……」

「いや、ご心配かたじけないが、拙者はこのまま帰らせて戴く。足元に転がって呻いておる刺客三名、引き受けて戴くと有り難いのだが」

「承知仕《つかまつ》りました。一応の血止めをした上で、今宵の内に目付筋《すじ》へ引き渡せるよう速やかに手配り致しまする」

「有り難い。この加賀守の伯父は……」

「全て存じ上げてございまする。しかし、いきなり伯父上様の許《もと》へ深手の刺客どもを引っ立てるのではなく、目付下位の筋《すじ》へ引き渡すように動いてみまする」

「濃《こま》やかなる配慮、痛み入る。それでは拙者はこれにて……」

「本当にお膝、お着物、そのままで宜しゅうございましょうか」

「はい。傷も汚れも馴れていますから……」

「?……」

月が再び雲に隠れたり、出たりを繰り返していたのが戸張美濃守高行にとっては幸いであった。血まみれの銀次郎の顔に残る幾すじもの刃傷が殆ど目にとまらなかったから。

銀次郎が黒兵の方を振り向いて鋭く指笛を鳴らすと、待ち構えていたように黒兵は蹄を鳴らして彼の傍《そば》にやってきた。余りにも猛猛しい気性の賢馬《けんば》黒兵が、雌《めす》馬であることを実は銀次郎は、まだ気付いていない。

銀次郎を乗せた黒兵が力強い走りで月下を遠ざかってゆくのを、納戸頭七百石、戸張美濃守は頭《こうべ》を下げた律儀な姿勢で見送り、家臣たちもそれを見習った。その光景は、銀次郎人事の御触書の威力というものを改めて物語るものであった。

納戸方《なんどかた》という職は、江戸時代以前の政庁においては『納殿』と称され、衣類とか諸器具を管理する役人を指していた。

『納戸方』という呼称は江戸時代に入って、将軍家の財産（衣服、調度、金や銀ほか）を管理する職として定まり、暫《しばら》くは将軍に近侍する者（小姓など）がその役を担っていた。

この組織は要員の増減などをややこしく繰り返しつつ、銀次郎の時代には二人の**納戸頭**を置き『**元方**』と『**払方**』とを差配していた。

『**元方**』とは判り易く言えば将軍の手許私財（衣服、調度、金や銀ほか）の**入り勘定**の監理、『**払方**』とはその逆で**出勘定**の監理、を意味する。つまり彼らは気性烈烈たる銀次郎と違って、〝武《ぶ》〟にいささかの距離を置く典型的な文官であった。

将軍が、仕事の評価高い旗本に対し手許にある千利休《せんのりきゅう》の茶碗を下賜《かし》した場合は、出勘定が機能したこととなる。

これらの職をまとめている二名の納戸頭は補佐役として、それぞれが二名の**納戸組頭**《くみがしら》（四百俵高）を従えている。この組頭の支配下で二十数名の**納戸衆**（二百俵高）が、入り勘定、出勘定で忙しく動き、その下で更に数十名の**納戸同心**が神経をぴりぴりさせながら、納戸事務に従事しているのだった。なにしろ将軍家の私財である。小さな絵皿一枚を紛失しても、ただでは済まない。

「どう……よしよし」

たちまち桜伊家の前まで来たので、銀次郎は黒兵の手綱を軽く絞った。

すると黒兵が、銀次郎を驚かせるような行動を取った。

歩みを止めたその位置で、前脚をかなりの烈しさで足踏みさせたのだ。

蹄の音が満月の夜に響き渡り、続いて黒兵は高高と鼻を鳴らしたではないか。

それはまるで戦場での嘶《いなな》きであった。

明らかに主人《あるじ》が戻ったことを屋敷内へ知らせようとしている。

屋敷内で飛市やイヨが響きわたる蹄の音と断きに仰天したことはいうまでもない。

たちまち表門が飛市の手で開けられ、月下にイヨを従えて小走りに出てきた。

「あ……わ、若様」

血まみれで馬上にある銀次郎を見て、二人は衝撃の余りよろめきさえした。

銀次郎は身軽に馬上から下りたが、かなりの痛みが膝頭に走った。

彼は支え合うようにして近寄ってきた二人に「大丈夫だ。早く屋敷内へ……」と告げ、黒兵の手綱を飛市の手に預けた。

「い、一体どうなされました」

「声を控えなさい。とにかく黒兵を、馬を早く厩《うまや》で休ませてやってくれぬか。水と餌も充分にな」

「承知いたしました」

飛市が黒兵の手綱を引いて月下の庭を奥へと消えてゆき、イヨが表通りの様子を気にしながら表門を堅く閉じた。

「風呂は沸いておるかイヨ」

「私の家事に手抜かりなどありません。さ、とにかく風呂場へ急いで下さい」

イヨは銀次郎の背にそっと手を当て、促した。

「すまぬ。膝頭をな、少し切られておるのだ」

「まあ、それは大変。頭も顔も血まみれですが……」

「大丈夫。やられたのは膝頭だけだ」

「痛みますか」

「いささかな……確か飛市は焼酎《しょうちゅう》が好みであったな」

「焼酎も晒《さら》しも押《おさ》え綿《わた》も、備えは整っております」

「気が利くなあ……」

「長いこと、やんちゃ坊やの面倒を見てきた御陰《おかげ》ですよ」

銀次郎は小さな掛《か》け行灯《あんどん》の掛かった薄暗い廊下を、ゆっくりと進みながら、涙声になってしまったイヨに「悪かった……本当に子供の頃からイヨには面倒の掛けっ放しだ」と、神妙に頭を下げてみせた。

風呂場の前まで来てイヨは、焼酎と晒《さら》しと押《おさ》え綿《わた》を取りに、あたふたと引き返していった。

銀次郎は脱衣室に入った。竹編みの衣類籠に肌着も寝着もきちんと整っているのを見て、「悪かったなイヨ、心配ばかり掛けて……」と、さすがに胸を熱くさせた。

「焼酎は水屋の左の奥だよ、左の……」

「判ってますよ。いちいち言われなくとも」

黒兵の面倒を見了《みお》えたらしい飛市とイヨの遣《や》り取《と》りが、静まり返った屋敷内を、微かに風呂場へ伝わってくる。

焼酎は日本在来のいわゆる蒸留酒である。関白・豊臣秀吉の厳命によって毛利《もうり》輝元《てるもと》、小早川隆景《こばやかわたかかげ》ら大名が淀川の堤防（文禄堤《ぶんろくづつみ》）の造築を完成させた慶長元年（一五九六）の頃、すでに薩摩《さつま》では庶民にまで焼酎は普及していたようだ。

しかし、医師の人見必大《ひとみひつだい》が元禄五年（一六九二）に著した、食物本草研究の頂点に立つ力作『本朝食鑑《ほんちょうしょっかん》』にまで登場した焼酎は、その余りの〝強さ〟のため残念ながら江戸の人人には余り好まれず、専《もっぱ》ら創傷の消毒薬として貴重な存在だったらしい。

銀次郎は血を浴びた着物を脱衣室の格子窓《こうしまど》から外へ投げ捨てると、「くそっ

「……痛え」と呟きながら浴室に入った。

湯船（浴槽）の横には小さな水槽があって、常に清い水が張られている。

銀次郎は手桶《ておけ》で掬《すく》った水を血まみれの――やや乾きかけている――膝に二杯、三杯とかけた。

乾きかけた血糊《ちのり》で塞がれていた傷口が見えた。長さ三、四寸見当（十センチ前後見当）か。

ジワリと血が滲み出してきたが、どうやら膝の皿《さら》（膝蓋骨《しつがいこつ》）は割られてはいないようだった。

イヨが戻ってきたらしく、脱衣室に人の気配があった。

「若様、膝頭のお具合、いかがですか」

イヨではなかった。飛市だった。

「思っていたよりは軽い。血も止まりかけている」

「ともかく傷口を早く焼酎で……」

「私ひとりで、やれるから下がってよい。大丈夫だ」

「それでは私、これより湯島天神下の芳岡北善先生まで、ひとっ走り行って参ります。イヨもそうしろと、口やかましく言っておりますので」

「その必要はない。それに暗い夜道、辻斬りが出ないとも限らん」

「なあに。今宵は真昼のような満月の夜でございますよ」

「止《よ》しなさい。満月の夜が危ないのだ。これ、飛市」

年寄りが夜道へ出て行こうとすることに、さすがの銀次郎も小慌てとなったが、すでに脱衣室から人の気配は消えていた。

膝頭からの出血が、少しひどくなり出した。


銀次郎は雀の囀《さえず》りで目を覚ました。閉じられている大障子に、庭木とその小枝にとまっている四、五羽の小雀の影が映っている。

直ぐに昨夜、蘭医芳岡北善によって膝の傷口が縫合されたことが銀次郎の脳裏に甦《よみがえ》った。

「銀次郎君にとっては、こんなのは掠《かす》り傷じゃよ」

心配する飛市、イヨにそう言った北善の言葉が、銀次郎の耳の奥にまだはっきりと残っていた。

「これまでより格段によい麻酔薬を開発したのでな、今夜はじめて銀次郎君で試させて貰うよ。犬猫での試験では大丈夫だったので、銀次郎君もたぶん平気じゃろ」

そう言って笑い飛ばした北善に、飛市とイヨが本気で怒り出したことまで思い出し、銀次郎は「ふっ……」と苦笑しつつ寝床の上に半身《はんみ》を起こした。

枕元に大小刀が横たえられていた。

銀次郎は膝をそっと力ませてみた。軽い痛みがあったが、悪い気分ではない。

「では北善先生、気を付けてお帰り下さりませ。お駕籠《かご》の周囲《まわり》は、万が一に備え、当家の手練《てだ》れに確りと護らせまするゆえ」

「左様か。では、そのお言葉に甘えさせて戴きましょうかな。銀次郎君はおそらく間《ま》もなく目を覚ましましょう。旨い物を充分に食べさせ、毎食後には赤い包みの消炎剤を飲ませれば、若いのじゃから三、四日で傷口は乾いて、歩くに左程の不自由はなくなりましょう」

北善と、まぎれもない伯母夏江《なつえ》との話し声が、隣室から微かに伝わってきた。

隣室との境は厚い壁拵えであるから、声の漏れはよく防いでいる。

「そうだった。北善先生は昨夜、夜道の帰宅を避けてこの屋敷にお泊まり戴いたのであったな」

そうと気付いて小慌てに立ち上がった銀次郎であったが、針で刺したような鋭い痛みが膝頭から下腹部へと走ったので、顔を顰《しか》め再び寝床に横たわった。

隣室から伯母と北善先生が出た気配があって、穏やかな二人の話し声が廊下を次第に遠のいてゆく。

その二人の会話に途中から飛市とイヨの声が加わって、それもやがて聞こえなくなった。

伯母夏江が来ているということは、飛市がおそらく昨夜の内に和泉家《いずみ》へも走ったに相違ない。

「おいっ。廊下に和泉家の誰ぞ控えておるのか」

銀次郎がやや声を高めて誰何《すいか》すると、庭木と小雀以外、誰の姿も映っていなかった大障子に、打てば響く速さでひとりが黒い影を映した。

「室瀬仁治郎《むろせじんじろう》、ここに控えてございます」

伯父和泉兼行の近習《きんじゅう》で、念流の達者、室瀬仁治郎の声であると判った銀次郎だった。

「入れ。大障子は開けたままでよい」

「はっ。それでは失礼致しまする」

応じた室瀬仁治郎に相違ない人影が、低い姿勢で大障子の中央に歩み寄る。

銀次郎の手が枕元の大刀に伸びて、少し引き寄せた。

あくまで用心のためだ。

「失礼いたしまする」

と、もう一度あって、大障子が左右へ静かに引き開けられた。

日が寝床の傍《そば》まで差し込んできて、眩《まぶ》しさの余り銀次郎は思わず目を細めた。

室瀬仁治郎は、すすうっと滑るが如く銀次郎の枕元に近寄るや、腰の大刀に素早く手をやって片膝をついた。

二十九

腰の大刀を脇に横たえ、枕元に姿勢正しく座った念流《ねんりゅう》の使い手、室瀬仁治郎に銀次郎は訊ねた。真面目な侍言葉であった。

「仁治郎、和泉《いずみ》家に何ぞ騒動とかが襲いかかってはいないであろうな」

「はい。騒動については大丈夫でございます。我ら家臣が目を光らせ屋敷をお守り致しております。ただ……」

「ん?……何だ」

「昨夜、納戸頭《なんどがしら》七百石戸張美濃守《とばりみののかみ》高行様の御用人田木崎市兵《たきざきいちべえ》様が我が屋敷に見えられ、銀次郎様が五名の刺客の襲撃を受けてこれを退《しりぞ》けたが負傷なされたとの報告《しらせ》がございました」

「うむ。戸張家にはすっかり面倒をかけちまったい……そうか、戸張殿の使いが和泉家に走ったのかえ」

ちらりとべらんめえ調を覗《のぞ》かせた銀次郎が、思わず表情を歪《ゆが》めた。縫合した膝頭から鋭い痛みが這い上がってきたのだ。

「いかがなされました。膝、痛みまするか」

「なあに、大丈夫だ。で、戸張家の用人田木崎とかは、俺が倒した白装束の刺客三人をどのように扱ったかについても打ち明けてくれたかえ」

「はい。戸張家の手によって昨夜の内に目付方《かた》へ引き渡されております。今朝早く私が殿（和泉長門守）の指示を受けて目付方《かた》へ駆け付け間違い無いことを確かめました」

「そうか、ご苦労であったな」

と、銀次郎のべらんめえ調が鎮まった。

「けれども銀次郎様。お倒しになられた白装束三人は、すでに絶命してございました。私も骸《むくろ》を検《み》ましたが、いやあ、三体とも凄まじい斬られ様《よう》で衝撃を受けました」

「あれが無外流《むがいりゅう》だ。学びたければ私の膝が治った頃に桜伊《さくらい》家の道場を訪ねて来てもよいぞ」

「真《まこと》でございますか。有り難うございます」

「他に何ぞ和泉家に変わったことは生じていないか？」

「いえ、べつに……何かご心配なことでもございましょうか」

「なに……無ければよいのだ」

このとき銀次郎の脳裏には、若《も》しや彩艶尼《さいえんに》が和泉家を訪ねてはいないか、という思いが過《よ》ぎっていたのだが……。

また主人《あるじ》である長門守に近い上級家臣たちの間では、『奥に女性客がひとり訪れている』と知られてはいたが、その客の身分素姓《すじょう》までは明かされていなかった。ましてや、その『奥の客』が銀次郎とどのような関係にあるのか、想像できる筈もない。

和泉家における『奥の客』とは、主人《あるじ》（長門守）や奥方（夏江）の大事な客を指しており、家臣や奉公人は許しなく口を挟める立場ではなかった。

「もう下がってよい。ひと眠りしたいので障子は閉じておいてくれ」

「畏《かしこ》まりました。広縁《ひろえん》に控えておりますゆえ、安心してお休み下さい」

「うむ」

銀次郎が小さく頷《うなず》いてみせたとき、北善《ほくぜん》先生を見送り終えたらしい伯母夏江とイヨの声が玄関の方から足音と共に近付いてきた。イヨが、いま温かなお茶を煎《い》れて参りましょう……とか何とか言っている。

銀次郎は、機敏に立ち上がって今まさに座敷から広縁へ出ようとした室瀬仁治郎の背中へ、控えめに声をかけた。

「仁治郎……」

「はい」

室瀬仁治郎は開け放たれている大障子の手前で振り返りざま、姿勢を調《ととの》えて正座をした。このあたり、さすが念流の遣い手であった。動作の一つ一つに剣士らしいキレがある。

「すまぬが伯母上にな、ここへ来て戴いてくれぬか」

「承知いたしました」

仁治郎がそう応じたとき、夏江と判る人影が開け放たれている大障子に映った。

そうと察した仁治郎が、座っていた位置を脇へずらして平伏をした。

夏江が座敷に入ってきた。

「おお、目覚めましたか銀次郎殿。傷の具合はどうじゃ。痛みますのか」

「申し訳ありませぬ伯母上。ご心配をお掛けしてしまいました」

銀次郎はそう言い言い、寝床の上に半身を起こした。

仁治郎が座ったままの姿勢で、そっと体を滑らせて広縁に出、静かに大障子を閉じた。

銀次郎は大障子に映っている仁治郎の正座した影を認めながら、

「御役目旅は全ういたしました。伯母上の身にお変わりはありませぬか」

と神妙な面持《おもも》ちで言った。

「これ銀次郎殿、私《わたくし》は、傷の具合はどうじゃ、痛みますか、と訊ねておるのじゃ」

「これは失礼いたしました。立ち上がろうとすると針で刺されたような痛みが大腿部より腹部へと走りますが、こうして静かに致しておりますと、痛みは殆ど感じませぬ」

「襲いかかってきた刺客の見当はついておりまするのか」

「判ってはおりませぬ。ただ首席目付であられた本堂近江守《おうみのかみ》様、そして本堂家の五男典信殿の婿入り先である御小姓頭取内藤佐渡守殿のお二人が暗殺されていることから、私を襲った下手人もその辺《あた》りの者と見当をつけております」

「それにしても司法、刑事のお仕事とは無縁な御小姓頭取の内藤殿までが刺客の手にかかるとはのう……」

「伯母上、刺客の狙いは御小姓頭取の内藤殿ではなかったのでは、と私はみております」

「では、内藤家へ婿入りした典信殿が狙いであったと?……」

「ええ、おそらく……」

「銀次郎殿がむつかしい御役目旅を成《な》し了《お》えたことは、情報伝達の御役目に就いている者たちから和泉家の我が殿（長門守）のもとへきちんと報告されております。また〝銀次郎はよくぞ頑張ってくれた〟と幕閣《ばっかく》で高く評価されていると我が殿は満足そうに申しておりました」

「とは言え伯母上、私はいきなり大目付に就かされたことがどうにも納得ができませぬ。折りがあらば私は幕閣へ、私の大目付人事の取り消しを願い出る積もりでおります」

「何を馬鹿なことを申しているのです。これまで桜伊家は〝存在しているようで存在していなかった〟と言っても言い過ぎではありませぬぞ。神君《しんくん》家康公より授けられたる**永久不滅感状**なるものがあったればこそ、**あれは要らぬこれは無用**、という自分勝手を押し通してこられたのです」

「ええ、その点は否定いたしません」

「伯父上も桜伊家の立て直しについては真剣に考えてこられました。これまでは銀次郎殿を和泉家の後継者にとまで考えておられたようですが、此度《こたび》の重要な御役目の旅に出られたあと、矢張り桜伊家の立て直しは避けて通れぬとお考えを改められ、新井白石《はくせき》様などとも相談して参られたのです」

「ふむ……その結果の大目付三千石の人事でありましたか」

「確かに半ば壊れかかった五百石旗本家から、いきなり**黒書院直属監察官大目付三千石**という人事は、銀次郎殿から見れば余りにも唐突に過ぎたかも知れませぬ。有り難迷惑であったかも知れませぬ。けれどもようく考えてみなされ。桜伊家というのは**神君家康公より永久不滅感状を授けられたとんでもない旗本家**なのですよ」

「は、はあ、まあ、それは……」

「そして此度の大目付三千石人事は今や幕閣の内外において、**銀次郎人事**という特別な名前まで付いてしまっておるのです」

「たは……少し参りましたな。私はそういう特別待遇みたいなのは矢張りどうも……」

「子供みたいなことを申すものではありませぬ。そこまで持っていくのにあれこれと努力なされた伯父上の御苦労を少しは考えなされ」

「**銀次郎人事**ですが、幼君（七代将軍・徳川家継）のご承諾は正式に戴けておるのでしょうな」

「当たり前なことを申すものではありませぬ。幼君は僅《わず》か五、六歳には似合わぬなかなかに英邁《えいまい》なる御方《おかた》、と殿様（長門守）より幾度となく聞かされております。また幼君は銀次郎殿に会えることを大層心待ちにしておられるとのこと」

「それはまた……面映《おもはゆ》いことで」

「そのような心やさしく英邁な上様（幼君）に対し、**銀次郎人事**の撤回《てっかい》を申し出るなど、とんでもないことと思いなされ。ある意味で反逆の罪となりましょう。**神君家康公の永久不滅感状**に守られている銀次郎殿に対しては、幕府は怒りの矢を向けられないでしょうが、伯父上やこの私《わたくし》に対しては向けることが出来るのですよ」

「切腹……お家断絶……ですか」

「おそらくは……」

「判りました伯母上。この銀次郎、大切な伯父上、伯母上の安泰を第一と考えて、本気でいろいろと悩んでみまする」

「何が本気で色色と悩む、ですか。恵まれ過ぎておると思いなされ。それから、此度の御役目旅について、銀次郎殿にどうしても確かめておかねばならないことがあります」

「はて、なんでしょうか？」

「御役目の旅は終始、真面目に貫くことが出来たという自信はおありですか」

「勿論です。道を踏み外さなかったからこそ、目的を達することが出来たのです」

「こうして御役目旅を終えた今、暫《しばら》く時が経ってから銀次郎殿ご自身の精神《こころ》にとんでもない負担が襲いかかるような予感などはないとはっきり言えますか？」

「どうも伯母上のお話の先が、もう一つよく見えませぬが、しかし、はい、私の精神《こころ》に負担が生じるようなことなどは、これから先において出現する筈もありませぬ。万が一……あくまで万が一ですが……それが生じたとしても、**純にして堂堂たるもの**であると思います」

「おや、妙な表現だこと。純にして堂堂たるものとは一体どのような意味を持つのですか？」

「自分の精神《こころ》にやましさはないと断固として誓える……という意味です。それほど此度の御役目旅は己れに集中しておりました。これには自信があります」

「わかりました。少し安心しました」

「伯父上はこの桜伊家へ近い内にでも御出下さるのですか」

「甘えたことを言うものではありませぬ。伯父上が首席目付の地位に就かれたことは、すでにお耳に入っておりましょう」

「ええ、存じております」

「伯父上は、これまでとは比較にならぬ忙しさと緊張に見舞われておられます。私はひと晩《ばん》ここに泊まりました故《ゆえ》、これから屋敷へ戻って多忙な伯父上の身の回りに気を配らねばなりませぬ」

「そうですね。仰《おっしゃ》る通りです。膝頭の傷口が塞がりましたら、伯父上に一番にお目にかかりに参上いたします」

「そうなさい。伯父上と共に登城なさって幕閣へ色色と報告しなければならぬことにもなりましょう。大奥へも挨拶に出向かねばならぬようですよ」

「えっ、大奥ですか」

「此度の銀次郎人事は、それほどの人事であるということなのでしょう。詳しいことは伯父上にお目にかかった折りに教えて戴きなされ」

「畏《かしこ》まりました」

「それでは私はこれで屋敷へ戻りましょうね」

「お見送りできませぬが……」

夏江がふわりと立ち上がり、伯母好みの香《こう》のかおりが銀次郎の面《おもて》を撫でた。

銀次郎は大障子の向こうへ告げた。

「仁治郎、伯母上が屋敷へお戻りじゃ」

室瀬仁治郎の応答があって、彼の手で大障子が静かに開けられた。

夏江がしとやかに座敷の外へと歩いてゆく。

が、大障子の所で立ち止まり、振り返って銀次郎と目を合わせた。

「なかなかに遣《や》り手《て》男だこと……」

夏江はひっそりした声でそう言うと、微かに「ふん……」という目色を放って広縁に消えていった。一瞬、円熟の妖しさを放った目色だった。

ひとり取り残された銀次郎は、はて？　と小首を傾《かし》げた。

三十

銀次郎は何事もない穏やかな三日間を、静まり返った屋敷で過ごした。銀次郎の面倒を見る機会が訪れたことで、飛市とイヨは、それはそれは嬉しそうに張り切った。賄《まかな》いに洗濯に掃除、そして買物にと自分から山のように用事を拵《こしら》え、手分けして動き回った。

朝晴れの日差しが眩《まぶ》しい四日目の朝・巳《み》ノ刻過ぎ（午前十時過ぎ）、この桜伊家にちょっとした緊張が訪れた。

玄関の方から広縁を慌《あわ》ただしく近付いてくる足音に、寝間の上に半身を起こし片脚を前へ投げ出した姿勢で書『在原業平伝《ありわらのなりひらでん》』（著者不詳）を読んでいた銀次郎は、眉間に皺を刻んで閉じた書を脇へやり、枕元から離さなかった大刀を引き寄せた。

大障子に映った人影をイヨのもの、と見誤る筈がない銀次郎だった。

「わ、若……」

「構わぬよ。入りなさい」

イヨの言葉が終わるのを待たずに、銀次郎は大刀を遠ざけて応じた。

イヨが座敷に入ってきた。血相が変わっていた。

「どうした、落ち着きなさい」

「立派な……立派なお武家様が見えられました」

「誰が見えたというのだ。長く桜伊家に奉公してきた飛市やイヨならば、祖父や父の代に当家へ訪れたかなりの数の武家を存じておろうが」

「この婆やも亭主の飛市も初めて見る立派なお武家様ですよ」

「判った。羽織を肩へのせてくれ」

「はいはい。刀は床の間の刀掛けに移しましょう」

「いや、刀は枕元でよい」

枕元にたたんで備わっていた羽織を、イヨが小慌てに銀次郎の肩にのせながら、早口で告げた。

「けれど妙なのでございますよ。その立派な身形《みなり》のお武家様の十名近い供侍の中に、室瀬仁治郎様と高槻仁平次様のお姿が混じっているのでございますよう」

「なあにいっ」

聞いて銀次郎の表情が険しくなった。室瀬仁治郎も高槻仁平次も改めて述べるまでもなく、伯父和泉長門守の家臣であり剣の達者だ。

神妙な飛市の声が、長い広縁を玄関方向から伝わってきた。

「もうよいイヨ。下がっていなさい」

「はい。あのう……」

「茶はいらぬよ。いる時は手を叩く。障子は開けておきなさい」

「承知しました」

イヨが不安そうな顔つきで座敷から出てゆき、広縁を玄関とは逆の方へ姿を消した。

入れ替わるようにして大障子に、飛市の小柄な人影と二本差しの姿が映った。

どうやら、室瀬仁治郎と高槻仁平次を含む供の侍たちは、『玄関の間』で待機となっているらしい。

二枚の大障子が左右に開け放たれたその丁度まん中、日差しあふれるその広縁に飛市が小さくなって座った。

が、彼が口を開きかけるよりも先に、訪れた客――五十半ばに見える――がその横へ静かに現われた。

「お久し振りじゃな銀次郎殿」

「こ、これは新井筑後守《ちくごのかみ》様……」

さすがの銀次郎も驚き慌てかけたが、それよりも先に相手は腰の大刀を右の手に移しつつ、ゆっくりとした動きで座敷に入ってきた。左の手には、大きくはない紫の風呂敷を持っている。

「こ、このように見苦しく非礼な有様で申し訳ございませぬ」

「なあに。そのまま、そのまま……」

枕元に正座した客はなんと、幕閣中老の立場にある執政官（幕府最高政治顧問）、新井筑後守白石（千石）であった。禄高は僅かに千石ではあったが、ただの千石ではない。幼将軍徳川家継成立に決定的とも言える影響力を発揮し、また将軍名『家継』の名付け親でもあって、老中格側用人間部《そばようにんまなべ》越前守詮房《あきふさ》（高崎城主五万石）と共に幕政を掌握している人物だ。

しかし、為政者間部越前守と違うところは、新井白石は群を抜いてすぐれた学者でもあるという点であった。

飛市が小柄な体を一層小さくして、広縁から消えていった。

「膝の具合はどうじゃ」

「お耳に入っておりましたか」

「今朝、登城前にな、ちょっと手渡したい書物があったので、和泉家へ立ち寄ってみたのじゃ。そこで、奥方（夏江）より銀次郎殿の様子を聞かされ、こうして見舞いにな……ははは。用心棒に和泉家の剣の達者二人をお借りしてのう」

「伯父上よりも先に筑後守様のお見舞いを頂戴できるなど、恐縮いたします」

「和泉長門守殿が首席目付に就いたことは、すでに存じておろう」

「はい」

「一つの組織を預かる立場に就くと、忙しくなるものじゃ。上位への接し方も責任のかたちも変わるのでのう。城に泊まり込むことも暫《しばら》くの間は増えることになろう」

「伯父上のこと、宜《よろ》しくお力添えのほど御願い申し上げます。また**銀次郎人事**とかでは力強い御支援を下さいましたこと、伯母夏江より伺ってございます。有り難うございました。心より感謝いたします」

「銀次郎人事は必要だから発令したまでのこと。五百石旗本家の青二才のままでは手に負えないことが多い世の中じゃからな。そうと計算して出した大事な人事ということよ」

「は、はあ……」

「ところがじゃ。当の本人は、唐突すぎる人事、気に食わぬ人事、肩が凝る人事、と駄駄《だだ》を捏《こ》ねているらしい。なんでも近いうち、人事返上のために登城するとまで嘯《うそぶ》いておるとか」

「…………」

銀次郎は口から出そうになった言葉を飲み込んで、頭の後ろに掌《て》をやった。

「のう銀次郎殿。此度《こたび》の人事は何も変える必要はない。其方《そなた》が宵待草《よいまちぐさ》（夜の社交界）で華やかに、あるいは悲し気に生きる夜の蝶たちの間で、拵屋銀次郎として人気があることは既に調べがついておる」

「不謹慎でありましょうか」

「ない、とは言えぬな。が、まあよい。夜の世界に強いことも、御役目に役立つことがあろう。生活もこれまで通りで宜しい。べらんめえ調で話す方が気楽というなら、それもよい。この五百石旗本屋敷に住み続けるのもよい。ただ、公式の場では許さぬ。御役目の場では許さぬ。黒書院直属監察官大目付三千石としての威厳を必ず保つのじゃ。よいな」

言葉の終わりの方は、銀次郎が思わず圧倒されるほどの重さを、新井白石は孕《はら》ませていた。それだけではない。まるで辣腕《らつわん》の武者のごとく両眼をギラリとさせたのだ。

銀次郎は黙って頷いた。拵屋の仕事も、べらんめえ調も、五百石旗本屋敷も、このままでよいと言われては駄目《だだ》を捏《こ》ねまくる訳にもいかない。

「だがのう銀次郎殿……」

と、新井筑後守は付け足した。柔和な表情になっていた。

「住居《すまい》はこのまま五百石旗本屋敷に住み続けてもよい、とは申したがな。黒書院直属の大目付三千石屋敷としては、格式として小さ過ぎる。じゃからな、この点はこの筑後守に任せてほしい。宜しいな」

「若《も》しや、この屋敷を取り壊すのでございますか」

「そのような無茶はせぬよ。まあ、安心して任せておきなさい。それから……」

新井筑後守白石は脇に寄せてあった紫の風呂敷包みを膝の上に置くと、どことのう嬉しそうな笑みを口許に浮かべて、蝶結びを解きにかかった。

「御役目で忙しい中、ひまひまを見つけ一年半をかけてようやく書き上げたものじゃ。急ぎ予備を含めて二部（セット）を編み上げ和泉家へも今朝一部置いて参ったし、此度重大な御役目を見事に成し遂げた銀次郎殿にも是非読んで貰いたいと思うてのう……ま、私からの見舞いだと思って予備の一部を受け取って貰いたい」

新井筑後守はにこやかに言って取り出した五冊の書を、銀次郎に差しだした。

表紙に『**采覧異言**《さいらんいげん》』とあり、その表題の左に巻一**欧羅巴**《エウロパ》とあった。

「こ、これは……」

銀次郎は巻二**利未亜**《リビヤ》、巻三**亜細亜**《アジア》、巻四**南亜墨利加**《ソイデアメリカ》、巻五**北亜墨利加**《ノオルトアメリカ》、と確かめたあと「有り難く……家宝として大切に大切に致します」と額《ひたい》の高さに上げてから、しんどい姿勢であったが深深と頭を下げた。

新井筑後守は目を細めた。

「急がなくとも宜しいから、目を通したあと意見を聞かせてくれぬか。幾度も丹念に修正を加えた上で、上様（幼君）および幕閣諸侯にお手渡し致す積もりなのじゃ」

「それでは、大切な御著書を和泉家とこの私に、先に下されましたか」

「むつかしい御役目旅を見事に果たした銀次郎殿は剣のみならず、学問にも長じておるのでは、と私は見ておるのじゃ。読後の意見を聞かせて貰えるのを楽しみにさせて貰うからのう」

「私のような者に、そのような大役が勤まりますかどうか……ですが、はい。一生懸命に拝見させて戴きまする」

「左様か、うん。ひとつ宜しく頼む。それじゃあ、この辺《あた》りで失礼しよう。余り長居をすると、傷を負った体に負担を与えるからのう」

「あ、まだ、お茶もお出し致しておりませぬ」

「いや、よい。茶よりも……そのうち酒と天麩羅《てんぷら》を付き合うて貰おうか」

「喜んで……」

「では養生をな」

新井筑後守は小さな頷きを残して、風のように日差しあふれる広縁へと出ていった。

銀次郎は暫くの間、茫然としていた。

伯父和泉長門守と幾度か新井邸を訪ねたことは、確かにある。

しかし銀次郎にとってそれは、伯父の身辺警護のためであって、銀次郎が新井筑後守に用があってのことではない。

したがって直接交わした会話は、決して多くはなかった。

それだけに、今日の新井筑後守の突然の訪れは、銀次郎を大きく驚かせたのである。

が、むろん悪い気分ではなかった。

なにしろ新井筑後守白石と言えば、幼君家継幕府における最高政治顧問として有能に過ぎる人物なのだ。

この秀才白石は、江戸の殆ど全域が紅蓮《ぐれん》の炎に包まれて火の海と化し、十万余をこえる多数の死傷者を出した明暦三年（一六五七）一月の大火（明暦の大火）のまさに直後、二月十日に江戸に生まれていた。彼の学問に対する火のような凄まじい情熱は、その大火によるものと言われていたりするが、むろん意味も根拠もない。

白石は侍の子であったが家運に恵まれず、生活は苦しかったが『独学の精神』は旺盛を極めた。負けてなるものか、という精神が旺盛であったのであろうか。

二十九歳（満二十八歳）の時、白石は大学者**木下順庵**《きのしたじゅんあん》（京学派の朱子学者）の門下生となり、その才能は鮮《あざ》やかに芽吹《めぶ》き出した。彼は『**木門十哲**』（新井白石、雨森芳《あめのもりほう》洲《しゅう》、室鳩巣《むろきゅうそう》、祇園南海《ぎおんなんかい》、榊原篁洲《さかきばらこうしゅう》、南部南山《なんぶなんざん》、松浦霞沼《まつうらかしょう》、三宅観瀾《みやけかんらん》、服部寛《はっとりかん》斎《さい》、向井滄洲《むかいそうしゅう》）と称された大秀才の一員に数えられるようになり、なかでも右の人名の新井白石から榊原篁洲までの五人は、『木門の五先生』と評される程の逸材中の逸材であった。

こうした白石の学問的修業こそが、幼君幕政の**最高政治顧問**の地位へと結び付いていったことは明らかである。

三十一

傷口が塞がるまで、という気持の余裕みたいなものがあったから、銀次郎は剣の凄腕侍としての己れを忘れ、『采覧異言《さいらんいげん》』にじっくりと目を通した。転写をかなり急いだのであろう。何か所か文字の掠《かす》れた部分があったが、その前後をつないで理解するのに、何の苦労もなかった。

読み進むうち銀次郎の驚愕は膨らむばかりだった。白石の桁違《けたちが》いな知識の豊富さに気付かされ、論攷（論考とも）の緻密さ深さと、豊穣《ほうじょう》にして多彩な追究の姿勢の鋭さには掌《てのひら》が汗ばむ程であった。余りの整然たる圧倒感に、銀次郎は読む手を休めて頭の熱を幾度も冷《さ》まさねばならなかった。

『采覧異言』全五巻（前に記す）は江戸時代を通じて**最高の地理学的大著としての権威**を有している、とされている。江戸小石川の宗門改所にて、不法入国（大隅国屋久島）のイタリア人宣教師ジョバンニ・シドッチ（Giovanni Battista Sidotti）に数度面接・聴取して得た事項や、オランダ人たちから聞き得た世界地理、政治経済、風俗情報などに独自の論攷を加えて著した白石の本書は、同時代人で才人の評価高い西川如見《にしかわじょけん》（地理学者、天文学者）の著作『華夷通商考』をこえた、**日本で最初の組織的に編まれた世界地理学書**と位置づけされている。

銀次郎が日当たりのよい広縁に出て五巻（北亜墨利加《ノオルトアメリカ》）の終り近くまで読み終えて閉じたとき、イヨが盆に茶をのせてやってきた。

間《ま》もなく昼八ツ頃（午後二時頃）であろうか。

「この二、三日、いやに熱心にお読みでございますね、若様」

イヨはそう言いながら、茶托にのせた湯呑みを、銀次郎の膝前へ静かに置いた。

「この前お見えになられた新井筑後守様から戴いた御本だよ。素晴らしい書物だと感心しながら読ませて貰っておるのだ。目の前が急に明るく開けたような気分になる。イヨも読んでみぬか」

「この年になるともう、死ぬことにしか関心がなくなるのでございますよ。それにイヨは読み書きが得手ではありませんから、一冊を読み切るのに五十年も百年もかかりますよ。死ぬ方が楽です」

「ははは っ。そう死ぬ死ぬと言われては困る。長生きしておくれ」

「ところで若様。当家の真裏にもう長いこと屋敷が建っていない六、七百坪ほどの高い塀に囲まれた空地がございましょう」

「うむ。二十年ほど前に後継者問題で生臭い実情が明るみに出たとかで、取り潰された旗本家の跡地な。私はまだ子供だったので詳しいことは知らぬし関心もなかったが、その跡地がどうした？」

「取り潰されたその旗本家は家の後継者がなく、直属上司の旗本家の三男を婿養子に迎えて後継ぎとしたのですがねえ。その婿の容姿が余りにも、婿を迎えた旗本家の主人《あるじ》とそっくり過ぎたことから、じわりと騒ぎになっていったのですよう」

「婿を迎えた旗本家の主人《あるじ》と、直属上司の奥方との不義密通騒ぎだった、てことか？」

「左様でございますよ。それで両家ともお取り潰しとなって、それから一、二年というもの、その不義密通騒ぎは旅回りの人気芝居になってございました」

「ふん。つまらん。くだらぬ騒ぎよ」

「裏の空地、大勢の植木職人が入って、庭土を何か所も掘り起こしておりましたよ。これから庭木を植えるのでございましょうね、きっと」

「イヨは、わざわざ様子《ようす》見《み》に行ってきたのか」

「そりゃあ、桜伊家の周囲《まわり》の様子に気を配るのは、奉公人の務めですからね。それにね若様、白壁が剥《は》がれてぼろぼろになっていた土塀までが、幾人もの左官たちの手で、白く綺麗に塗り直されているのですよう」

「じゃあ、誰かの屋敷が新しく建つのだろう。案外、大身《たいしん》家の隠居屋敷かも知れぬな」

「桜伊家も早く、庭に新婚夫婦のための離れを建てたいものでございますよ」

「なに？……」

「いいえ、年寄りのひとり言でございます。あと一刻もすれば芳岡北善先生が往診でお見えになりますからね。寝間着のままでは失礼になりますよ」

「ああ、判った」

「よいしょっと……」

腰を上げてちょっとよろめいたあと、わざとらしい気力を背中に見せて長い広縁を遠ざかってゆくイヨの後ろ姿に、銀次郎はふっと寂しさを覚えた。

とにかく病気知らずで元気なイヨであった。亭主の飛市よりも体が大きく、立ち上がる際によろめくなど、これまで一度として見せたことがない。

「新婚夫婦のための離れ……か」

イヨの老いを感じつつ呟いた銀次郎の脳裏を一瞬かすめて消えたのは、なんと黒鍬頭加河黒兵《くろくわがしらかがわくろべえ》の面影だった。このとき少なくとも清純な彩艶尼の記憶は、銀次郎の体の内から離れていた。黒兵の、豊かでやさしい柔らかさの乳房の温《ぬく》もりは、銀次郎にとって余程に切《せつ》なく衝撃的であったのだろう。

彼は小さな溜息を吐《つ》いてから、閉じていた巻五（北亜墨利加《ノオルトアメリカ》）を再び開いた。と、本文最後の一面（頁）と裏表紙（見返し）との間から、一枚の紙片がはらりと銀次郎の膝の上に落ちた。

銀次郎の目が咄嗟《とっさ》に光った。巻五と同じ大きさの紙片で、しかも所所《ところどころ》に文字の滲《にじ》みがあった。つまり紙片は裏返しに落ちたのだ。

彼は白石の著作を大事そうに脇へそっと置き、膝の上の紙片を手に取った。

その表情が、さあっと険しさを広げた。

紙片には、流れるように美麗な文字の『三行の文』が認《したた》められていた。

江戸市中に侵入しました強力な反幕《はんばく》組織が忠臣《ちゅうしん》なる幕僚の暗殺に動き出しておりますから瞠若茫然《どうじゃくぼうぜん》で済ませず早急にこの組織の実体を暴《あば》いて頭首《とうしゅ》および指揮系の殲滅《せんめつ》を果たし私に報告にきて下さい。

世良田鍋松

「こ、これは……」

と、銀次郎の顔色が変わった。

それは、これこそが新井筑後守白石の突然の来訪を物語るものと思われた。つまり銀次郎への真《まこと》の用件は、この紙片を彼に然《さ》り気《げ》なく手渡すことにあったのでは、ということだ。

文章そのものは丁寧で穏やかで幼い年齢《とし》をあらわしていたが、流麗な文字を書いたのは別人であろう。

しかし、文章には銀次郎に対する厳然たる『命令の姿勢』がはっきりと窺えた。

問題は、この命令文書の発信者である世良田**鍋松**である。合戦なき平和を貪《むさぼ》り食《く》ってきた昨今の侍は、中堅の旗本と雖《いえど》も世良田**鍋松**が何者であるか、知らぬ者が多い筈であった。

この名こそ、江戸幕府七代将軍徳川家継つまり幼君の幼名《ようめい》であった。

白石が**家継**と事実上命名するまでの名が、この世良田**鍋松**だったのだ。

世良田とは、徳川家発祥の地、上野国新田《こうずけのくににった》郡世良田（現、群馬県太田市）を指している。

銀次郎は、世良田鍋松の下に押捺《おうなつ》されている朱印に暫く注目していたが、間違いなく家継の印、と確信して文書の内容の秘性に鑑《かんが》み細かく引き裂《さ》いた。

幼君がなぜ家継の名を用いず、幼名を使ったのかその真意は、銀次郎には判らない。まだ一面識もない銀次郎に対して、将軍名を用いて自分の方から文書を差し出すことに、幼将軍なりの抵抗があったのかも知れない。

あるいは「**まなちい**」（間部《まなべ》越前守詮房《あきふさ》）の勧《すす》めを受けての事ではないかとも考えられる。

しかし銀次郎にとってそれは、どちらでもいいことであった。見失ってはならないのは、現将軍から自分が直直《じきじき》の命令を受けた、という現実であった。

更にその上、目的を達したなら**私に報告に来い**、と求められている。

「それにしても次から次へと生臭い野郎共が蠢《うごめ》きやがる……ひょっとして幕翁《ばくおう》の怨念《おんねん》がまだ生きていやがるのかも知れねえ」

呟いて銀次郎は、舌を小さく打ち鳴らした。

このとき、玄関の方角から、イヨと北善先生との話し声が聞こえてきた。

三十二

新たな異変は、北善先生が銀次郎に対し「いつものように驚くべき回復力じゃな。もう動き出してもよいじゃろう。そろりとな」と告げた今日という日の夜半に勃発した。

将軍家師範にして大名家である柳生《やぎゅう》家の当主（五代）**備前守俊方《としかた》**（四十一歳）が『幕僚暗殺事件』の対策会議を終えて下城したのは、宵五ツ頃（午後八時頃）であった。

柳生家には、二百数十名の家臣がいる。これらの家臣のおよそ三分の一が江戸の藩邸に、残りの三分の二が国許《くにもと》（領国柳生）に務めていた。

いま、備前守俊方を乗せた大名駕籠《かご》（正しくは乗りもの）は前方に二名、左右に各二名、そして後方に二名の警護の供侍を従え、薄雲に遮《さえぎ》られているうっすらとした月明りの下を、藩邸に向けて静かに進んでいた。

柳生備前守俊方の登下城は常に、この構成であった。登城規則に定められた槍《やり》持《もち》、草履取《ぞうりとり》、挟箱《はさみばこ》持、甲冑《かっちゅう》持とかいった形式の必要性には、通常の登下城では拘《こだわ》っていなかった。

上様や将軍家に関係する行事での登下城では、むろん原則を重視している。ところで、いま備前守俊方を護っているのは、彼の家臣ではあったが、いわゆる正規の藩臣ではなかった。つまり前述した二百数十名の中には含まれていない身分の者たちであった。

これが『**柳生忍**《やぎゅうしのび》』である。身形《みなり》は藩臣のそれと全く変わらない。また、柳生忍の陣容は明らかにされていない。その実体は『秘中の秘』であった。

したがって『柳生忍』が公《おおやけ》の御役目に就くことはない。

公の御役目とは、幕府の御役目またその御役目に直接・間接にかかわる任務を指している。

極言をもって『柳生忍』の性格に触れるならば、備前守俊方の**姿なき私兵**というほかないだろう。それも大変な精鋭集団《エリート》としての。

その備前守俊方はいま、駕籠の小さな揺れに身を任せて胡座《あぐら》を組み、腕組みをして目を閉じていた。

やや短めな黒鞘の大刀を膝の上に横たえている。名刀三条宗近《むねちか》だ。

城中であった『幕僚暗殺事件』の対策会議は、老中および若年寄を中心としたもので、柳生備前守俊方は参与として出席したのだった。

実質的に幕政を掌握する間部越前守と新井筑後守白石の二人は出席せず、会議の結果の報告を受ける立場だった。

（ん？……）

と心中で漏らした備前守俊方が、閉じていた目を開いた。

駕籠が、ほんの僅か不規則な揺れを見せたからだ。

「殿……」

駕籠の直ぐ外で、家臣の囁《ささや》きが生じた。

「どうした？」

「お駕籠の前面に白装束の二本差しが不意に十名、現われましてございます」

「覆面は？」

「素顔は見せておりまする」

「潰《つぶ》してよい」

「畏《かしこ》まりました」

備前守俊方は再び目を閉じ、駕籠はそろりと地に下ろされて微かに彼の座骨に響いた。

やがて無言対無言の戦闘が始まった。

備前守俊方の耳に入ってくるのは、速く荒い動きの摺《す》り足の音と、凄まじい激《げき》剣《けん》音だった。

しかし、「うっ」という最初の呻きが生じるまで、それほどの時間は要さなかった。

続いて地面に肉体が叩きつけられるドスンという鈍い音。

目を閉じた備前守俊方は、それらを耳にしても身じろぎ一つしなかった。

が、その彼の様子に突如変化が生じた。暗い駕籠の中で、自身にしか判らない様子の変化だった。

　それは、猛烈な乱撃の音入り混じる中で、ガシッという一段高い鈍い音が生じた時である。そして直後の呻き声。

　備前守俊方は暗い駕籠の中で三条宗近を左の手に持ち、右の手で自ら駕籠を開けて外に出た。

　うっすらとした月明りであったのが、まるで真昼のような明るさに変わっていた。

　彼の目の前間近で、柳生忍（八名）対白装束（十名）の血みどろの戦いが繰り広げられていた。双方共に血みどろだ。

　うち柳生忍ひとりが折れた刀で闘い、左肩から血を噴き出している。

　先程のガシッという鈍い音は、刀が叩き折られた時の特有の音であったのだ。

　備前守俊方は右の手で脇差を抜くや、折れた刀で防禦する柳生忍に今まさに斬り掛からんとしていた白装束めがけて、それを矢の如く放った。

　月明りを吸って、白い尾が走った。

三十三

備前守俊方《びぜんのかみとしかた》の放った脇差は、低い高さで真っ直ぐに飛翔したあと、狙った相手の直前で二回転して急浮上するや、白装束《しろしょうぞく》の喉元へスルリと吸い込まれた。これぞ阿吽《あうん》の呼吸とでも言うのであろうか、刀を折られて負傷していた柳生忍《やぎゅうしのび》が、自身も脇差を抜き放ちざま、相手の右手首をザックリと切断。白装束は、悲鳴もなくのけぞり、月下の大地に背中から叩きつけられた。

備前守俊方の動きは、それだけでは済まなかった。

一人の柳生忍が二人の白装束を相手に、双方血みどろとなっている剣戟《けんげき》の中へ姿勢低く割り込むや、一人の眉間《みけん》を真っ向から〝二つ割り〟とし、その勢いで流れた切っ先でもう一人の脇腹を、深深と抉《えぐ》った。

白装束二人が、絡まり合うようにして横転。

おのれ、とばかり、ひときわ大柄な白装束が、備前守の背後へ百鬼の形相《ぎょうそう》で突っ込む。

「殿……」

刀を折られた柳生忍が声を発するよりも先に、備前守が振り返った。

「むん」

巨漢が鼻先から発する曇った気合と共に、備前守の顔面めがけて大上段から打ち下ろす。月明りが乱れる程に、夜気がザアッと音立てた。

備前守は半歩下がりざま体を横に開くや、目の前寸余《すんよ》のところへ猛烈な勢いで下りてきた白装束の刃を、左掌《ひだりてのひら》で向こうへ突き叩いた。そう、自分の胸元から突き離す要領で、押し叩いたのである。

しかもこの瞬間、備前守が右手にする大刀は、獲物を失って前へ泳ぎ気味の巨漢の首を捉えていた。

「ぬん」

低い気合と共に備前守が渾身の力で刃を引くや、巨漢の首は薄皮一枚で垂れ下がり、そのままトッと進んで不様《ぶざま》に突っ伏した。

これで白装束側は一気に形勢不利となり、「引けっ」の合図がないまま五名が退却した。月明りの中、素早い退却だった。

柳生忍は追わなかった。襲いかかって来た者は倒すが、主人《あるじ》の傍《そば》から絶対に離れないのが彼らであった。鉄則なのだ。

刀を折られた若い柳生忍が、備前守の放った脇差を手に——むろん血痕などは清めて——主人《あるじ》の面前で片膝をつき、それを差し出した。

備前守は小さく頷《うなず》いて、脇差を受け取った。

主人《あるじ》から危ないところを救われた若い柳生忍ではあったが、礼の言葉は口にしなかった。**忠誠・信頼・団結**、この三つが柳生忍には不可欠なものとされ、それが確《しっか》りと維持されている限り、主人《あるじ》と配下の間、そして仲間同志の間では「有り難うございます」「感謝いたします」などの言葉は、不要なのであった。つまり主人《あるじ》が配下を救い、配下が主人《あるじ》を護り、仲間同志が助け合うのは、『**当然のこと**』なのだった。

但《ただ》し一般藩士（柳生藩士）は、公家儀礼（有職《ゆうそく》）にも武家儀礼（故実《こじつ》）にも通じていなければならぬ、と備前守の姿勢はかなり厳しい。

「深手を負った者はいるか」

月明りの下、近寄ってきて片膝ついた柳生忍たちに、備前守は穏やかな口調で訊ねた。

「申し上げます」

四十過ぎに見える柳生忍が口を開いた。年齢《とし》からして、彼らの中で頭《かしら》かそれに近い立場なのであろうか。

「うむ。申せ」

「案外に手強《てごわ》い相手でございました。我ら皆、傷つきましたがいずれも浅手でございます」

あの乱闘の中で、仲間皆についてそう読めているところを見ると、その眼力からしてやはり仲間を束ねる立場なのであろう。

「判った。藩邸へ戻り次第、速《すみや》かに傷の手当を致せ」

「承知しました」

「傷が治るまでは、私の警護の役目は休んでよい」

「はっ、では別班を動かしまする」

「うむ。任せる」

「ここに転がっております刺客の者共は如何《いかが》致しましょうか。見たところ、まだ息のある者がいるようですが……」

「捨ておけ。退却した連中に、仲間は見捨てないという気があるなら、また此処へ戻ってくるだろう。その連中に任せておけばよい」

「畏《かしこ》まりました。では、素姓《すじょう》を確かめるために、持物《もちもの》だけでも検分してみまする」

「それも無用じゃ。私を狙うくらいであるから、身分素姓が判る物など何一つ所持してはおるまい。それよりも安柄門《やすえもん》」

「はっ」

「御苦労だが、新しく目付の首席に就いた和泉長門守《いずみながとのかみ》邸まで走り、この状況について有《あ》りの儘《まま》、報告して参れ」

「判りました」

「それから横満新左《よこみつしんざ》。長良《ながら》安柄門に同道致せ」

「御意《ぎょい》」

備前守俊方の右手直ぐの位置に片膝ついていた三十過ぎに見える柳生忍が、軽く頭《こうべ》を下げた。他の仲間に比して、返り血が一際《ひときわ》ひどい。

「行けっ」

主人の指示を受けて、長良安柄門と横満新左の二人は立ち上がってうやうやしく主人《あるじ》に一礼をし、ゆっくりとした走り方で離れていった。はじめのこのゆっくりさは、主人《あるじ》を目の前に置いている場合の、彼らの礼儀なのであった。一町《いっちょう》ほども離れた位置まで来ると、二人はそれこそ風のように走り出す。

三十四

この夜、銀次郎が読みふけっていた『采覧異言《さいらんいげん》』を閉じたのは、夜四ツ半（午後十一時）頃であった。有明行灯《ありあけあんどん》を点《とも》して燭台の明りを消し、寝床へ入ったのだが、なかなか寝付かれない。

負傷した膝頭の調子は非常によく、歩行には全く苦痛を感じなくなっていた。正座はまだ無理でも、胡座《あぐら》は組めた。

（どうも眠れぬな……台所で寝酒を一杯呑んでみるか）

銀次郎はぶつぶつ呟《つぶや》きながら、迷った。

膝の傷が完治するまでは酒は絶対に駄目、とイヨに堅く禁じられている。見つかればイヨが悲し気にうなだれるに決まっているから、台所へそっと忍び込む勇気は湧いてこない。

このとき、天井が微《かす》かにミシッと鳴った。

いや、それは鳴ったというよりは、鳴ったような気がしたという程度のものだった。

それでも銀次郎は寝床の上に半身を起こし、じっと天井を仰いだ。

曽祖父の代からの古い屋敷であるから、天井裏に野鳩が巣を拵《こしら》えたりすることは承知している。野良猫の天井裏への出入りも少なくない。

が、それら生《い》き物《もの》が天井裏で出す音は、無遠慮だ。厚かましく平気で天井を軋《きし》ませる。

再び天井がミシリと微かに、音立てた。

今度は銀次郎の耳は、その音をはっきりと捉えた。聴覚の錯覚ではない、という確信があった。

彼は枕元の大刀**備前長永国友**《びぜんおさながくにとも》を引き寄せた。白装束の奇襲を受けて以来、万が一に備えて刀は枕元へ置くようにしている。

備前長永国友は、桜伊《さくらい》家に古《いにしえ》から伝わる家宝の名刀だ。

「必要とあらば、お前の判断で常に腰に帯びてもよい」

と、今は亡き祖父、**桜伊真次郎芳時**《しんじろうよしとき》から譲られた、天下の名刀であった。**斬鬼**《ざんき》**丸**《まる》という別称を持つほどの切れ味で、刀匠の間ではよく知られている。

「誰ぞ其処にいるな。用があるなら天井を突き破って下りて参れ」

銀次郎は天井に向け、小声で告げた。飛市やイヨを目覚めさせてはならぬ、という配慮が働いていた。

朝の早くから夕まで惜しみなく、よく動き回っている老夫婦は、熟睡している筈の刻限だった。老夫婦が使っている台所そばの六畳大の板間《いたのま》は、この屋敷の構造上、銀次郎の寝間からはさほど離れていない。

「もう一度だけ言う。俺に用があるなら此処へ下りてこい」

今度は、やや大きめな声であった。しかも銀次郎は備前長永国友の刃を鞘《さや》から僅かに抜き、そして戻した。

鍔《つば》がパチンと鋭く鳴る。彼らしい威嚇だった。

それでも天井は、沈黙したままだ。しかし銀次郎の鍛え抜かれた感覚は、間違いなく誰かがいる、と捉え出していた。

天井を見つめる彼の左手の親指は、鍔の縁をまるで労《いたわ》るようにやさしく撫でている。

この名刀は曽祖父の代以前より、数数の合戦に〝参加〟して、武勲赫赫《ぶくんかっかく》たる手柄を打ち立てており、強烈な剣戟の証として鍔の二か所が欠けていた。

その欠けた鍔を、鍔鳴りの美しさで知られた奈良利寿《ならとしなが》（としひさ とも）作製の鍔と取り替えたのが、亡き銀次郎の父（元四郎時宗）である。

奈良利寿（寛文七年・一六六七〜元文一年・一七三六）は、**土屋安親**《つちややすちか》（寛文十年・一六七〇〜延享一年・一七四四）、**杉浦乗意**《すぎうらじょうい》（元禄十四年・一七〇一〜宝暦十一年・一七六一）と並ぶ鍔の名工として知られ、雄渾《ゆうこん》な彫金絵柄の鍔（一例、牟礼《むれ》高松図鍔）は高く評価され、名実共に**三名工**の首位にあった。

この鍔の**三名工**は江戸中期における**『奈良派三名人』**（あるいは『奈良派三作』）とも謳《うた》われている。

「おい……」

天井へ向けた銀次郎の声が、先程よりも少しやわらかくなった。若《も》しや、と五感を研《と》ぎ澄ませてはみたが、微塵《みじん》も殺気が捉えられなかったからだ。

「どうやら刺客ではなさそうだな。俺に用がないのであれば、首を落とされぬ内に消えろ。盗賊ならば諦めて帰れ。この屋敷には金もなければ金目《かねめ》の物も無い」

「お膝の具合、如何でございまするか」

漸《よう》く天井裏で声がした。年齢《よわい》、七、八十歳かと思わせるような、嗄《しわが》れた野太い男の声であった。

銀次郎は穏やかな声で返した。

「何者じゃ」

「和泉長門守様より急ぎの遣《つか》いの者でございまする」

「黒鍬《くろくわ》か?……」

「…………」

「名乗らぬ者の用は聞かぬ。消えろ」

「今宵《こよい》、将軍家兵法師範の柳生備前守俊方様が、刺客に襲われましてございます」

「なにっ」

さすがに驚いて、銀次郎の声が荒くなった。

「此処へ下りてきて詳しく話せ。天井板の四隅《よすみ》は大工が天井裏を点検できるよう容易に動かせる。用心音が軋むよう細工されているが、構わぬから下りて参れ」

「この場より報告致しますことをお許し願います。今宵城中では幕僚会議があり、それに出席されておられた柳生様が、下城して藩邸へ戻る途中、金色《こんじき》の紐で襷《たすき》掛《がけ》をした白装束の十名に奇襲されましてございます」

「金色の紐で襷掛《たすきがけ》の白装束だと……それでは」

「はい。恐らくは銀次郎様を襲いし刺客につながる者共であろうと……」

「それで、備前守様は？」

「ご無事でいらっしゃいます。お駕籠をお護りしていたのは柳生忍でございましたが、多少の者が浅手を受けたようで」

「柳生忍に浅手を負わせるとはのう……」

「恐ろしい連中でございまする。おそらく小さな組織ではないと思われます」

「確かに……」

「もう一点、長門守様からの言伝《ことづて》がございます。ただ、その前にお訊き致さねばなりませぬ」

天井裏からの声は、いよいよ嗄れ野太く重くなりつつあった。

「何が訊きたい。申せ」

「先程も申し上げました。お膝の具合、如何でございまするか」

「順調以上に回復致しておるよ。胡座は組めるし歩くにも不自由はない」

「正座はいかがでございまするか」

「正座をすると、膝頭《ひざがしら》の皮膚が突っ張るのでなあ。北善先生に縫い合わせて貰ったところがまだ少し心配だ。それに俺は、正座が余り好きではない」

「判りました。実は明朝、和泉長門守様は登城なさる前に、此処へお立ち寄りになります」

「え……伯父上が」

「はい。長門守様は明日、首席目付に就かれてはじめて上様にお目にかかります。その登城に、膝に多少の負担が掛かっても銀次郎様に同道して貰いたいと仰《おお》せでございます」

「警護だな。承知した、と伯父上に伝えてくれ」

「長門守様の警護と同時に……二人で共に上様にお目にかかる……そのお積もりのようでございます」

「な、なんと……真《まこと》か」

さすがの銀次郎も、小さく慌てた。

「うーん。俺が江戸城に上るのは少し早い。いや、早過ぎる。伯父上にそう伝えてくれ。幕僚を次次と狙う刺客の実体を、監察官大目付として突き止めてからにしてほしい、とな」

このときの銀次郎の脳裏では、**『世良田鍋松（幼君・家継）発の短い秘命文章』**が過《よ》ぎっていた。**暗殺組織の実体を暴いて頭首および指揮系を殲滅させ私（鍋松）に報告に来い**、という秘命の文章が。

「監察官大目付として今はまだ登城の時期ではない、という意思をお持ちでございますならば、それは明朝、此処へお立ち寄りになりました和泉長門守様へ銀次郎様ご自身が直接申し上げて下さい。それは私《わたくし》のような立場から申し上げることではありませぬゆえ」

「ん？……あ……おい、お前」

「…………」

「今のお前の喋り様《よう》、言葉の選び具合……若《も》しかして、お前、黒兵《くろべえ》ではないか。いや、そうであろう」

「…………」

「答えてくれ黒兵。あと一度だけ……あと一度だけ、お前の顔が見たい……見せてくれ」

「…………」

「俺が求めているんじゃねえんだ。母親のような温《ぬく》もりとやさしさを秘めた豊かでやわらかなお前《めえ》の乳房、それを知っちまった俺の掌《てのひら》がよ、頑是無《がんぜね》え子供《ガキ》のように求めていやがるんだ」

思わず、べらんめえ調に戻ってしまっている銀次郎だった。

「…………」

「やはり駄目かえ……案外に非情な女《やつ》だぜ、まったくよ」

銀次郎が力なくこぼして、有明行灯の薄明りの中で肩を落としたとき、天井裏から「ふふっ……」と澄み切った声の含み笑いが下りてきた。まぎれもなく、銀次郎が忘れる筈のない、どことのう妖しく澄み切った円熟の含み笑いだった。黒兵の。

そして綺麗な声が――声だけが――天井から下りてきた。

「どれほどの悪の剛者《ごうしゃ》でも一撃で倒せる程の御方様が、なんとまあ……お止《よ》しなされませ、駄駄をこねるのは」

「黒兵……お前《めえ》は声の響きまでが妖しく美しいのう。下りてこねえか、此処へ……頼む」

「いいえ、下りませぬ。銀次郎様と向き合いまするとと、私《わたくし》のような者でもつい心が緩んでしまいますゆえ」

「いいじゃねえか、それで……」

「ほんに不思議な御方様でいらっしゃいます。面と向き合いまするのと鋼《はがね》のような強烈な意思の強さで全身を覆《おお》っていらっしゃると判りますのに、そのところどころから言い様《よう》のないはかない寂《さみ》しさを滲ませていらっしゃいます。はかない寂しさを」

「………」

「その不思議な……それでいて女心に無遠慮に忍び入ってくる御人柄を武器として、これまでに幾人の女を泣かせて参られましたか銀次郎様」

「な、なにいっ」

銀次郎はさすがに眦《まなじり》を吊《つ》り上げた。身に覚えのない黒兵の言葉だった。

ピシッと天井が小さく軋んで、気配が銀次郎の頭上へと移った。

「とくに此度《こたび》の御役目旅では、銀次郎様の捉え難い魅惑的な御人柄は、さぞや本領を発揮したことでございましょうね」

「おい黒兵、一体《いってえ》何の事を言っていやがるんでい……棘《とげ》のある調子でよう」

銀次郎は頭上、真上を仰ぐようにして、小声であったがきつい口調で言った。

「気性の烈しさを覗かせた只今のお言葉。そのお言葉の裏に潜《ひそ》ませていらっしゃる、御自分でもおそらく気付いていらっしゃらない、たぐいまれなやさしさと妙な寂しさ……幾人もの女がそれに泣かされてきたに相違《そうい》ありませぬ、きっと」

「何のこっちゃ……頭がこんがらかってしまうぜ。お前《めえ》、本当に黒兵か……いや黒兵だ、うん」

「なかなかに遣《や》り手《て》男でいらっしゃいますこと。それでは私《わたくし》はこれで……」

ふん、と言った調子で言い終えた黒兵の気配が、「待て……」と銀次郎が言うよりも先に、頭上からすうっと消え去っていた。

「何のこっちゃ……」

と、もう一度呟いた銀次郎は、小首を傾げた。

が、次の瞬間、彼はアッという表情になっていた。

何日か前に伯母夏江《なつえ》から「なかなかに遣り手男だこと……」と言われたことを思い出したのだ。

けれども、女二人のその意味深長《しんちょう》な言葉が、遠い大坂から江戸へと訪れた美貌の彩艶尼《さいえんに》に起因していることに、彼はまだ気付いていなかった。

三十五

朝がきた。

雲ひとつ無い青青とした空が広がり、目に眩しい日が降り注ぐ気持のよい朝だった。

銀次郎は早朝から用意を調《ととの》えていた。いつもより早くに朝餉《あさげ》を済ませ、身形《みなり》を調え、伯父の訪れに備えた。

早起きの飛市とイヨが「和泉家の殿様が来る……」と銀次郎から告げられたのは目覚めて直ぐ、自分たちの部屋——台所そばの板間《いたのま》——から出ぬ内のことだった。

銀次郎は居間の床の間を、訪ねて来る伯父に譲る位置に座し、奈良利寿の鍔を装着した備前長永国友を脇にして、父とも仰ぐ人の訪れに備えた。

飛市は表門の内と外を出たり入ったりして落ち着きなく通りの向こう角へ気を配り、イヨは老いて皺《しわ》が濃くなった顔に、厭味《いやみ》が浮き上がらぬ程度にうっすらと紅《べに》を引いて、茶の湯を調えた。

銀次郎は大きく開け放たれた障子の向こうに広がっている青空に目を奪われながら、

「それにしても……」

と呟いた。

昨夜の黒兵の「なかなかに遣り手男でいらっしゃいますこと……」という言葉を思い出していたのであった。その黒兵の言葉が、幾日か前の伯母夏江の言葉と余りにも符合し過ぎることに、一層のこと訳が判らなくなっていた。

「黒兵……」

呟いて銀次郎は己れの掌《てのひら》を見つめた。

黒兵の余りにも豊かでやわらかな乳房の温《ぬく》もりが、いまだ彼の掌《てのひら》に残っていた。

いや、それは既に夢まぼろしとなっている感覚であったのだが、銀次郎の感情はそれを否定する方向へと走っていた。そのことが「もう一度だけ黒兵に会いたい」とする彼の意思を揺るがせなかった。それはもう、切《せつ》ない慕情であった。

と、庭の細道――石畳敷きの――伝いに、飛市が不安そうな表情で現われた。

「どうした飛市」

「和泉家の御殿様、まだお見えになりません。大丈夫でございましょうか」

「慌てるな。伯父上の登城はいつも巳ノ刻（午前十時）頃から昼四ツ半（午前十一時）頃の間と決まっておる。充分以上に時間はある」

「は、はい。それではもう一度、御門の外へ……」

と、あたふたと表門の方へと消えてゆく飛市だった。

飛市もイヨも、桜伊家に常住していた頃は、和泉家の殿様（長門守）より、「ひとつ銀次郎を頼むぞ」と折りに触れて手当を貰ったりしてきた。

だからという訳では決してないが、飛市もイヨも和泉家の殿様には心服していた。

「私も玄関でお出迎えするか。うん、その方がよい……」

床の間を背にする位置に座していた銀次郎は己れに向けて呟くと、備前長永国友を手に立ち上がり、それを菱繋《ひしつな》ぎ文様の広帯に刺し通した。帯がヒュッと低く鳴る。

菱繋ぎ文様は古来より、富《ふ》が繋がる吉祥《きっしょう》文様とされており、吉祥とは、よいこと、めでたいこと、という意味を含んでいた。

玄関へと向かう今朝の銀次郎は、落ち着いた紫檀《したん》色の着流しだった。お気に入りの着物である。

彼が玄関まで来てみるとイヨが人待ち顔を拵えて、式台の向こうに不安そうに立っていた。

「お前までが不安顔でどうしたイヨ。伯父上にお出しする茶菓の用意を調えていたのではなかったのか」

「茶菓の心配はご無用です。それにしても和泉のお殿様、少し遅くはございませんでしょうか」

「飛市にも言ったが、登城までの時間は充分にある。心配致すな」

「奉公人の亭主に任せず若様も表御門の外で、大事な伯父上様をお出迎えした方が宜しいですよ」

「そうだな、判った」

イヨはそう言いながら、傍《かたわら》の下足入れから真新しい草履を取り出した。

銀次郎がその草履に足をのせた時であった。塀の外、左手の方角から突如「何者かっ」という叫びと共に、刃と刃の打ち合う音が伝わってきた。

間近《まぢか》ではなかった。かなりの距離感を置いた、音であった。

飛市が、

「大変だ……」

と、表門の潜《くぐ》り戸から駆け込んでくるや、そのまま真っ直ぐに庭へ入って行こうとするのを、イヨが「お前さん……こっち」と黄色い声を張り上げた。

この時にはもう、銀次郎は表門へと突っ走り、潜り門から外へと飛び出していた。

表通りは左手の方角へおよそ一町半ばかり（百数十メートルほど）の所で丁字形に交差している。その交差した所から桜伊家の方へ僅《わず》かに入った辺《あた》りで、四名——たったの四名——の供侍に護られた武家駕籠（引戸駕籠、権門駕籠とも）が、六名の白装束に襲われていた。金色《こんじき》の襷掛《たすきがけ》が朝日を受け、キラッ、キラッと鋭い輝きを放っている。

銀次郎は草履を脱ぎ捨て、抜刀するや白足袋のまま猛然と走った。

駕籠の四方を護っていた四名の供侍は手練の者たちであったらしく、剣戟は攻・守にわたり一気に烈しさを増していた。駕籠を担いでいた轎夫《きょうふ》たちは、短刀を抜き放ってはいるがオロオロしている。

その真っ只中へ、銀次郎が頭を下げた低い姿勢で突っ込んだ。

備前長永国友が、下から上へと火柱《ひばしら》の如く掬《すく》い上げる。

供侍に袈裟《けさ》斬りを加えようとしていた白装束が、背後から利き腕を斬り飛ばされた。

悲鳴をあげない其奴に対し、供侍が真っ向から打ち下ろして、「ぎゃっ」と最初の悲鳴があがった。

銀次郎は低い姿勢を変えず、眦《まなじり》を吊り上げた形相で目の前、其処にある駕籠に向かって切っ先で地面を裂《さ》きつつ激しく滑った。立ち上がる砂煙。

無外流《むがいりゅう》『地の剣』である。

駕籠へ肉迫した白装束が今まさに刃を突き刺そうとした刹那《せつな》、『地の剣』が其奴の大腿部を捻《ひね》りあげるように切断。

「げえっ」

と喉を鳴らした白装束が、両眼《まなこ》をむきそのまま刃を駕籠へ刺し通すかたちで倒れかかるよりも先に、銀次郎の顔、胸に血繁吹《ちしぶき》が噴き掛かった。

一閃した備前長永国友が其奴の顔面すれすれに打ち下ろされ、駕籠へ切っ先を刺し通した凶刃が鈍《にぶ》い音を発して叩き折られる。

一瞬、弾け飛ぶ青い火花。凄まじい国友の切れ味だ。

それでも尚、其奴が脇差を抜いて駕籠にのしかかろうとするのを、銀次郎は思い切り蹴り飛ばした。

仰向けに転がった其奴は、さすがに立ち上がるまでの気力はない。

銀次郎は血まみれの形相で、駕籠の前に立ちはだかった。さながら仁王だ。

駕籠を挟む反対側で念流の達者、室瀬仁治郎が刺客一人を倒すのを銀次郎は見届けた。

駕籠の後方では今枝流剣法の達者、高槻仁平次が小柄な体で大柄な刺客を優勢に防いでいた。

「容赦はいらぬ。叩っ斬れっ」

銀次郎は朝の旗本街に響きわたる怒声を張り上げた。この騒乱が、通りに沿った旗本屋敷の塀の内へ届いていない筈はない。

息を溜めて知らぬ振りを決め込もうとしている、それら旗本家への銀次郎らしい〝一喝〟だった。

ところが、この〝一喝〟は、旗本家に対してよりも、刺客に対して利き目《きめ》を発揮した。

鋭い指笛の音がその辺りの何処かから伝わってきたかと思うと、無傷の刺客三名は、地面でもだえている仲間を残して、風のように走り去った。

辺りの旗本家は、まだ静けさの中に沈み切っていた。

下手にかかわれば、かえって面倒な立場に立たされる、という日和見《ひよりみ》計算が働いているのであろうか。

供侍たちが銀次郎の前に寄ってきて、それぞれ刀を鞘に納め片膝をついた。

伯父の様子を確かめるべく、銀次郎が駕籠に手をやろうとすると、

「あいや暫《しばら》く……」

と、和泉家の次席用人**高槻左之助**（四十八歳）の嫡男高槻仁平次が、その小柄な体を中腰の姿勢で素早く銀次郎に寄せてくるや、囁《ささや》いた。

「駕籠は空《から》でございまする」

「なにっ」

銀次郎は驚いて、今枝流剣法の達者である仁平次の目を睨みつけた。仁平次が申し訳なさそうに両膝をつく。

「殿は騎馬にて早駆けで登城なされました。供は充分の数、従えましまして」

「囮籠《おとり》であったのか……」

「はっ」

「俺に事前の耳打ちもないとは、あきれた伯父上だな」

ふん、と鼻の先を小さく鳴らして苦笑した銀次郎は、切っ先から赤い滴《しずく》を垂らしている国友の刃を清め、漸く鞘に納めた。

鍔が乾いた音を立てた。

「申し訳ございませぬ。囮駕籠を殿に具申いたしましたのは、実は私でございます。お叱りは、この私が受けまする」

仁平次の囁きは、いよいよ低くなっていた。

「そうか、主人《あるじ》の安全を思えばこそだな。よく思いついてくれた」

「おそれ入ります。で、討ち倒した奴らをどう致しまするか？」

「捨て置けい。どうせ身分を証するものは持ってはいまい。そのうち仲間が様子見に引き返し、片付けるわさ」

「それで宜しゅうございますか」

「構わぬ。それよりも手傷を負った者はいないか確かめい仁平次」

「は、只今……」

仁平次が立ち上がって皆の方へ振り向くのを待って、念流の達者室瀬仁治郎が告げた。

「手首に浅手が一人のみにございます」

「よし、我が屋敷へ戻って手当だ。おい、お前《めえ》たちは大丈夫《でえじょうぶ》か」

蒼白な顔で体を硬直させている轎夫《きようふ》たちへ、べらんめえ調をチラリと覗《のぞ》かせながら気遣うことを忘れぬ銀次郎だった。

駕籠《かご》舁《か》きたちが、恐縮したように揃って「大丈夫でございます」と首を縦に小さく振る。

仁平次が体を少し銀次郎に寄せ、囁いた。

「浅手を負った者の手当を終え次第、この駕籠にて登城をお願い致しまする」

「伯父上の指示か」

「はい。殿は既に先着して、ご本丸『遠侍』にて待機なさっておられましょうから」

「心得た」

銀次郎は頷いて、屋敷へと足を向けた。

周辺の旗本屋敷からは、とうとう誰一人として現われなかった。

三十六

はじめて和泉家の駕籠に乗った銀次郎であった。

供侍も駕籠舁《か》き（駕籠の格付により、**陸尺→轎夫→手代**などと呼称が変化）の顔ぶれも変わっていない。

変わったのは、銀次郎が血汚《ちよご》れの体全体を水で清め、着流しを別の真新しいものに着替えた、という点だった。登城するというのに略礼装（肩衣半袴《かたぎぬはんばかま》）を調えもしていない。これは場合によっては、将軍家を無視したということで、切腹を申し渡されかねない。

が、飄飄乎《ひょうひょうこ》として平然たる銀次郎であった。彼には彼の考えや計算があったのだ。

駕籠は刺客に襲われることもなく粛粛《しゅくしゅく》と進み、大手門前に無事に着いた。今日は太陰暦で言うところの『**朔望**《さくほう》**の日**』（朔は一日、望は十五日）ではないため、大手門前下馬所は静けさと威厳に満ちていた。これが『朔望の日』となると御三家をはじめとして、大名家、旗本家の一斉《いっせい》登城（月次御礼の登城と称す）の列で大手門前はごった返す。

登城した主人《あるじ》を、家来たちは長時間耐えて、大手門前で待たなければならないから、ちょっとした言葉の行き違いなどで、他藩他家の家来たちと摑み合いの喧嘩になることもあったらしい。

この『朔望の日』の小さな騒動に対処する目的で、町奉行所（南・北）からは**定**《じょう》**廻**《まわ》**り同心**（町内の巡察、治安維持）と**臨時廻り同心**（定廻り同心の支援・指導など）が奉行から命ぜられ、『**下馬**』**廻り同心**という肩書で応急的に出向いていた。

銀次郎は供侍に促されるよりも先に、刀を手に自分から駕籠の外に出ると、眩しそうに晴れた空を仰いで目を細めた。

右手少し先、下乗橋の手前に『下馬』の立札が立っていた。

明る過ぎる日差しの下、ほぼ完治しているとは言え銀次郎の顔には幾すじもの刃傷《やいばきず》が、くっきりと浮かびあがっている。気の小さな日和見侍《ひよりみざむらい》なら長く正視するのはかなり辛いだろう。首から上だけを見ればまるで、博徒の親分の〝荒くれ息子〟に見えなくもない。

確かに、強敵床滑七四郎《ゆかなめりななしろう》を討ち倒してからの銀次郎は、〝荒ぶる仁王〟の印象をしばしば覗かせたりする。

おそらく自分でも気付いていないのだろう。

「では、行ってくる」

「此処《ここ》にてお待ち致しております」

銀次郎は備前長永国友を腰に帯びると、高槻仁平次、室瀬仁治郎の二人と頷き合い大手門へと足を向けた。

次第に近付いてくる『下馬』の立札を、銀次郎は冷ややかな目線で一瞥《いちべつ》した。ふん、という目色だった。こういう大上段に振り翳《かざ》したような『権威《けんい》の威嚇化《いかくか》』を銀次郎の性格は嫌った。

『下馬』所は大手門前の他に、内桜田門前と西丸《にしのまる》大手門前にあって、江戸城の正門である大手門（本丸への登城口）の『下馬』を特に『**大下馬**』と称した。

まさに銀次郎の嫌う『権威の威嚇化』であった。

『**下馬**』にかかわる定めは時代の流れと共に、変わってゆく。とくに『**下馬**』か**ら先の供侍**の人数制限については、登城する人物の**格**によって、ああだ、こうだと煩雑な差・相違があるため、この物語では省略し別の機会に詳述しよう。

いま銀次郎の歩みは、濠に架かった下乗橋へと穏やかに近付きつつあった。

下乗橋の向こう、真正面に**高麗門**が見えている。この高麗門は正しくは**大手下乗門**と称し、この門を潜ると目の前に壮大な大手門渡櫓（いわゆる大手門）が迫ってくる。

銀次郎の歩みが、つと止まった。

下乗橋の直前に瓦《かわら》屋根の入母屋《いりもや》造《づく》りの、そう大きくはない建物があって、その軒下に詰めていた数人の侍の内の三人が、素早い動きを見せて銀次郎の前に立ち塞がったからだ。

この瓦屋根入母屋造りの建物は、**大手門渡櫓**（大手門）を潜って左手方向へ進んだ所にある**鉄砲百人組**番所の、下乗橋詰所であった（いわゆる出張所）。

つまり下乗橋から大手下乗門（高麗門）にかけては、鉄砲百人組頭《がしら》が警備の責任を負っているのだ。

「失礼ながら、そのお身形で何処《いずこ》へ参られる」

三人の内の年長者——三十四、五に見える——が、着流しの銀次郎を頭の先から足の先までをジロリと睨《ね》め回《まわ》して言った。物静かな口調だが、目つきは威圧的だ。

あとの二人の侍は、刃傷のあとが目立つ銀次郎の顔に、注意を集中していた。内心は驚いているに違いない。

このとき銀次郎の脳裏には**幕府最高政治顧問**新井筑後守白石の「……御役目の場では……黒書院直属監察官大目付三千石としての威厳を必ず保つのじゃ。よいな」という言葉が、甦《よみがえ》っていた。

銀次郎は警備の鉄砲百人組に返した。

「私は麴町に居《きょ》を置く桜伊という者だが」

「桜伊？……どちらの桜伊殿か？」

「だからいま申した。麴町に居を構える……」

「そうではない。どちらに仕える桜伊殿かとお訊ねしておるのだ。ふざけた態度を改めぬと容赦はせぬぞ。もう一度訊く。どちらに仕える桜伊殿じゃ？」

「上様に仕えておる」

「黒書院直属監察官大目付三千石、桜伊加賀守銀次郎と申す。この顔、覚えておいてくれ」

「なにっ」

「あぁっ」

衝撃を受けて体を硬直させた三人を尻目に、銀次郎はスタスタと下乗橋へと進み、そして渡り出していた。

銀次郎の行く手に立ちはだかった鉄砲百人組とは、伊賀組、甲賀組、根来《ねごろ》組などの忍侍で構成された若年寄支配下の鉄砲隊組織である。組頭（指揮者）に信頼厚い高禄の旗本を置いて下乗橋から大手下乗門（高麗門）にかけてを守備させている。

銀次郎の脇を「失礼いたしまする」と声を掛けながら、彼を問い詰めていた先程の警衛（忍侍）が顔色を変え、えらい速さで走り抜けてゆき、大手下乗門の警衛に言葉短く何事かを告げたかと思うと更に門内へと駆け込んだ。銀次郎の登城をおそらく誰かに報告に行くのであろう。なにしろ黒書院直属である。改めて述べるまでもなく、**黒書院とは**、上様（将軍）の日常生活にかかわる重要な殿舎群（御座の間、御休息の間、御小座敷とか）の中において最も表向な格式を保った性格の総赤松造の部屋である。広さはおよそ百九十畳。内部は上段の間《ま》、下段の間《ま》、囲炉裏の間《ま》、そして西湖の間《ま》の四間《ま》で成っている。

この黒書院の性格を、もう少し判り易く事例を用いて述べてみるとしよう。たとえば『朔望《さくぼう》の日』（一日と十五日）、将軍家に対し実施される『**月次御礼**』と称する形式を重視した行事。大手門『下馬』札前が大名・旗本たちで大混雑するこの拝謁《はいえつ》行事では、**家格**や**身分**、**将軍家との関係の重・軽の差**などによって**謁見《えっけん》の間《ま》**は厳然と区別される。

徳川御三家（尾張・紀伊・水戸）および溜詰大名（上席大名）に限っては、**黒書院で謁見となる**。

ついでにもう一例追加しておくと、巨藩・**薩摩鹿児島藩**七十二万石の五代藩主**島津継豊《しまづつぐとよ》**（元禄十四年・一七〇一〜宝暦十年・一七六〇。幼称、又三郎）は、間部詮房《まなべあきふさ》、新井白石ら主要幕僚が見守る中、**黒書院**にて幼将軍家継に謁見して、元服を認められている。その際、幼将軍家継より『松平の称号』を与えられ且《か》つ、従四位下侍従に叙任されて、**松平大隅守継豊**と称することになった事実は案外に知られていない。

継豊の継が家継の継であることは言う迄もない。

黒書院については、ここまででよいだろう。

銀次郎は、威儀を正している大手下乗門の警衛たちに、チラリと微笑みかけて門を潜らんとした。彼らは無言であった。下顎を少し上にあげて、直立不動である。

（まいったな……）

胸の内で呟いて大手下乗門を潜った銀次郎であったが、さらに辟易《へきえき》とする光景が待ち構えていた。

右手方向にどっしりと構えた雄壮な大手門渡櫓を背にして、門衛たちが横列で直立し、その横列を従えるかたちで上席の者らしい年輩の二人の武士が矢張り姿勢正しく立っていた。共に四十過ぎかと思われた。

大手門渡櫓は、十万石以上の譜代大名二家（二藩）が期限交替で警備することとなっており、銀次郎時代における大手門渡櫓の警備要員は百七十五名と定められていた。西丸《にしのまる》大手門と内桜田門は九十五名、神田橋門と外桜田門は七十名、といった具合である。

総員百七十五名で警衛する大手門渡櫓警備（大手門警備）の装備について触れると、騎馬侍九名以上、徒侍《かちざむらい》三名以上の他に、弓の者十名以上、槍の者二十名以上、鉄砲撃ち二十名以上などとかなりの重装備であった。

銀次郎の歩みが、無造作になって、大手門渡櫓へと近付いていく。

横列に並ぶ門衛たちの前に立っていた上席の者らしい二人が、銀次郎に向かって慇懃《いんぎん》に頭を下げた。

銀次郎には判っていた。彼らのその慇懃さは、自分つまり銀次郎に対してではなく、**黒書院直属監察官**という前例なき破格の肩書に対してであろうと。

（チッ……）

胸の内で舌を打ち鳴らし、銀次郎は異例とも言える肩書に沿った横柄《おうへい》さを演出しつつ彼らに近付いていった。

三十七

銀次郎は三、四歩前《さき》を行く大手門警備の当番頭《がしら》の後に従って、本丸殿舎の玄関

（遠侍）へと向かった。

実直そうな年輩の当番頭は終始無言であった。

大手門の警備を任されている譜代大名家の、どの程度の地位の者が当番頭を勤めているのか、銀次郎は知らなかったし余り関心もなかった。当たり前だが直参《じきさん》の旗本でないことは確かだ。

驚いたことに銀次郎は、これまで殆ど登城したことがない。

よく覚えているのは一度だけだ。

将軍家より**『後継者として相続よし』**を得るための登城だった。

それも桜伊家の相続ではない。神君家康公より授けられた『桜伊家の永久不滅感状』の相続よし、を得るためだった。

ただ、あくまで形式的な、謁見であり相続よし、でしかなかった。

なぜなら、神君家康公より桜伊家へ下賜された直筆押捺（花押《かおう》）の永久不滅感状に対しては、『たとえ何者と雖《いえど》も関与してはならぬ』と、家康公の直筆で認《したた》められているからだ。

本来ならば、その（永久不滅感状の）相続を認めるとか認めないとかは、口出し出来ない将軍家であった。

それゆえ実に形式的に「相続よし」を銀次郎に申し渡したに過ぎない。

にもかかわらず銀次郎は、「父が不祥事死した桜伊家など永久閉門だ」などと頑固に主張して、禄《ろく》（武士の収入）の受取りを拒み続け、今日《こんにち》まで拵屋稼業で衣食を賄《まかな》ってきた。

さあ、この銀次郎、いよいよ本格的な登城だが一体何が待ち構えているのか？

「私《わたくし》は此処までとさせて戴きまする」

前《さき》を行っていた年輩の当番頭が立ち止まって体を横に開き、頭を軽く、だが丁《てい》寧《ねい》に下げた。拙者《せっしゃ》ではなく私《わたくし》と表現したところに、この年輩の侍の実直さが窺《うかが》えた。

銀次郎は「御苦労……」ではなく、「有り難う……」と応じてその当番頭と別れた。

銀次郎の目の前直ぐの所から堂堂たる五段の幅広い石段が組まれていて、この石段の尽きた所が中雀門渡櫓だった。

更に中雀門渡櫓を潜った先にも四段の幅広い石段があって、その向こうに圧倒的な存在感で、殿舎の大屋根がこちらを向いて見えている。

これが『遠侍』だった。

室町時代のはじめに用いられるようになったと伝えられている『遠侍』の表現については、「遠侍と云《い》うは**主殿**などよりははるか遠くはなれたる**番**所也《なり》、**表向**にて**番の侍**の居る所也《なり》」とされている。

もう少し『遠侍』について詳しく述べておこう。江戸に幕府を開いた（慶長八年・一六〇三）**徳川家康**が征夷大将軍を辞し（慶長十年・一六〇五）てその座を三男秀忠《ひでただ》に譲り、自らは『**大御所**』として駿府《すんぷ》城（静岡市）に移って（慶長十二年・一六〇七年七月三日）天下に睨みを利かすこととなったが、五か月後、この駿府城が大火に見舞われた（慶長十二年十二月二十二日）。

火災に遭った駿府城が総力をあげての工事で再建されたのが、慶長十三年三月十一日（一六〇八）。

そして、家康の信任殊《こと》の外厚《ほか》かった江戸幕府作事方**大棟梁・平内政信**《へいのうちまさのぶ》が**木割書**《きわりがき》（しょ、とも。建築学大全のようなもの）**全五巻**を著わしたのが、この慶長十三年（一六〇八）の秋のことであった。

木割書を繙《ひもと》いてみると、巻一『門記集』（門構造などについて）、巻二『社記集』（鳥居、神社本殿、玉垣、拝殿などについて）、巻三『塔記集』（塔、九輪などについて）、巻四『堂記集』（寺院本堂、鐘楼、方丈などについて）、巻五『殿屋集』（主殿、塀重門、能舞台などについて）となっていて、巻五に収められた武家屋敷詳図において**《玄関を入った所が遠侍と呼ぶ建物》**としている。

銀次郎は、その遠侍の大屋根を眺めながら石段を一歩一歩上がっていった。

中雀門を警備している侍たちは、次第に近付いてくる銀次郎に向かって何も言わなかった。直立の姿勢で、身じろぎ一つしない。それはそうであろう。最も警備が厳しい大手門を経て、此処までやって来たのだ。しかも大手門警備の当番頭に案内されるかたちで、である。

銀次郎は、丁重に頭を下げた門衛に軽く頷いてみせ、中雀門を潜った。

彼は門衛たちの無言を、有り難く思った。『黒書院様お着きい……』だの『桜伊加賀守様ご到着……』などと空に向かって絶叫されたら、たまったものではない。

彼は次の四段の石段をゆっくりと上がって、遠侍前の広場に立った。遠侍と一体的構造となっている立派な玄関と式台が真正面に見えていた。

その玄関式台を背にするかたちで立ち、こちらを見ているのはまぎれもなく伯父で首席目付の和泉長門守兼行であったから、銀次郎は歩みを止め深深と頭を下げた。地位は自分の方が圧倒的に上位であったから、父とも思う伯父に対して敬意を表わしたのである。

その銀次郎の右手方向、そう離れていない所に書院番の番所があって、居並ぶ番士たちが一斉に立ち上がって頭《こうべ》を下げた。

それだけではなかった。遠侍の内部から数名の番士たちが素早く現われるや、和泉長門守の背後に一糸の乱れもなく横一列で片膝をついたのだ。

凄まじいばかりの**黒書院直属監察官**の威力に、さすがの銀次郎も思わず呼吸《いき》を止めてしまった。

三十八

銀次郎は伯父**和泉長門守兼行**《いずみながとのかみかねゆき》に近付いてゆき、もう一度丁寧に頭を下げ、長門守が「うむ……」と頷《うなず》いた。

面《おもて》を上げ伯父と目を合わせた銀次郎の顔は、ほんの少し怒りの色を見せていた。

彼は囁《ささや》いた。

「高槻仁平次《たかつきにへいじ》が考えた囮駕籠《おとり》、我が屋敷の直前で襲われましたぞ」

「矢張り襲われたか……」

「刺客は白装束に金色《こんじき》の襷掛《たすきがけ》の六名……」

「柳生備前守俊方《やぎゅうびぜんのかみとしかた》様が昨夜襲われたこと、耳に入っておろうな」

「はい」

「その襲撃者も白装束に金色の襷掛《たすきがけ》であったそうじゃ。で、囮駕籠に付き従っていた家臣たちは無事であったか?」

「心配ない程度の浅手を受けた者はいましたが、我が屋敷でイヨがきちんと手当できました。ご安心下さい」

「六名のうち、何名を倒せた?」

「三名を……残り三名は逃げましたが、その逃げ方も充分な訓練を積んでいる者とみました。おそらく背後に大きな組織があるのではと……」

「同感じゃな。ま、ここで長話をしてはおれぬ。ともかく参ろう。ついて来なさい」

長門守はそう言うと、背後で片膝ついて威儀を正している遠侍《とおざむらい》の者たちを回り込むようにして、足早に歩み出した。

銀次郎はその後に付き従いながら、伯父の歩みが遠侍玄関から逸《そ》れていると知って伯父に肩を近付け囁いた。

「遠侍玄関から入らぬのですか伯父上」

「黙ってついて来なさい。お前はすでに大目付じゃ。しかも黒書院直属監察官という厄介《やっかい》な肩書が付いてしまっておる」

「厄介と申されましたな……」

「大変な作法、慣例が今後のお前の何事にも付いて回る、ということよ」

「私は私なりの考えで動きまする。それが駄目だと言うのなら……」

「それから先は申すな。もう少し大人になってくれ。ともかく黒書院直属監察官ともなると、殿中へ上がる玄関も違《ちご》うて参るのじゃ」

「やれやれ……」

銀次郎が浅い溜息を吐《つ》き、前方へ姿勢を向けたまま歩む長門守が、ジロリと横目で甥《おい》を睨みつけた。それでいて内心、よくぞここまで逞《たくま》しい武士になってくれた、と一層可愛く思えてくるのである。

遠侍の殿舎を左に見るかたちで真っ直ぐに進んでいた長門守の歩みが、止まった。

左側にひと目で通用口御門と判る簡素《かんそ》な拵《こしら》えの**門と番所**があった。この門を背にして立つと左手すぐ目の前に四人の門番がいる、ひときわ大きな門がある。

「銀次郎、お前は正しい意味での充分な登城の経験が無いままじゃから一つ一つ教えておこう。通用口御門にしか見えないこの番所付きの簡素な拵えの門を**中之口御門**と申すのだ。大目付や町奉行、大番頭《おおばんがしら》、目付といった要職にある者などが、この**中之口御門**から殿中へ入るのじゃ」

「では今日、我我はこの中之口御門から殿中へ?……」

「まあ待て。最後まで聞きなさい。時代の流れによっては、この中之口御門を潜《くぐ》れる**顔ぶれ**とか**役職**が変わる事もあるのじゃ。決して例が多く見られる訳ではないのだが、新たに許される者とか、外《はず》される者とかのう」

「ふん。相変わらず形式と虚勢が入り混じっているのですな。城というのは」

「そのような言葉や思いは、殿中へ上がったなら、腹の底へ確《しっか》りと呑み込んでおけ。判ったな」

「心得ております。伯父上に迷惑はかけませぬ」

「お前は大目付でも、厄介な黒書院直属監察官であるから、この中之口御門からは殿中へ入らぬ」

「また、厄介、が出てきましたか」

と、思わず苦笑を漏らす銀次郎だった。

「さ、ついて来なさい。御長屋御門を潜るぞ」

「はい……御長屋御門……ですな」

「そうじゃ」

二人は中之口御門に間近《まぢか》い、六尺棒を手にした厳《いか》めしい四人の門衛《もんえい》がいるかなり大きな門——**御長屋御門**——を潜った。

四人の門衛は揃って、うやうやしく頭を下げただけであった。ひと言も発しない。

すでに和泉長門守と**別格大目付**桜伊《さくらい》銀次郎について、〝上〟からの指示で全て承知しているのであろう。あるいは銀次郎の到着前に、長門守の口から四人の門衛に対し、簡単な打ち合わせを終えているかだ。

少しばかり進んで、再び長門守の歩みが止まった。

左手目の前に、やはり通用口御門に見える幅の狭い余り目立たぬ小造りな門があった。番所は無い。屈強の立番もいない。

御長屋御門――いかめしい門衛が四人もいる――を過ぎてきたから、此処はもはや安心ということか？

ただ、この小造りな門の門扉は堅く閉ざされていた。

長門守が言った。

「銀次郎、此処は**御納戸口御門**と言うてな。御老中、若年寄、御側衆《おそばしゅう》など最上級の幕僚たちが殿中へ上がる時の御門じゃ」

「ほほう、この御門が……しかし余り感心致しませぬな」

「ん？……何がじゃ」

長門守は眉をひそめて、銀次郎を軽く睨みつけた。

「幕府の上級幕僚たちの出入りする御門ならば、皆伝級の刀槍術を心得た門衛を置かねばなりませぬ。危機感が足りませぬな」

「しかし、この場に立つには、お前もたった今経験したように、屈強の門衛四人がいる御長屋御門を通過せねばならぬのだ。それでは不充分だと言うのか」

「はい。不充分です。柳生忍《やぎゅうしのび》に護られた柳生備前守俊方様の御駕籠まで襲われたのですぞ伯父上。それに伯父上の囮駕籠も奇襲されているのです」

「うむ……」

「首席目付として、城内各御門の警備を一層厳しくすべく、老中会議へ具申なさるべきです。**国家の危機感などというのは、持ち過ぎて損になるようなことはありませぬ。持ち過ぎれば持ち過ぎるほど宜しい、**というのが長旅の御役目で傷だらけの体となってしまった私の考えです。危機感そのものには一銭の金《かね》も要しないのですから」

「判った。私から老中会議に具申してみよう。さ、では参ろうか」

「はい」

長門守は御納戸口御門の扉を静かに押し開け、銀次郎は伯父の後に従った。静まり返った門内だった。誰の姿も見当たらない。

銀次郎の目配りが険しくなっていた。腹の内では「なんとまあ、この不用心さは……」と、あきれていた。『幕翁《ばくおう》』と『床滑七四郎《ゆかなめりななしろう》』という二つの巨大な悪の根が倒されたことで「すっかり安心しきっている……」と、銀次郎には読み取れた。**喉元《のどもと》過ぎれば熱《あつ》さを忘れる**……だ。

長門守が小声で言った。

「正面に見えているのが御納戸口玄関じゃ。入って進むと突き当たりに南北に走る大きな廊下が待ち構えている。その廊下の北方向に中奥および大奥が在《あ》ると認識しておれば、広大な殿中で迷うことは余りなくなる。覚えておきなさい」

「承知しました」

「御納口玄関に至る目の前の通路、石畳を敷き詰めたこの通路の右手に御老中の、そして左手に若年寄の詰所がある」

「なるほど……」

銀次郎は伯父の小声に頷いてみせた。

伯父が小さな溜息を吐いた。

「いやはや、それにしても、神君《しんくん》家康公より永久不滅感状を授けられた桜伊家のいい年齢《とし》をした主《あるじ》に、今頃になって殿中の右や左を教えねばならんとは……まったく呆《あき》れた奴じゃ」

「いま何ぞ囁かれましたか伯父上。よく聞こえませんでしたが……」

「いやなに。ひとり言じゃ」

「眉をひそめ、首を小さく振っておられました……」

「だから、ひとり言じゃと言うに……さ、玄関じゃ。別格大目付らしく表情を引き締めよ」

「心得てございます」

三十九

誰ひとりとしていない御納戸口玄関の手前で、長門守は足を止め、銀次郎の目を見た。

銀次郎がこれ迄に見たこともない、怖い顔つきになっていた。

長門守が重い口調で言った。

「殿中での経験が乏《とぼ》しい、と言うよりは殆《ほとん》ど無いに等しいお前ではあっても、御本丸内には諸役の**詰所**や**下部屋**（身形《みなり》整え処）、そして『**密談の間**』などが細細《こまごま》と定められていることは存じておろうな」

「承知しております。何処にそれぞれが在《あ》ることまでは知りませぬが」

「御本丸に登城した際、幕僚としての自分は殿中の何処に位置すればよいのか、という基本に関しては、万治二年（一六五九）九月五日に示された『**殿中席書**《でんちゅうせきしょ》』に定められておるのじゃ」

「その『**殿中席書**』ですが、伯父上の屋敷に控えがございますか」

「むろん、ある。その内容の全てが頭の中に入るまで、貸し与えるから学ぶがよい」

「畏《かしこ》まりました」

「入るぞ」

二人が肩を揃えて玄関式台に入ったときであった。何処に待機していたのか侍とも茶坊主とも判別し難い印象の初老の男が現われ、二人の雪駄《せった》を黙って下足箱へ納めて、また姿を静かに消した。

長門守は銀次郎の前《さき》に立って、前方にひっそりと横たわっている森厳《しんげん》なる廊下へ歩みを急がせた。足音を立てるような不様は、さすがにしない。

だがその歩みは、廊下に届く直前で止まった。伯父の後ろに従っていた銀次郎には、いきなり歩みを止められた、という感じに見えた。

廊下の直前右側には勘定所詰所が、左側には側用人《そばようにん》詰所があって、その右側——勘定所詰所——から、経済幕僚でもある従五位下筑後守新井白石《あらいはくせき》が突然、現われたのだ。

「これは筑後守様。ただいま登城いたしましてございます」

長門守は声の調子を抑え、丁寧に腰を折って言った。石高《こくだか》だけを見れば長門守の方が上である。しかし相手は**幕府最高政治顧問**の地位にあって、幼君（家継）の絶対的な信頼を得ている。なにしろ〝家継〟の名付け親であり、『家継将軍』生みの親でもある。

伯父が腰を深く折ったため、その後方に従っていた銀次郎と筑後守の目が出合った。

銀次郎が軽く頭《こうべ》を下げ、筑後守が目を細め「うむ……」と頷く。

長門守が面《おもて》を上げると、筑後守が間を詰めて矢張り抑えた声で言った。

「長門守殿は目付の詰所で待機していて下され。銀次郎殿には私が付き添うて、事を運ばせて戴きます故《ゆえ》」

「え。それで宜しゅうございましょうか」

「長門守殿は今日、目付首班《しゅはん》に就くお許しを上様より正式に頂戴する訳でござるから、銀次郎殿と同席する必要はいささかもありませぬ」

「は、はあ。確かに仰せの通りで……」

「では、銀次郎殿をお預かり致す」

「ひとつ宜しくお願い申し上げます」

長門守は丁寧に告げて頭を下げ、後ろにいる甥《おい》のために立っていた位置を横へ移動させた。その言葉にも、動きにも無駄が無いのは、さすが目付首班に就くだけの人物であった。

「行って参ります伯父上」

伯父の前を過ぎる一瞬、銀次郎は囁きを残して筑後守の後ろに従った。

長門守は廊下を次第に離れてゆく甥の背中を見守りながら、思わず目を瞬いた。仲が良かった妹の子である。この甥が『合戦による手柄《てがら》』が無くなった生温《なまぬる》い今の世で立派に身を立ててくれることを、どれほど真剣に願ってきたことであろうか。

その甥が目の先を今、幕府最高政治顧問の後に従って、悠悠と離れてゆくではないか。

それに着流しの身形を、気にしている様子もなく。しかも腰に黒鞘白柄の大小刀を帯びたままだ。気付かぬ筈がない筑後守であるのに、それについては何も言わぬどころか、顔を顰《しか》めすらしていない。

その大刀の銘は、備前長永《おさなが》国友。銀次郎の曽祖父**玄次郎芳家**が、激烈な戦場で主君**徳川家康**に襲い掛かった敵の突撃将兵十二名を叩き斬った、桜伊家の家伝の名刀である。曽祖父**玄次郎芳家**の**家**は、その勲功《くんこう》の証《あかし》として徳川家康から与えられた『**家康の家**』であった。つまり備前長永《おさなが》国友こそ**永久不滅感状の原点**と称すべきものだったのである。

前を行く筑後守の歩みが止まって、振り返った。

何事かを言わんとしているのが瞬時に判ったから、近付いた銀次郎はなお半歩を踏み込んでほんの少し上体を相手の方へ傾けた。

「柳生備前守俊方様（四十一歳）が刺客に襲われたこと、銀次郎殿の耳に入っておろうな」

「はい」

白石の囁きに、銀次郎は言葉短く頷くだけで応じた。

白石も頷いて再び歩きだしたが、すぐに立ち止まった。

「此処が大目付の詰所、**芙蓉《ふよう》之間《ま》**（芙蓉は蓮《はす》の花の意）じゃ。大目付の職務を簡潔にひと言で申さば、**大名および老中支配下の諸職に対する厳正なる監察**であることは、当然のこと既に承知いたしておろうな」

矢張り抑えた声の筑後守白石であった。

「はい」

「じゃが、この芙蓉《ふよう》之間《ま》は銀次郎殿の詰所とはならぬ。また大目付には数名（四、五名の範囲）が御役に就いておるが、銀次郎殿へは敢《あ》えて引き合わせ致さぬ。宜しいな」

「は？……」

「なんじゃ。納得がいかぬか」

「いいえ。承りました」

「其方《そなた》は大目付ではない。黒書院直属監察官大目付じゃ。その点を心得違いなさるなよ」

「はい。改めて心得ましてございまする」

「うむ。さ、参ろう」

銀次郎は筑後守白石に対し、素直に心服する気持に殆どなりかけていた。あの驚嘆《きょうたん》すべき『采覧異言《さいらんいげん》』に目を通していたことが、強く影響していたのである。

筑後守の足は、廊下を中奥より遠ざかる方向――南方向――へと歩み出していた。いま白石と銀次郎を呑み込んでいるのは、ずっしりと重い静寂だった。まるで殿中歩行自粛《じしゅく》の触れが出ているかの如く、誰とも出合わない。

銀次郎は、襖《ふすま》や障子で閉ざされた数え切れない程の部屋から、咳《しわぶき》ひとつ漏れてこないことを不気味に感じた。まるで室内で、こちらの動きに耳を欹《そばだ》てているような雰囲気だ、と銀次郎は思った。

白石の歩みは広大な中庭を右に見て、**柳之間**を回り、**松之廊下**へと入っていった。

「ここからが松之廊下じゃ」

白石はそう呟くようにして言ったきり、とくに説明はしなかった。追《お》い追《お》い自身で学んでいくがよし、というところなのであろうか。いや、若くはない表情に、少し疲労の色が見え始めたせいであろう。それ程に殿中は広い。

白石は広大な中庭を右に見つつ松之廊下が右に折れた所まで来ると小さな溜息を一つ吐いて歩みを休め、そして振り返った。銀次郎を見る目に、なるほど確かに疲労の色があった。

「どうじゃな。松之廊下の印象は……」

「実際にこうして自分の目で眺めまするよ、とても廊下と呼べる構築物には見えませぬ。畳敷《たたみじ》きが美しいまるで長大な座敷でございますな」

「うむ。廊下であって廊下にあらず、という事じゃ。この先左手に、御三家の御用部屋と加賀前田家の御用部屋がある。この四家の御用部屋が『**大廊下**』と称されていることを、覚えておきなさい。つまり松之廊下は最高格式の**大廊下**なのじや」

「判りました。覚えておきまする」

「ここから先は無言じゃ。宜しいな」

「はい」

ほぼ正方形と言ってよい中庭に沿うかたちで走る松之廊下は西南の角で直角に折れており、全長およそ二十八間《けん》(約五十メートル)、最大幅二間半、最小幅二間、そして畳敷きという、まさに『最高格式の長大な座敷』だった。

四十

白石は「いずれ其方《そなた》にとっても出入りの機会が必ず訪れよう……」と、静まり返って誰ひとりとしていない白書院の内部まで銀次郎に見せた。

将軍の応接室とも言える約三百畳敷きの白書院を、自分の判断だけでその内部を銀次郎に見せた白石には、それだけの権限が備わっていたという事の証なのであろう。ただ、将軍が幼君だからこそ出来た、という側面は見逃せない。これが綱吉（三十五歳で五代将軍に）や家宣《いえのぶ》（四十八歳で六代将軍に）などの場合であったなら、こうはいかなかった筈である。

白石が銀次郎に対して言った。

「頭の切れる其方《そなた》に対して、ここで改めて強調することもないが、この本丸殿舎において外に対しても内に対しても最も格式が高いのは松之廊下を除けば、約五百枚の畳が敷かれた大広間じゃ」

「はい。左様に理解してはおります。東西の幅がおよそ二十八間《けん》あり、上段の間《ま》、中段の間、下段の間、二之間、三之間、四之間で構成されていると承知いたしております」

「うむ。その通りじゃ。松之廊下は別格として、本丸殿舎において最も格式あるその大広間に次ぐ格式の高さを有するのが、およそ三百畳敷きのここ白書院なのじゃ。上段の間《ま》、下段の間、帝鑑之間、連歌之間の四間を確りと瞼の裏に焼き付けておきなされ。宜しいかな」

「確りと頭に入れましてございまする」

「では、いよいよ上様に拝謁《はいえつ》（お目にかかる）することとなるが、若《も》し言葉を発する場合、心を鎮めひと言ひと言を吟味いたすことを忘れてはならぬ。それも黒書院直属監察官の立場にふさわしい格調高い吟味が、しかも素早く求められる。判りましたな」

「はい。で、拝謁場所は……」

「当然、黒書院じゃ。本丸殿舎**三大格式**の間《ま》の一つ、黒書院じゃ。参りますぞ。下腹にやわらかくやわらかく力を込めておきなされ」

「やわらかく力を、ですか。むつかしゅうございまするな」

「それを余計な言葉と言うのじゃ。無駄口は止《よ》しなさい。はい、で宜しい」

「し、失礼いたしました」

銀次郎が真顔の裏で苦笑したとき、白石はもう前《さき》へ行っていた。

白書院を後にした二人は、右手の広広とした日差しあふれる開放的な中庭を眺めつつ、長い**竹之廊下**を北方向——中奥方向——へ進んだ。突き当たりの右側に大障子を開けて中庭の明りを取り入れている座敷が見えている。

人の姿は無い。

前を行く白石が意識的に歩みを緩《ゆる》めたようなので、銀次郎は足を早めて白石と肩を並べた。

するると白石の歩みが止まった。

白石が大障子を開けている無人の座敷を、目で示すかのようにして言った。小声であった。

「正面のやや右寄りに大座敷が見えておろう」

「はい」

「あの大座敷が、黒書院の脇座敷に当たる**溜之間**《たまり》と言うのじゃ。大名には当然の如く、石高や官位、あるいは城持かそうでないか、将軍家との関係はどうか、由緒や家柄はどうか、などで格式に差があることは、当然理解できておろうな」

「勿論《もちろん》でございます」

銀次郎の表情が少し憮然となったのに気付いてか、白石が目で静かに笑った。

「其方《そなた》は間《ま》もなく大変な状況の中、いや、大変な環境の中へと踏み込んでいくのじゃ。だからな、何事も念を入れて訊いたり教えたり致しておるのじゃ。面倒臭いことだがのう」

「申し訳ありません。気を緩めることなく学んで参りまする」

「うん。で、大名の格式はな、この本丸に登城した際、殿席《でんせき》という言葉に置き替えられると覚えておきなされ。これを正式には大名殿席あるいは殿席制度などと言っておる。殿席という言葉をもう少し判りやすく表現するとな、大名が登城した際に詰めることが、いや、座ることが許されている格式別の座敷、ということになる……大きな声では言えぬが、つまり大名差別じゃ」

「して、その座席……殿席と申しますのは？」

「格式の高い順に申すとな。**大廊下**、**溜之間**、**大広間**、**帝鑑之間**、**柳之間**、**雁之間**そして**菊之間広縁**となる」

「どの大名が、どの殿席を**伺候《しこう》の席《せき》**（将軍に拝謁《はいえつ》する席）と致しますのか簡略に教えて下さいませせぬか」

「いいじゃろう。先ず**大廊下**じゃが、これが松之廊下を指していることは言うまでもない。再び申しておくが、徳川**御三家**および外様《とざま》最大の大名、加賀**前田家**（領地百十九万二千七百石）の部屋が並んでいるところから、先ほど述べたように**大廊下**と称されておる」

「ええ、頷けています。先程、筑後守様（白石）が〝廊下であって廊下にあらず〟

と申されたことについても」

「うむ。次に向こうに見えておる溜之間……おや、いま障子が閉じられたのう。誰かが登城したのであろうか。もっとも、あの溜之間には毎日誰かが出仕いたす事にはなっておるのだが……はて?……今日一日は空けておくように手配《てくば》りした筈じゃがな」

「私が先に行って検《み》て参りましょう」

「いや、よい。**溜之間**《ま》は大廊下に次ぐ格式高い部屋じゃ。十万石以上の有力な譜代および代表的な親藩、たとえば有力松平家や井伊家(彦根藩三十五万石)などの座敷であるから、礼を失することがあってはならぬ。慌てて検《み》に行くこともない」

「判りました」

それまで止まっていた白石の足が、ゆっくりと歩み出した。

「其方《そなた》にはな、間《ま》もなく上様にお目にかかって貰う訳だが、それに際し細細《こまごま》とした注意事項を、あの溜之間で申し聞かせることになっているのじゃ」

「え、宜しいのですか?……すでに、どなたかが入られた様子ですが」

「むろん、その御人には溜之間から出て行って貰う。こちらは上様にかかわる御用で溜之間を使う訳じゃから」

それは白石が、幕府最高政治顧問（執政官）として権力の凄みを、チラリと覗かせた一瞬であった。

白石が囁いた。

「溜之間が近付いてきたので、大名殿席の残り五つの部屋について簡単に言《ゆ》うておこうかのう。大広間は十万石以上の外様《とざま》と親藩《しんぱん》が、帝鑑之間は親藩松平家および十万石以下の譜代に割り当てられておる」

「なるほど。頭の中でより判り易く整理されてきました」

「それは結構。次に柳之間は十万石未満の外様の全てが、そして雁之間じゃが中堅前後の譜代が必ず毎日数名詰めておってな、『政治の能力』と称するものを、実はここで練っておるのじゃ。つまり、そういった有能な人物を雁之間詰めと致し、だからな、この部屋からは老中が非常に多く輩出されてきたのじゃ」

「ほほう、それは私にとって大変貴重な情報でございます」

「最後に菊之間広縁だが、ここは城持ではない二万石程度以下の譜代の殿席と覚えておけば宜しい。以上の七つの部屋が本丸殿舎の何処に位置しているか、自分の足と目で確りと確かめなされ。判りましたな」

「はい、承りました」

「では、溜之間へ急ごうかの。一体誰が使っておるのじゃ」

幾分不満そうな顔つきを見せた白石の歩みが急ぎ出し、その背中が銀次郎から離れていった。

銀次郎は小慌てになることもなく、少しずつ開いてゆく白石の後に抑えた歩みで従った。

白石が溜之間の閉じられている大障子の前で歩みを止めた。果たして室内には誰がいるのか。

中庭の明りを浴びた白石の下半身の影が、大障子に鮮明に映っていた。深く張り出している軒が日差しを遮《さえぎ》っているため上半身は影をつくっていなかった。

四十一

「膝の傷の具合はどうかね。正座は出来そうかな?」

銀次郎が傍《そば》に来るのを待って、白石は大障子を軽く睨みつけた表情で囁いた。

「正座は無理でございまする。治りかかっている傷口が開きかねませぬ。胡座《あぐら》を組むことが許されないならば、申し訳ありませぬが、私はこの場から引き揚げさせて戴きます」

「これ、無理を言うでない。まったく……」

と、さすがに白石は、苦笑した。

彼は「已《や》むを得ぬか……」とこぼすと、室内に向かって静かな口調で伺《うかが》いを立てた。

「新井筑後守白石でございまする。本日この刻限、溜之間はこの新井が……」

白石の言葉は、そこで止まった。室内から大障子が開けられたからだ。

白石と銀次郎は敷居そばに平伏する若い武士を、そして御床《おとこ》（床の間）を遥か奥に置いて背にした位置（下座）にこちら向きに座っている中年の武士——がっしりした体つきの——を認めた。溜之間の御床《おとこ》は座敷の奥まった位置に中庭に正対《せいたい》するかたちで備わっている。

「これはまた……」

と、白石ほどの人物の表情がいささか小慌てとなり、中年の武士が穏やかに軽く頭を下げた。白石に対し、きちんと敬《うやま》いの姿勢を見せている。

一体何者なのか。

白石は竹之廊下に銀次郎を残したまま溜之間へと入ってゆき、その人物と向き合って座した。

仕方なく銀次郎は腰の備前長永国友を取って、廊下にそっと胡座を組み刀を脇へ横たえた。

敷居そばで畏まっていた若い武士は、銀次郎の胡座に一瞬驚きの様子を見せたが、すぐにその驚きをぐっと呑み込んで、堅い表情となった。

ここは本丸『表』御殿の真っ只中である。竹之廊下の、しかも格式第二位の溜之間の前で、脇に大刀を備えて胡座を組むなどは、下手をすれば切腹ものだ。

改めて述べるまでもないとは思うが、本丸というのは『表』御殿、『中奥』御殿、『**大奥**』御殿の三殿舎群で成っている。

本丸自体を**国家**と仮定すれば、『**表**』は強力な**宰相**《さいしょう》を頂点に置く、諸官庁の統括機能を有した**議事堂的**・**政庁的**存在と言えるだろう。とすれば『**中奥**』は、**宰**

相の私的空間と公務を巧みに共存させた宰相公邸と称しても大きな誤りはない。

では『大奥』はどうか。大身の武家屋敷では、主人《あるじ》の妻や子が日常生活を営む場を『奥』と呼び、屋敷の代表者としての務《つと》めを負っている主人《あるじ》の屋敷内の公《おおやけ》の場を『表』と称している。

これに比し本丸の『大奥』は、警備《けいび》、監察《かんさつ》、事務総括《じむそうかつ》などを担う男性《おとこ》の大奥役人（広敷役人という）を除けば、圧倒的多数の大奥女中たちによって厳格に組織されていた。右の大奥役人（広敷役人）を除けば、上様（将軍）以外の男は立ち入ることが原則として許されていない。その意味では、将軍だけの女護《にょご》が島《しま》と言えなくもなかった。

また広敷役人と雖《いえど》も、大奥内での行動範囲は当然厳しく制限されている。

「銀次郎殿、こちらへ……」

白石が険しい表情で、自分の隣を指先で軽く叩いた。

白石と、相手の武士は、銀次郎から見て横向きに、つまり上座の位置を共に右方向に置いて向き合っている。要するに対等に向き合っていた。

銀次郎は備前長永国友を右手にして、膝に負担が掛からぬようゆっくりと立ち上がると溜之間へ入っていった。

彼は、白石と向き合っているがっしりとした体つきの中年の武士に対し、**初対面**の挨拶をする備えをして白石の隣にやや斜め姿勢で胡座を組んだ。

胡座についいては、白石も相手の武士も、何も言う様子がない。

銀次郎が、自分を見つめる初対面の武士の眼差《まなざし》に涼《すず》やかさを覚えたとき、その武士が口を開いた。

「うむ、よく似ておいでじゃ。全身に漲《みなぎ》る剛《ごう》にして凛《りん》たる印象は、瓜二《うりふた》つじゃ」

銀次郎が「え?」という表情を拵えるよりも先に、白石が付け足した。

「銀次郎殿。この御方《おかた》が柳生家五代御当主**備前守俊方**様じゃ」

「あ、これは……」

さすがに銀次郎は小慌てとなって、胡座を組んだ姿勢のまま、両拳《こぶし》を畳に確りとつけ深く頭《こうべ》を下げた。まるで合戦の場における荒武者の挨拶だった。

「加賀守を戴きましたる桜伊銀次郎と申しまする。若輩なる未熟者でございますが、何卒《なにとぞ》よろしく御見知りおき下されませ」

「おお、野太い声までもそっくりじゃな。私はのう加賀殿《かがどの》。幼少の頃、八歳か九歳の頃であったか。其方《そなた》の祖父桜伊真次郎芳時殿に二、三度ばかり会《お》うておるのじゃ」

「左様でございましたか……」

と、銀次郎は驚きの面《おもて》を上げ、背すじを正しく伸ばした。

「二十七歳の若さで病死した私の父柳生宗春（柳生宗冬の長男）はのう加賀殿。柳生宗冬（柳生家三代）、柳生十兵衛（柳生家二代）をこえて柳生宗矩（江戸柳生の祖）に迫る凄腕の剣客であったと伝えられている」

「ほう、それはまた……」

「しかし病《やまい》には勝てなんだ。だから私は叔父である柳生宗在（柳生家四代。宗春の弟）を父と見て育ったのじゃ。その叔父宗在と其方《そなた》の祖父殿（真次郎芳時）とは妙に気が合《お》うたらしく、かなり昵懇《じっこん》の間柄であった」

「驚きました。初耳でございます。が、祖父真次郎芳時が柳生新陰流にかなり傾倒していたことは存じてございます」

二人の話を筑後守白石は、中空の一点をじっと見すえ〝表情なき表情〟で黙って聞いていた。二人の間に割って入ろうともしなければ、話の先を折ろうとする様子もない。

「ときに……」

と、備前守俊方の視線が、胡座を組む銀次郎の膝頭へ漸《ようや》く向けられた。

「筑後殿（白石）から伺ったが、膝の具合はどうじゃ」

「かなり良くはなりましたが……見苦しく非礼なるこの座り様《よう》をどうかお許し下さい。誰とも判らぬ連中に襲われまして、いささか不覚を取りましてございます」

「白装束に金色の襷掛《たすきがけ》の集団……と筑後殿（白石）より伺っておるが」

「はい。幾人かは倒しましたなれど、素姓《すじょう》は判っておりませぬ。備前守様（柳生俊方）も奇襲なされましたこと、私の耳に届いてございます」

「うむ。矢張り白装束に金色の襷掛《たすきがけ》、それも相当な手練《てだれ》集団であったわ。どうも反幕的な大きな黒い影が再び動き始めたようじゃな加賀殿。其方《そなた》の膝が気になる。何の不安もなく動けるようになるには、あと幾日くらいを要するのかな」

「三、四日、というところでございましょうか」

「それを聞いて安堵《あんど》した。実はのう……ま、筑後殿（白石）も加賀殿も、も少し膝を詰めてくれぬか。ちと耳に入れておきたいことがある……」

備前守俊方はやわらかな眼差《まなざし》をいささかも変えることなく、自分の膝前へ視線を落としてみせた。

白石と銀次郎が、備前守俊方との間を詰めると、備前守の目がきつい光を帯び出した。

「横満新左《よこみつしんざ》。座敷より出て大障子を閉じよ」

「はっ」

先程から敷居を入ったところで身じろぎ一つせず控えていた若い武士が、備前守俊方に命《めい》ぜられるや否や、するりと座敷より出て大障子を閉めた。

この若い武士――横満新左――が、備前守俊方の身辺警護を担う柳生忍の手練であることを、白石も銀次郎もまだ知らない。

備前守俊方が抑え気味の声で、しかし落ち着いた口調で言った。

「実は先程、上様（幼君）にも間部《まなべ》越前守（詮房《あきふさ》）様にも御報告申し上げたのだが、昨夜遅くに大和国《やまとのくに》柳生より江戸藩邸へ速馬があり、二十数名からなる白装束によって柳生の里が襲撃を受けた、との報告を受けたのじゃ」

「な、なんと……」

聞いて余程に衝撃を受けたのか、白石が思わず膝を前へ滑らせた。

銀次郎も驚かぬ訳にはゆかなかった。口をへの字に結び上体が備前守の方へ深く傾いていた。

四十二

備前守の話は続いた。真剣な表情に変わっていた。

「そこでだ加賀殿。大変面倒を掛けて申し訳ないが、其方《そなた》、私の代わりに柳生の状況を検《み》て来て貰えぬか……」

「え、私がですか……」

と、銀次郎はまたしても驚かされるのだった。

白石にとっても今の備前守の言葉は、予想だにしていなかったのであろう、

（それは余りな……）とも受け取れる顔つきとなっていた。

だが、備前守はすかさず付け加えた。

「これについては先程、上様および間部越前守様より、承諾を頂戴いたしているのじゃ。将軍家兵法指南の重職にある私が、あたふたと動いては見苦しい上に余りに目立ち過ぎる、と申されてな」

「なるほど、頷ける御言葉でございます。その上、備前守様はすでに刺客に狙われたるお立場でござりますゆえ、江戸より遠い大和国《やまとのくに》柳生へお急ぎになる途上で、再び襲われないとも限りませぬ」

「うむ、それよ……」

「刺客など怖《おそ》れる筈もない備前守様であり柳生家であると、承知してはおりまするけれど、襲う事の回数を重ねること自体が見えざる敵の目的であるやも知れませぬ故、ここは動かれぬ方が宜しいかと思いまする」

「左様か。では柳生行き、引き受けてくれるのじゃな」

「確かに……」

「有り難い。若し必要ならば、柳生忍を目立たぬよう幾人か付けることは出来るが……あくまで目立たぬようにな」

「いいえ。この旅は目立つ訳には参りませぬ。私ひとりで参ることが最善であろうと思いまする」

「同感じゃ。路銀《ろぎん》（旅費）はのちほど屋敷へ届けさせよう。それでよいかな」

「恐れ入ります」

「向こうへ着いてから、どのように動くかは、加賀殿の判断に一任いたす。上様も間部越前守も、そうせよ、と仰せであるのでな」

「承りましてございます」

「では、私はこれで退《さ》がると致そうか。大和国《やまとのくに》柳生が襲撃さる、と上様に御報告に参ったら、間《ま》もなく加賀殿が登城すると告げられ、此処で待機していたのじゃ。突然の頼みにもかかわらず、よく承知してくれ、この備前守俊方ありがたく思う。この通り……」

万石大名にして将軍家兵法指南の柳生備前守俊方が、銀次郎に対し軽くではあったが丁寧に頭を下げた。

備前守俊方が溜之間から退出したあと白石は上座に座り、銀次郎も姿勢の向きを少し改めて二人は向き合ったが、暫《しばら》くの間、共に無言だった。

将軍家兵法指南の国許《くにもと》（領国）が、二十数名もの白装束に襲われたということは、それほどの衝撃を白石と銀次郎に与えていた。

「一体、暗殺者たちは何者であるのかのう……かなり組織化されているようだが」

白石が沈黙を破って、ポツリと呟いた。

銀次郎が静かに返した。

「組織化もさることながら、相当な戦闘訓練を積んでいると見ました」

「戦闘訓練かあ……合戦の世に逆戻りしなければよいが……心配じゃ」

「幕翁《ばくおう》の怨念が動き始めたのやも知れませぬ」

「銀次郎殿には、その不安があるとでも？」

「頂点とその周辺の強力な礫どもは叩き伏せたと、確信いたしております。またその裾野《すその》に広がる家人団《けにんだん》も、松平家によって間違いなく大打撃を受けた筈です。しかし……」

「しかし？」

「たとえばたった一粒の怨念を取り逃がしたと仮定して、その怨念力が激烈ならば、その一粒はたちまちにして伝播《でんぱ》力を広げ恐るべき力と形に変化いたしましょう」

「そうじゃな、怨念の感染力と申すのは、確かに恐ろしい。倒した、叩けた、という思いあがりが強ければ強いほど、油断というのは生まれ易《やす》いからのう」

「人間というのは誰もが一人や二人『あいつだけは夜道で暗殺したい』『あ奴だけは俺《おれ》の命が絶えるまでに必ず殺《や》る』といった情無用《なさけむよう》の願望を密《ひそ》かに抱いているものです」

「おいおい、銀次郎殿。物騒なことを言うが、其方《そなた》もなのか」

「たとえば、を申し上げただけです。しかし、卑劣極《ひれつきわ》まる手段によって心身に回復不能な深い傷を負わされた者の**暗殺願望**というのは、絶対に消えることなくメラメラと烈しい炎《ひ》を噴《ふ》き続けるものです。消えることなく必ずやメラメラと……」

「烈しい暗殺願望……かあ。判らぬでもないが……恐ろしいのう」

白石が天井を見上げ、眉をひそめて小さな溜息を吐いた。

銀次郎が言った。

「幕翁一派は、幾度となく卑劣極まる手段を用いました。**力《ちから》の非合法的濫用《ひごうほうてきらんよう》**と称すべき卑劣な手段をです。これに対し我我幕府側は正統な判断に基づき、防衛的反撃を加えただけです」

「うむ。それは言える。幕翁は**己《おの》れの存在を崇高なものと錯覚して権威の強化を謀《はか》り**、その結果、愚《おろ》かにも**力の非合法的濫用**へと走ったのじゃ、この愚《おろ》かさは間違いない」

「はい。仰せの通りです」

「それにしても、またしても重い御役目を背負うてしまったな。上様と間部越前守様が承諾なされた以上、早い内に江戸を立って柳生の里へ向かわねばならぬのう」

「はい。早い内に立ちまする。だれにも悟《さと》られぬようにして……」

「私は、幾人かの供を従えて江戸を立つべきではないかと考えるが……。其方《そなた》の肉体《からだ》はこれ迄に余りにも傷を負い過ぎてきた。これ以上肉体《からだ》に**損傷**を浴びてはならぬ。黒書院監察官大目付としてものう」

「**損傷**と申されましたか。ご心配いただき嬉しく思いまする。しかし、供侍は要《い》りませぬ。幾人もの集団で行動に移れば、かえって邪《よこし》まなる組織に気付かれましょう」

「かと言うて……」

「大丈夫です。私の判断にお任せ下さい。柳生の里の状況を把握し、襲撃者の実体に近付くことが出来ましたならば、それ以上は深入りせず、報告のため一度は江戸へ戻って参りまする」

「左様か。それを約束してくれるか」

「はい」

「私は其方《そなた》と膝を交《まじ》えて酒を酌《く》み交《か》わしたいのじゃ。その席で『采覧異言《さいらんいげん》』の感想などをな、聞かせて貰いたいと思うておるのじゃよ」

「そのこと、私も楽しみに致してございます。筑後守様（白石）は、若《も》しや酒豪ではありませぬか」

「いいや、普通じゃ。其方《そなた》こそ大変な酒豪ではないのか。そのような面構《つらがま》えを致しておる」

「いいえ、普通でございまする」

「これ、偽《いつわ》るでない」

二人は顔を見合わせ、思わず目を細めて声無く破顔した。

このとき日当たりの良い大障子に人影が映って、

「おそれながら……」

と、暗い響きの——陰《いん》に籠《こ》もった——声があった。

「茶坊主であろう。そろそろ刻限かのう」

呟いて白石は腰を上げ、閉ざされている大障子の方へと向かった。

銀次郎は自分が今、江戸城本丸『溜之間』に座しているのだという現実を、改めて噛みしめた。噛みしめはしたが不思議なことに、感動も緊張感もさほどには無かった。

ただ、剣客であり兵法家である柳生備前守俊方とはじめて出会ったことについては、胸の内に熱い感情《もの》を覚えていた。

(備前守様が刺客に襲われ、柳生の里も襲撃されたとなると……これは只事では済みそうにないな)

銀次郎はそう思うと、己れの肉体に再び刀傷《かたなきず》が付くであろう、という予感に見舞われた。

（白装束どもの狙いは何なのか……幕府重臣たちを次次と襲って、政治基盤に揺さぶりを掛けている積もりなのか。あるいは、もっと大きな目的を抱いての行動なのか……もっと大きな目的だとすれば……それは一体何だ）

銀次郎が胸の内で呟き終えたとき、筑後守白石が戻って来た。

が、腰を下ろしはしなかった。

「銀次郎殿。いよいよ上様にお目に掛かって戴く。心構え宜しいな」

「落ち着いてございます。刀（大刀）は如何《いかが》いたします？」

「お持《も》ちなされ。桜伊家の白革菱巻《しらかわひしまき》の柄《つか》に黒漆塗鞘《くろうるしぬりさや》の太刀《たち》は、過ぎ去りし戦場にて神君家康公の危難を救った歴史的剛刀、備前長永国友と政権中枢部ではすでに承知されておる。お持ちなさるが宜しい」

「判りました」

「では参ろうか。ついて来なされ」

「その前に……少し余談になりまするが、**大坂夏の陣**（慶長二十年・一六一五）において家康公が腰に帯びていた太刀は筑後国の名匠三池元真《みいけげんしん》の作、藍革菱巻《あいかわひしまき》の柄《つか》に黒《くろ》漆《うるし》塗《ぬり》鞘《さや》の名刀でございました」

「ほう、それは初耳じゃ。私は刀の知識にいささか疎《うと》いが、其方《そなた》の備前長永国友の外見とは柄の色、白革《しらかわ》と藍革《あいかわ》（藍色《あいいろ》に染《そ》めた鞣革《なめしがわ》のこと）の違いだけじゃな」

「ですが家康公のこの名刀の銘がいまだ意味不明でございまして……」

「名刀の銘がいまだ意味不明？」

「妙純傳持《みょうじゅんでんじ》ソハヤノツルキウツスナリ……でございます」

「なに？」

と、立ったままであった白石が再び腰を下ろした。神君家康公所持であった名刀（重文。久能山東照宮蔵）と聞いて、武《ぶ》に疎《うと》い自分ではあっても知っておかねば、と思ったのだろうか。

実際、銀次郎時代の侍の『武《ぶ》の意識』などというのは、合戦なき平和にどっぷり浸ってきたことが災いして、一部を除き殆ど枯れかけていると称しても言い過ぎではなかった。

「妙純傳持ソハヤノツルキウツスナリ……です」

銀次郎はもう一度ゆっくりと口にしつつ、自分の目の前に字を書いてみせた。

「ほう……なるほど……学問的に頭をひねってみても、解けそうにないのう」

「余談でございました。申し訳ありません。参りましょうか」

「うむ」

今度は銀次郎が促して二人は共に腰を上げ、『溜之間』を立った。

明るい広縁に茶坊主の姿は既になかったが、白石は全く気にしてはいない様子だった。

茶坊主とは正しくは、剃髪《ていはつ》（坊主になる）をして法服を着用し、城中の色色な雑用を担う『**坊主衆**』を指して言う。

この坊主衆は三つの組織に分かれていた。一つは**同朋頭**《どうぼうがしら》の下に置かれている奥坊主と表坊主。次に**数寄屋頭**《すきやがしら》の支配下にある数寄屋坊主。そして**寺社奉行**支配下の紅葉山《もみじやま》坊主、の三つである。

さきほど『溜之間』に「おそれながら……」と陰に籠もった声を掛けたのは、御三家や溜之間詰（溜詰とも言う）大名の茶や雑事を担う、数寄屋坊主であった。その一方で此処《ここ》本丸『表』の**各座敷の管理**を担うのは、表坊主（同朋頭の支配下）である。

しかし、あの坊主この坊主とせわしく登場させるとややこしいので、ここでは数寄屋坊主の出現に止《とど》めたい。

白石の歩みが十数歩と行かぬ間に止まって、「いよいよ黒書院に入るが大丈夫じゃな」と凄い目で銀次郎を睨みつけた。

銀次郎は無言の頷きで応《こた》えた。落ち着いている自分がよく見えていた。

彼は神君家康公を救った腰の備前長永国友を左の手で取り、右の手へ静かに移した。

その動作を目で追っていた白石が、「うん……」という表情を拵え、やや早口で囁いた。

「今日は見て判るように黒書院は堅く閉ざされておる。上様が幼君であらせられるため、黒書院を公私にわたって御利用なされる機会が少ないのが実情じゃ。たいていの場合、老中、若年寄など上級幕僚が上様に代わって御役目を担っておる。別間《べつま》でな」

「左様でございましょうね。頷けまする」

「とはいえ、幼い上様が形式的にしろ、公《おおやけ》のかたちで黒書院に着座なさることが必要な場合がある。このときは、老中、若年寄も奏者番《そうじゃばん》も、上様（幼君）をお見守りなさるかたちで公の御役目として居並ぶこととなる」

「その場合の奏者番は確か、上様に拝謁《はいえつ》いたす者を指導し介添《かいぞえ》いたす御役目ではありませなんだか。むろん、他にもむつかしい多くの御役目に就いているようですが」

「うん。老中の監督下に置かれている奏者番の御役目を一言で申さば、本丸殿中における様様な**武家儀礼の執行**ということになろうかのう」

「そのうち、私の方から奏者番と懇談する機会をつくってみましょう。学ぶことが多いかも知れませぬ」

「その調子よ、その調子。ま、本日は特別なかたち、異例のかたち、で銀次郎殿は上様に目通り致すこととなる。幼君だからと言って、油断いたすなよ」

「むろんの事でございます」

「よし……」

白石の銀次郎を見る眼差《まなざし》が、また睨みつけるような険《けわ》しさとなった。

四十三

銀次郎は白石の後に従って、黒書院に入った。幕府最高政治顧問(白石)に導かれて幕僚が黒書院へ入るのが異例のことならば、黒書院直属監察大目付という上級役職の者がはじめて黒書院へ立ち入るのもまた、異例中の異例のことだった。

黒書院内は、濃い闇の中にあった。ところどころに蛍の光くらいにしか見えない小さな行灯《あんどん》の明りが点《とも》されていたが、闇に吸い込まれてしまって殆ど役に立っていない。なにしろ百九十畳の大書院である。しかし無外流の激しい『暗闇稽古《くらやみげいこ》』に長く耐え抜いてきた銀次郎にとっては、苦にならぬ暗さだった。

さきほど白石に白書院(三百畳)の内部を見せて貰ったとき、「次に目にする黒書院とは内部の構造に途惑う程の相違は無いゆえ、ここ(白書院)を確りと見て頭に入れておきなされ……」と言われていた。

(なるほど、似たような構えではあるな……)

銀次郎はそう思いながら、白石に「座りなされ」と促されて畳の上に静かに腰を下ろした。但し、胡座を組んだ姿勢であった。そして備前長永国友を背後に置く。

銀次郎は小声を白石へ向けた。目は闇に向けたまま。

「一つお教え下さい筑後守様」

「何かな？」

「この〝闇の出迎え〟は、誰のお考えでございますか」

「さて、知らぬ。見当もつかぬ。いささか驚いておる」

「幕僚たちが上様に拝謁いたす場合、事務的に接する相手について、簡単にお教え下され」

「同朋頭、目付、奏者番の順となるかのう。これらの役職たちの間《あいだ》間《あいだ》で下役の者たちが幾人も忙しく動き回ることになるが、それも知りたいかな」

「いいえ。同朋頭、目付、奏者番で結構でございまする」

「同朋頭の下にはのう銀次郎殿。奥坊主と表坊主というのがいる。奥坊主は上様まわりの単純な雑用を任されたり、老中や若年寄に接する機会が多い」

「なるほど……だから坊主に奥が付くのですな」

「一方の表坊主は、本丸『表』の座敷を管理することが御役目でな。したがって登城して座敷に詰める大名や旗本に付いて給仕を務めたりして、つながりが強い。『表』の座敷にかかわってくる全ての雑用を担っているため、家主《やぬし》的意識が強い。ま、こんなところじゃろ」

「判りました。有り難うございまする」

「但し勘違いなさるなよ。同朋頭（二百俵高）もその下の同朋（百俵高）も坊主たち（二十俵二人扶持）も、上級幕僚の雑用を担っていることもあって鼻息の荒い者が多いが、格は低いのじゃ。鼻息の荒さに気圧《けお》されなさるなよ」

「畏《かしこ》まりました」

銀次郎が小声で応じた時であった。まるでその「畏まりました」を待ち構えていたかのように、黒書院にひとすじの光が差し込み、それが焦《じ》れったい程ゆっくりと黒書院の畳の上で幅を広げ出した。

白石は泰然《たいぜん》としていたが、胡座を組む銀次郎の右手はすでに、胸の内で脇差の柄に触れていた。自分のためではなかった。隣に座している筑後守白石の身を護るためであった。妖怪床滑七四郎を倒した銀次郎にとって、黒書院の中で『ある』『なし』は関係なかった。頭の中ではすでに、この〝闇の出迎え〟を誰が企んだのか、（突き止めなければならぬ……）と思ってもいる。

書院に差し込んできた光は、黒書院の西側と北側の大襖《ぶすま》が殆ど同時にゆっくりと開けられたことによるものだった。

つまり、そのためには二名の者が、その作業（御役目）に就いている筈だった。

茶坊主か？

西側と北側の大襖が完全に開けられ、広大な泉水庭園に満ちていた眩しいばかりの光が黒書院に流れ込む。

しかし、その大襖を開けた筈の二人――おそらく茶坊主――の姿は、見えなかった。開けた大襖の陰《かげ》でじっと蹲《うずくま》っているのであろうか。意地悪く目を光らせて。

白石は相変わらず、泰然として動じない。

銀次郎は目の前に広がった黒書院百九十畳の全貌を見まわした。

白石が呟いた。

「我我は今、**下段の間**を目の前、正面に見るかたちで、その下座に位置する**控**《ひかえ》

畳《だたみ》に座《ざ》しておる。**下段の間**の向こう奥が上様の御着座なさる床の間付きの**上段の間**じゃ。判りまするな」

「はい」

「**御着座の間**（上段の間）の右が**囲炉裏の間**、そしてその手前を**西湖の間**と称するのじゃ。この四間と下座に位置する**控畳**《ひかえだたみ》で黒書院はなっておる」

「承りました」

「こうして見ればひと目で判るように、**御着座の間**の床は、他の三間《さんま》（下段・囲炉裏・西湖）の床よりも六寸三分ばかり高くなっておる。更に付け加えれば、**上段の間**と**下段の間**の天井は**張付天井**、他の二間《ふたま》（囲炉裏・西湖）の天井は**猿頬**《さるぼお》天井じゃ」

「猿頬《さるぼお》天井？……」

　銀次郎は視線を右斜め上の方向、**西湖の間**の天井へと移した。

「天井で格子状に美しく直交して組まれておる細長い水平材が見えよう。これを**格縁**《ごうぶち》と言うそうじゃ。この格縁《ごうぶち》の断面が意匠的《いしょうてき》に猿の顔▽に似ているところから、猿頬《さるぼお》天井と言われておる」

「ほほう……」

銀次郎が、聞いて思わず表情を緩めたとき、

「お見えのようじゃな」

と漏らした筑後守が、ゆったりとした動きで平伏をした。

銀次郎も、白石を見習った。気分は冴《さ》え返《かえ》っていた。

が、銀次郎は、黒書院に近付いて来る人の気配を、捉えてはいなかった。むろん、足音も伝わってはこない。むしろ、白石が言った「猿の顔に似ていることから、猿頬《さるぼお》天井と言われておる」という言葉が、妙に耳の奥にこびりついていた。

建物に天井がつくられる――張られる――ようになったのは、仏教建築が日本の外《そと》から伝わってきた**平安時代の中頃《なかごろ》以降**のことだ。

この天井を構造の違いから眺めると、**組入《くみいれ》天井**（根太《ねだ》天井とも）と**吊《つり》天井**に大きく分けることが出来るという。

組入天井というのは天井が細かい格子状（十センチ角くらい）に組まれており、二階床天井とも称すれば判り易いだろうか。丈夫な支《ささ》え材つまり構造材によって全体が守られており、その支え材の一部が**露出**していて、下から仰ぐとそれがはっきりと認められる。こうしたことから平安時代には天井のことを、単に『組入《くみいれ》』

とも呼んでいたらしい。

吊天井はその名の通り、丈夫な構造材である梁《はり》から吊り下げられたかたちの天井で、そのため構造材は天井に隠されており、下から仰いでも見えない。猿頰天《さるぼお》井は、どうやらこれに該当するようだ。

「お見えだ……」

平伏の姿勢を微動もさせない白石が、呟いた。囁いた、よりも呟いたが似合う微かな声だった。

けれどもその前に銀次郎の聴覚は、幼い足音と大人の足音を右手斜めの方角に捉えていた。

彼が捉えたその方角は、間違ってはいなかった。

『囲炉裏の間』の斜め背後は、御成《おなり》廊下とつながっている。御成廊下とは上様が黒書院へと入って参られる廊下を指している。黒書院とつながっているその廊下の出入口は閉じられていたが、それが御役目の者の手で開けられ、幼い足音と大人の足音が入ってきた。

白石が一段と頭を低く下げたと判ったので、銀次郎もそれを見習った。

と、大人の足音はすぐに気配を消したが、幼い足音はつかつかと白石と銀次郎に近付いた。

「白爺《しらじい》、堅苦しいぞ。面《おもて》を上げよ」

黄色い幼い声であったが、平伏している銀次郎が思わず「お……」と胸の内で驚いたほど、引き締まった響きがあった。

筑後守白石が、ゆるやかに平伏を解いたが、銀次郎は続けた。

「今日も御健《すこ》やかな御様子。この筑後、うれしく思いまする」

「このような下座に座ることは許さぬぞ白爺《しらじい》。いつもの位置へ移るのじゃ。さあ、早く」

「承知いたしました」

幼君より親しげに白爺《しらじい》と呼ばれた筑後守白石が、座を立って下段の間の方へと移ってゆく動きを銀次郎は平伏したまま捉えながら、幕府における白石の〝重さ〟を改めて感じさせられた。

「さて……」

黄色い幼い声が、平伏する銀次郎の真前《まんまえ》となった。

「従五位下加賀守桜伊銀次郎じゃな」

　じゃな、という表現に老職たちの幼君に対する教育を覚えながら、銀次郎は平伏の姿勢をいささかも変えず、「はい」と言葉短く答えた。

「面《おもて》を上げよ。楽に致せ」

「その前に、正座いたしておりませぬ非礼なる我が姿勢を、お詫び致さねばなりませぬ。何卒お許し下されませ」

「膝頭に傷を受けたることは、すでに承知いたしておる。気にせずともよい」

　幼いながらも何という英邁《えいまい》な……と感じながら銀次郎は、

「恐れ入ります る」

と応じつつ、静かに面を上げて、顔が触れ合うほど間近《まぢか》な幼君家継（七代）と目を合わせた。

　幼君が一瞬、息を呑んで、背すじを反《そ》らせた。

　銀次郎はやさしく目を細め、そっとした口調で言った。相手が余りにも、ひ弱そうな体つきであったから。

「顔や首すじに受けましたる無数の創痕《きずあと》が消えぬ内に登城いたしましたる余りに

見苦しき非礼につきましても、心より深くお詫び申し上げねばなりませぬ」

「その傷痕《きずあと》、御役目を成し遂げようとしてのことなのか」

「左様にございます」

「なんてことじゃ。さぞや、痛かったであろう……のう、銀次郎、痛《いと》うはなかったか」

「痛うございました。幾日にも亘《わた》って気を失っていたこともございました」

「幾日も気を……」

幼君家継は恐ろし気に呟くと、みるみる両の目を潤《うる》ませて、「**まなちい**（間部越前守のこと）……」と後ろを振り返った。

七代将軍徳川家継の幕政を事実上掌握している老中格側用人**間部《まなべ》越前守詮房《あきふさ》**はこのとき、**下段の間の上座**に横向きに座って目を閉じていた。噂どおり、端整な面《おもて》であった。美男だ。

筑後守白石はその手前に位置して座し、矢張り黙然として目を閉じている。

二人とも幼君の口から出た「まなちい」が、耳に届いていなかったのであろうか。

「上様……」

と、銀次郎が物静かな調子で声を掛けると、幼君家継は姿勢を戻した。

「幕臣の御役目と申しますのは、算筆《さんぴつ》に重きを置いて務《つと》めまする机上の仕事もあれば、命を賭《と》して血みどろを覚悟し全知全能で果たさねばならぬ仕事もあります る。このどちらの御役目も幕府にとっては重要であり、征夷大将軍である上様は、それらの御役目の全てに対し、冷静に目を向ける責任がございます。冷静に」

「それくらいの事は、**まなちいや白爺**に教えられて判っておるわ」

「であるならば、この加賀(加賀守)の、いいえ桜伊銀次郎の顔の傷痕《きずあと》ごときで、心を震わせてはなりませぬ」

「じゃが銀次郎が可哀相じゃ。そう言うたのが悪いか。そう思うたのが悪いというのか」

「う、上様……」

さすがに、ぐっと胸にこたえる熱いものがあって、銀次郎は思わず浅く平伏した。

「銀次郎、これからは余《よ》と話を交わす機会を増やしてくれぬか。余の方から其方《そなた》の屋敷へ出向いてもよいぞ」

「それはなりませぬ。上級幕僚が次次と素姓不明の輩《やから》に襲撃され、命を落とす者も出ているのです。それに征夷大将軍たる者、軽軽しく幕僚の屋敷《すまい》を訪れるものではありませぬ」

「なぜじゃ……」

「それは上様が、父とも思い祖父とも思うておられる、人生の位《くらい》高《たか》き御方様《おかたさま》より教えて戴きなさいませ。この銀次郎の御役目ではございませぬ」

「人生の位《くらい》高《たか》き、と申したな」

「はい」

「まなちいと白爺の二人じゃな。判った」

「上様……」

「なんじゃ」

「この銀次郎、上様より命じられました重大な御役目を果たさぬ内に、こうして登城致してしまいました。申し訳ございませぬ。これより急ぎ屋敷へ戻って、先ず柳生の里へ立つ準備を整えなくてはなりませぬ。宜しゅうございましょうか」

「おお……備前（柳生俊方）も刺客に襲撃されたのであった」

銀次郎はここで囁くようにして、幼君家継に告げた。

「御側御用人**間部越前守**様に初対面の挨拶をさせて下さりませ」

「そうであったな」

家継も囁き返して、幼《おさな》く微笑んだ。話し言葉は随分と確りしてはいるが、まだ子供であった。それに、ひ弱な印象だ。

家継は身を翻《ひるがえ》すようにして、間部越前守と向き合う位置に腰を下ろすと、顔を近付け何事かを囁いた。

筑後守白石は、変わらず黙然と目を閉じたままだ。

と、間部越前守が硬い表情で**上段の間**を指差し、家継に何事かを告げて腰を上げた。

家継が漸く**上段の間**へ着座。

銀次郎は、越前守がこちらへ向かってきたので深深と平伏した。最初が大事、と素早く思った。

四十四

美男の間部越前守と銀次郎との初対面の挨拶は、銀次郎自身が驚くほど事務的かつ簡潔に終わった。越前守が余りにも言葉少なかったからだ。これまでの銀次郎の御役目旅にも全く触れなかったし、目立っている幾つもの顔の傷痕《きずあと》にも、膝を負傷していることにも、触れなかった。

ただ、座っていた元の位置に戻る際に、「これからも頼むぞ。これからもな……」と、銀次郎の肩に手を置いて深深と頷いて見せた態度には、熱く胸を揺さぶられた銀次郎であった。

越前守が元の位置に座ると、上段の間に姿勢正しく座《ざ》して片時も銀次郎から視線を逸《そ》らさなかった幼君家継が、

「銀次郎、もそっと近くへ参れ……」

と、声を掛けた。

銀次郎は小慌てになることもなく、返した。

「私はこの位置にて確りと上様のお声を聴き取れまする。位《くらい》に値せぬ者が無闇に上様の身傍《みそば》へ近付き過ぎることは、厳に慎まねばなりませぬ。また上様ご自身も、信頼明らかならざる者を身傍《みそば》へ招くことは、たとえ城中と雖《いえど》も用心いたさねばなりませぬ」

「何故じゃ」

「将軍家兵法指南の柳生俊方様ほか上級幕僚が次次と、大胆にして手強い刺客集団に襲われてございます。この城中にも既に忠誠面《ちゅうせいづら》をした刺客が入り込んでいると警戒なされませ」

「なにっ」

と、思わず幼君が腰を浮かしかけ、越前守詮房《あきふさ》と筑後守白石も驚いて、はったと銀次郎を睨みつけた。

それはそうであろう。既にこの城中に刺客が入り込んでいる、と明言したのであるから。

しかし銀次郎は表情ひとつ変えずに続けた。

「私が着流しに帯刀という非礼なる姿で登城いたしましたのも、城中における万が一の事態に備えてのことでございまする。堅苦しい着物に五体を覆われていますると、いざという場合に素早い動きに移れませぬゆえ」

すると幼君が座を立って、下段の間の上座に位置する越前守詮房の傍へ寄り、何事かを囁いた。

一瞬、越前守詮房の表情が困惑の色を見せた。それが離れている銀次郎にもはっきりと窺《うかが》えた。

一方の筑後守白石は黙然としたまま目を閉じている。

越前守が幼君と銀次郎を見比べ、そして小さく首を縦《たて》に振った。

明らかに、仕方がない、という顔つきであった。

幼君が越前守の前から離れ、白石の前を過ぎ、再び銀次郎に近付いた。

「銀次郎、今からこの家継について参れ」

「ついて参れ……とは、どちらへ参られまするか。心の準備も必要ございますれば、何とぞ行き先についてお聞かせ下さりませ」

「大奥じゃ」

「え？……恐れながら、今なんと申されましたか」

「無礼な奴。この家継に同じ事を二度も言わせる気か」

なんと、越前守と筑後守によって、幼君でありながらここまで教育されておられたか、と改めて胸中で目を見張る銀次郎だった。

「聞き誤れば大きな間違いに、つながりかねませぬ。上様を大切な御方と思いますればこその、再確認でございます」

「**大奥**じゃ。三度は言わぬぞ」

「**大奥**……これは私のような軽輩が迂闊《うかつ》に立ち入ってはならぬ位《くらい》高き場所にございます。こればかりは上様の御言葉に易易《やすやす》とは従えませぬ」

さすがの銀次郎の頰も紅潮していた。家継の言葉にかなりの衝撃を受けたのである。

と、それまで黙然として目を閉じていた白石が、銀次郎を見てこう言った。

越前守詮房ではなく、白石が言ったのだ。

「銀次郎殿、いや黒書院直属監察官大目付殿。上様の御言葉に従いなされ。上様の御言葉は、**要請**ではなく**命令**であると理解なされよ。心得違いをしてはなりませぬぞ」

「は、はい……仰せの通りでございました」

銀次郎は白石に向かって軽く頭《こうべ》を下げてから、家継と目を合わせた。

「お供させて戴きまする上様。ところで……」

「刀を手にしての、着流しのままでよい。けしからぬ身形じゃが、許す」

「はっ。それでは……」

「おいで……」

言葉短く言って、家継は上体を前に傾け、銀次郎の腕《かいな》に手をやった。

それは家継が銀次郎に対しはじめて見せた、幼い言葉であり幼い動きだった。

銀次郎は名刀**備前長永国友**を右の手にして、立ち上がった。

すると家継が甘えたような様子で寄り添い、銀次郎の左の手に自分の右手を絡《から》めたではないか。

要するに、手をつないだのだ。まさに幼子《おさなご》であった。しかも甘えている。明らかに。

銀次郎が困惑気味に、越前守と筑後守の方へ視線をやったが、二人はあらぬ彼方《かなた》を見て知らんぷりだった。

ただ銀次郎は、筑後守（白石）の口許にひっそりとした笑みがあるのを見逃さなかった。

（こいつぁ若《も》しかして初めから企てられていたんじゃねえの、筑後守様よう……）

銀次郎は胸の内で苦笑を漏らしつつ、幼将軍に手を引っ張られていった。

彼、銀次郎にとって、まさに息を呑む光景が広がり出した。

「黒書院を出て直ぐのこの廊下が、御成《おなり》廊下じゃ。余《よ》は御成《おなり》という言葉が嫌いであるから、**将軍廊下**、と勝手に呼んでおる」

「承りました。では私も、将軍廊下と呼ばせて戴きまするが、宜しゅうございましょうか」

「うん、よい」

うん、と頷いた家継の幼い様子に銀次郎は、生まれながらにして自由気儘《きまま》に幼さを味わえない宿命を背負った目の前の〝この子〟に、ふと哀《あわ》れを覚えた。

「銀次郎の手は、ごつごつと致しておるのう。まるで石ころじゃ」

「朝に夕に木刀や鉄棒を振っているからでございましょう」

「ふーん、鉄棒も振っておるのか」

と感心した家継の歩みが、黒書院を出て二十数歩と進まぬところで止まった。

「鉄棒を振るのは、肩から手首にかけての筋《すじ》の力を鍛《きた》えるためです。この力が弱いと刀はいざという場合、持主《もちぬし》の言うことを聞いてはくれませぬ」

「なに、言うことを聞いてくれぬか」

「はい」

ここで家継の小さな手は、銀次郎の〝ごつごつとした手〟から離れた。

「いま銀次郎が手に致しておる刀は立派じゃが、何だか重そうじゃな」

「桜伊家の宝刀でございまして、銘を備前長永国友と言いまする」

「え？　これが備前長永国友と言うか。**まなちい**(間部詮房)からも**白爺**(新井白石)からも聞いておる。戦場で神君家康公をお救いした刀であると。凄いなあ」

食い入るようにして銀次郎の右手にある刀を眺めていた家継が顔を上げて、銀次郎と目を合わせた。

何かを訴えようとするかのように、幼い二つの目がきらきらと輝いていた。

銀次郎は将軍廊下(御成廊下)の前後に視線を走らせ、人の姿が無いのを確かめてから囁いた。

「手に持ってみまするか」

「うん。持ってみたい」

にっこりと目を細めた表情は、幼児そのものであった。

「但し上様、内緒ですぞ。二人だけの内緒……」

銀次郎は我が面《おもて》を、家継の目の高さにまで下げると、小指を立てて見せた。

その小指に家継は自分の未成熟な白い小指を絡め、「判った。約束じゃな……二人だけの内緒」と、さも楽し気に頷いた。またしても二つの目が涼し気に輝いていた。

指切拳万《ゆびきりげんまん》の歴史は案外に古いようだ。古代においては重要な**約束事**や**契約**などに際して、**手**とか**指**とかの『**形**』あるいは『**動作**』を示し合うことで、その証《しょう》としたらしい。それが『**指切**』の姿で現代にまで引き継がれていると推量されているなら楽しいではないか。

なお拳万《げんまん》というのは、前述した**約束事**や**契約**を若し破ったりした場合、一万回の拳骨《げんこつ》を喰《く》らわされる、という習慣（罰則）からきているらしいから、これもまた面白い。

「さ、上様。両の掌《てのひら》を広げて出しなされ」

「こうか……」

家継は幼い両の掌《てのひら》を、上に向けて広げた。

「重うございまするぞ。確りとお受け取りなされ。お宜しいかな」

「大丈夫じゃ」

家継も銀次郎も囁き声を守っていた。共通の〝内緒〟のためだった。

銀次郎は名刀にして剛刀である白柄黒鞘の備前長永国友を、二輪の白い小さな花が咲いたような色白の幼い掌《てのひら》に、そおっと横たえた。但し、黒鞘を握っていた右の手は、そのままの形を崩すことなく、鞘に触れるか触れないかを微妙に保っている。万が一の落下に備えてだ。

「う……お、重い」

家継の頰に、さっと朱がさしたので、銀次郎の右の手が助けて優しく刀を取り上げた。

「銀次郎はそのように重い刀で、邪《よこし》まな者共を倒してきたのか」

邪《よこし》まという表現の用い処《どころ》を心得ている。英邁《えいまい》な幼君であった。銀次郎に注がれた大きく見開いた目に、驚きに加え敬《うやま》いの色さえ見せている。

「はい……さ、上様。先へ進みませぬと」

「凄い重さであったぞ。**まなちいや白爺**の刀を持たせて貰ったことがあったが、それよりもうんと重かった」

二人は囁き合いながら、人気《ひとけ》の全く絶えた——かに思われる——長い〝将軍廊下〟を歩み出した。

手をつないで。

四十五

二度、三度と折れ曲がった静かな御成廊下（将軍廊下）を、銀次郎は小さな手に引っ張られて進みながら、油断をしなかった。余りにも広過ぎて複雑に過ぎる本丸の一部を知っただけで、（これは幼い将軍にはいささか危険……）と感じ始めていた。

権力には凄まじい闘争が付きものであることを、銀次郎は旗本塾において『徳川幕府以前の歴史』の中で学んできた。この旗本塾は十五歳を境として『青年塾』と『成人塾』に分けられ、『青年塾』を優秀な成績で終えた者が、『成人塾』に進めることとなっていた。実は銀次郎は、この二つの課程を抜きん出た成績で終えている。

『青年塾』での講義は合戦史や権力史を主体とした。年若い内に争いの酷さ、を教え込もうとする幕府側の計算があるのだろう。これが『成人塾』になると一変し、忠誠、長幼の序、忍耐と自己犠牲、制裁と堪忍、などの精神について徹底的に叩き込まれるのだった。それこそ徹底的に。

こうして、いまの銀次郎が存在するのである。

もっとも、自立精神が旺盛で気性ことのほか激しい銀次郎に、それらの教育一つ一つがどれほど止《とど》まっているか甚だ疑問ではあるが。

「銀次郎。ここがまなちいや白爺と、よく内緒話をする御座の間じゃ……入ってみるか」

立ち止まって小声で指差した家継が、閉じられている大襖に触れようとした。

「なりませぬ」

と銀次郎は首を横に振り、

「先に『大奥』へお連れ下され。それが目的で黒書院を出たのでございましょう」

「わかった」

と、二人は再び歩き出した。

「さて、上様、そろそろ手をお放し下されませ。誰の目に止まるか知れませぬゆえ」

「なぜじゃ。銀次郎は、余《よ》が気に入らぬのか」

「とんでもないことでございます。噂通り大変に英邁《えいまい》なる御方と知って安堵いたし且つ嬉しゅう思《おも》うてございまする」

「そう言いながら、腹の内では失望いたしておるのではないのか」

「いいえ。では正直に申し上げて、お怒りになりませぬか。絶対に怒らぬとお約束くださるならば、上様にお目にかかって感じたことを、もう一点付け足して申し上げまする」

「申せ。決して怒らぬ」

はっきりとそう応じつつも、下から銀次郎を見上げる家継の円《つぶ》らな瞳には、いささか不安の色が宿っていた。

銀次郎が歩みを緩めて言った。

「では申し上げましょう。私には兄弟姉妹がおりませぬせいでしょうか。上様にはじめてお目にかかりました瞬間、まるで実の弟のような可愛さを覚えましてございまする」

「弟?……それは誠か?」

「誠でございます。年の差が大きい弟というのは、何の不思議もありませぬ。御不満でございましょうか」

「不満なものか。余を弟のように眺めることを、銀次郎ならば大いに許そう。だが、余は征夷大将軍じゃぞ。それを忘れて貰っては困る」

と、にこにこ顔で応じた家継であったが、言葉の最後のところで〝威厳〟をきちんと添えたのは、なかなかのものであった。**まなちい**および**白爺**の教育が生きているのであろうか。

「ところで上様。そろそろお教え戴かねばなりませぬ。上様が初対面である私を

『大奥』へ連れていこうとする目的は、一体何でございましょうか」

「銀次郎のような剣の達者でも、『大奥』へ足を運ぶのはさすがに不安か」

「はい。上様以外の男が立ち入ることを許されぬ位《くらい》高き場所にございまする。『大奥』を警備・管理する**広敷役人**と雖《いえど》もその行動範囲は厳格に制限されている筈でございましょう。その大奥へ何故にまた上様は、私を連れて参ろうとなさるのでございますか」

「**我が母上**に会わせるためじゃ」

「な、なんと……**我が母上**、と申されましたか」

「言うたが、どうした。我が母上が、其方《そなた》に会いたいと申しておられるのじゃ」

「上様の御母上様と申さば、前《さき》の将軍（第六代）で上様の御父君であられる家宣《いえのぶ》様の御側《おそば》様（側室、月光院）ではございませぬか」

「左様じゃ。余が大好きなその母上、月光院が銀次郎に一刻も早く会いたいと申しておられるのじゃ。我が母はとても美しいぞ。それでも気が進まぬと言うのか」

なんとまあ自在にしかも楽し気に御言葉を操《あやつ》られる幼君かと、改めて感心しつつその幼い顔を見つめ銀次郎は声低く応じた。

「とんでもございませぬ。私ごときが、いきなり月光院様にお目にかかれるなど大変名誉なことでございまする。しかし、なぜにまた月光院様は私に一刻も早くお目にかかりたいなどと？」

「そのようなことは知らぬ。知りたければ其方《そなた》が母上に直接、訊ねるがいい」

「それに致しましても……」

「なんじゃ。まだ心配ごとがあるのか。ここまで来たのじゃ。観念《かんねん》せい」

と、目を細めたにこにこ顔を一向に変えない、家継である。

先程よりも一層しっかりと手をつないでいる、と困惑気味の銀次郎だった。

「とにかく急ごう銀次郎。遅れると滝山《たきやま》に余も銀次郎も厳しく叱られるぞ。なにしろ怖いのだから」

「滝山《たきやま》と申されましたな。御役目《おやくめ》をお教え下さいますか」

「うん。余《よ》が尊敬する綺麗な母上の身を、いつも守ってくれておる影《かげ》の年寄《としより》（御年寄）じゃ」

「影の御年寄《おとしより》……」

年寄の上に御を付すことを忘れずに呟いた銀次郎の目が、僅《わず》かに光った。『大奥』について決して詳しくはない銀次郎ではあったが、影の御年寄など噂としてさえ耳にしたことがない。

「さ、早く……」

と、手をつないで放さぬ家継が尚も急がせる。

御年寄は、改めて述べるまでもないが大奥女中のなかでは最高権力の地位であった。

もっとも、その権力の幅や重さや形は、複数いる御年寄によって違ってくる。ある部分は微妙に、またある部分は圧倒的な格差として。

御年寄の首席は大御年寄と称されることが多く、その格式十万石をもって老中に匹敵し、若年寄を圧すると噂《うわさ》されていた。

今、この大御年寄の地位に就いているのが、妖艶な美貌で知られている『月光院様お付き』の絵島であることを、銀次郎はすでに承知している。

あれはいつの事であったか、元は品川の総網元（網元組合の支配人）で名字帯刀を許された海道権三郎《かいどうごんざぶろう》が営む高級料理屋『帆亭』へ、銀次郎は絵島に突然呼び出されていた（『侠客』㈡の七）。

その『帆亭』で絵島が言葉妖しく銀次郎に命じたのは……。

『向こう半年の間で、月に一、二度でよい。化粧、髪結、衣裳などの拵《こしら》えを調えてくりゃれ。大奥総取締の職に在《あ》る者として、増上寺と寛永寺へ代参致さねばならぬのじゃ』

であった。

そして拵え仕事の報酬として、問題の小判――番打ち小判――を実際に受け取ってもいた（のち返却）。

しかしその後、絵島側からは何の連絡も銀次郎は受け取っていない。はじめから〝面倒な〟と思う気持が無きにしも非ずであったから、銀次郎は自分の方から動くつもりは全くなかった。むしろ、連絡も指示も無いことを今では有り難いとすら思っている。そうこうする内に、激烈な『御役目旅』が突きつけられてきたのだ。

家継の歩みが止まって、漸くのこと銀次郎とつないでいた手を放して、前方を指差した。

「銀次郎、あれじゃ。水仙《すいせん》の絵が見事に描かれておるあの杉の白木戸《しらきど》が、大奥と中奥の境界となる**御錠口**《おじょうぐち》と言うてな。あの白木戸《しらきど》の向こうに、怖い**滝山**が控えておる」

「**滝山**という**影の御年寄**は、美しい月光院様お付きの護衛の御役目の筈でございましたな。それが月光院様の身傍《みそば》を離れ、御錠口に居てお宜しいのか？」

「**滝山**は余《よ》が『中奥』から『大奥』へ入る時だけ、御錠口《おじょうぐち》の向こうで待ってくれておるのじゃ。御錠口から母上の部屋まで余《よ》を無事に連れてゆくのも、滝山の役目なのじゃ。廊下は長いし、座敷は数え切れないほど並んでおるので、母上の部屋まで結構遠いのじゃ」

「なるほど……」

「銀次郎を『大奥』へ入れることに備えて、今日は御錠口の前に誰もおらぬようにしてあるが、いつもなら厳《いかめ》しい顔つきの剣の達者が宙を睨みつけるようにして座っておる」

家継が、そう囁いて笑った。いたずらを楽しんでいるような、屈託《くったく》が無い幼い笑顔だった。

が、銀次郎の視線は、御錠口に集中していた。

「こうして眺めまするとこ上様、水仙が描かれた白木戸は、御錠口の**中央の太い柱**を境として、左右に分かれて、つまり二か所にあると見て宜しいのですか」

「柱の左側の一段と大きな白木戸が、余《よ》の出入口なのじゃ。柱の右側の拵えが小さな白木戸は、**御役目**で大奥と中奥との間を往き来しなければならぬ**茶坊主**（女）の出入口でな」

「承りました。ところでその茶坊主の出入口の前に、天井から萌黄色《もえぎいろ》の太紐《ふとひも》が一本、人の腰高のあたりまで下がっておりまするが、あれは？」

「余《よ》がこの位置にまで来た時にな、役目に就いている者があの紐を引くのじゃ。すると鈴の音が御錠口から奥にかけて鳴り響く。だから御錠口から奥へのびている廊下を、**御鈴廊下**《おすずろうか》と呼んでおる」

「頷けましてございます。では上様、紐の傍《そば》へ参りましょう。今日は役目の者の姿が見えませぬから、上様ご自身の手で紐を引かねばなりませぬ」

「銀次郎、其方《そなた》が引くがよい。面白いぞ」

「いや、それは……」

と、銀次郎は苦笑して首を横に振った。

御錠口の白木戸について少し触れておこう。

将軍専用の出入口となる**大型の白木戸**――引き戸になっている――は、高さが九尺七寸（約二メートル九十四センチ）のやや真四角に近い矩形《くけい》。もう一方の**小型の白木戸**（茶坊主女の出入口）は高さ六尺五寸（約一メートル九十七センチ）の矩形である。

天井から下がった萌黄色の太紐を引いて、将軍の『大奥』入りを告げるために鳴らす鈴の音は『大奥』に備わった**御鈴番所**《おすずばんしょ》にまで伝わって〝管理〟される。また、将軍が『大奥』から『中奥』または『表』へ戻る時、この**御鈴番所**に詰める者（女）が紐を引いて鈴を鳴らし、御錠口に詰める役目の者に伝えるのではないかと推量される。

御錠口を『大奥』へ向かって一歩入ると待ち構えている板張床の**御鈴廊下**は、最大幅が一丈六尺余（約四メートル八十センチ、但し異説あり）もある巨大廊下で、銀次郎の時代この廊下は**一本**しか存在しなかったが、信頼できる手元の史料によれば一七〇〇年代後半以降（九代将軍、徳川家重の治世以降）に、**上**御鈴廊下と**下**御鈴廊下の**二本**になったと推量される。

「さ、銀次郎……」

家継はまたしても銀次郎と手をつなぐと、萌黄色の太紐の方へ力強く引っ張っていこうとした。

銀次郎は抗《あらが》うことをしなかった。此処へ来る迄の途中で、家継の言うがままに従ってきたので、刻《とき》をかなり要し過ぎたと感じていた。少し急がねばならない。

二人は紐の前に立った。

「上様。**大奥**と申しまするのは征夷大将軍にとって何者にも侵《おか》されてはならぬ特別な場所であると思いなされ。目の前の紐は大目付ごときに引かせてはなりませぬ。いつもは御役目の者が引くのでありましょうが、今日は上様の手で、引いてみることを、お勧めさせて戴きまするぞ。長い紐と申しますのはいささか重いかも知れませせぬが、将軍として渾身の力でお引き下され……私は大木戸(白木戸)の前で立っておりましょう」

「わかった。引いてみる」

「それでこそ将軍家継様……」

銀次郎はにっこりとすると、家継のか細い肩にそっと手を置いてやってから、大木戸の前へ位置を移して、今まさに紐を引こうとする幼将軍を見守った。

銀次郎はまだ気付いていなかった。『大奥』の御法や慣例が如何に厳しいものであるか、ということについて。

旗本塾で秀才と評された彼に対してではあっても、『大奥』に関する詳細の一つ一つについて、塾教授が講義できる筈もないし、また講義することが許される筈もない。

しかし、ここで強調しておかなければならないのは、『大奥』が全域にわたってガチガチに閉鎖的であった訳では決してないという事だ。

たとえば、ある件に関しては予想に反して寛容に静置のままであったりとか、また別の件では驚くほど緩やかに認められたり評価されたりする例が、少なからず存在していた。

つまり『大奥』を『伏魔殿』である怪しく見過ぎる事は決して正しくない。

ただ、羨《うらや》ましいばかりの**女護が島**ではあった。

家継は跳び上がっては紐を引き、また跳び上がっては紐を引くという行為を、二度、三度と繰り返した。

銀次郎の聴覚が微かな鈴の音を捉えたのは、その三度目だった。

大きな白木戸が音もなく、なめらかに開き出した。

家継が銀次郎のもとへ、笑顔で小駆けにやってくる。

次の瞬間。

「何者じゃ、その非礼なる身形は」

御錠口ではなく背後から、不意に野太く低い声で一喝された銀次郎は、振り向いた途端、首の根に手刀の激しい一撃を喰らっていた。

いや、将軍家継には、まぎれもなくそう見えていた。

が、間一髪《かんいっぱつ》の差で銀次郎は、ふわりと一間《けん》ばかりを跳び退がり、相手を見て愕然となった。衝撃を受けてもいた。

身形正しい大奥女中、それも明らかに上位の者と思われる女性《にょしょう》が、面《おもて》を絹《きぬ》すだれで隠し、すっくと立っているではないか。背後に、十七、八に見える若い御女中二人を従えている。その若い御女中二人も、銀次郎をはったと睨《にら》みつけていた。

「違うのじゃ**滝山**。この男は桜……」

と、幼君は小慌てとなったが、そこ迄だった。

「大奥の定めを乱す者に対し、庇《かば》い立ては御無用じゃ上様。用あって『中奥』の女中詰所まで行ってみまするると、上様が大小刀を帯びた非礼なる身形《もの》の男と行動を共にしているとの報告があって、急ぎ追って参りましたのじゃ。何故に『中奥』の女中詰所を通さなかったのでございます」

と、いよいよ不気味なほど声が野太く低くなる、かぐわしい身形の影の年寄滝山とかであった。

「す、すまぬ。まなちいと白爺が……」

「大奥は男衆とは異なった法と慣例で成り立っていると、改めて御自身に言って聞かせなされ、そうでございましょう」

「わ、わかった」

「さ、月光院様のもとへ参りましょう」

滝山はそう言うと、若い二人の御女中を従えてさっさと御錠口を潜った。銀次郎の方を一瞥《いちべつ》さえもしない。

将軍が幼い家継時代、滝山が言ったように『中奥』には大奥女中詰所が設けられていた。また家継が『大奥』から『表』へ戻る時も、奥女中が傍《そば》に付き従って何かと世話をやくことが多かったらしい。

銀次郎は半ば茫然の態《てい》で滝山の後ろ姿を見送りつつ、首の根に思わず手を触れた。あの一撃をまともに受けていたなら、間違いなく首の骨は折れていた、と思った。

家継は今にも泣き出しそうな顔で銀次郎の傍《そば》にやってくると、またしても確りと手をつないだ。

（二巻に続く）

「門田泰明時代劇場」刊行リスト

ひぐらし武士道
『大江戸剣花帳』(上・下)　徳間文庫　平成十六年十月
光文社文庫　平成二十四年十一月
新装版　徳間文庫　令和二年一月

ぜえろく武士道覚書
『斬りて候』(上・下)　光文社文庫　平成十七年十二月

ぜえろく武士道覚書
『一閃なり』(上)　光文社文庫　平成十九年五月

ぜえろく武士道覚書
『一閃なり』(下)　光文社文庫　平成二十年五月

浮世絵宗次日月抄
『命賭け候』　徳間書店　平成二十年二月
徳間文庫　平成二十一年三月
祥伝社文庫　平成二十七年十一月
(加筆修正等を施し、特別書下ろし作品を収録して『特別改訂版』として刊行)

ぜえろく武士道覚書
『討ちて候』(上・下)　祥伝社文庫　平成二十二年五月

浮世絵宗次日月抄
『冗談じゃねえや』　徳間文庫　平成二十二年十一月
光文社文庫　平成二十六年十二月
（加筆修正等を施し、特別書下ろし作品を収録して『特別改訂版』として刊行）

浮世絵宗次日月抄
『任せなせえ』　光文社文庫　平成二十三年六月

浮世絵宗次日月抄
『秘剣　双ツ竜』　祥伝社文庫　平成二十四年四月

浮世絵宗次日月抄
『奥傳　夢千鳥』　光文社文庫　平成二十四年六月

浮世絵宗次日月抄
『半斬ノ蝶』（上）　祥伝社文庫　平成二十五年三月

浮世絵宗次日月抄
『半斬ノ蝶』（下）　祥伝社文庫　平成二十五年十月

浮世絵宗次日月抄
『夢剣　霞ざくら』　光文社文庫　平成二十五年九月

拵屋銀次郎半畳記
『無外流　雷がえし』（上）　徳間文庫　平成二十五年十一月

拵屋銀次郎半畳記
『無外流 雷がえし』（下）　徳間文庫　平成二十六年三月

浮世絵宗次日月抄
『汝 薫るが如し』　光文社文庫　平成二十六年十二月
（特別書下ろし作品を収録）

浮世絵宗次日月抄
『皇帝の剣』（上・下）　祥伝社文庫　平成二十七年十一月
（特別書下ろし作品を収録）

拵屋銀次郎半畳記
『俠客』（一）　徳間文庫　平成二十九年一月

浮世絵宗次日月抄
『天華の剣』（上・下）　光文社文庫　平成二十九年二月

拵屋銀次郎半畳記
『俠客』（二）　徳間文庫　平成二十九年六月

拵屋銀次郎半畳記
『俠客』（三）　徳間文庫　平成三十年一月

浮世絵宗次日月抄
『汝よさらば』（一）　祥伝社文庫　平成三十年三月

拵屋銀次郎半畳記
『俠客』（四）　徳間文庫　平成三十年八月

浮世絵宗次日月抄
『汝よさらば』（二）　祥伝社文庫　平成三十一年三月

拵屋銀次郎半畳記
『俠客』（五）　徳間文庫　令和元年五月

浮世絵宗次日月抄
『汝よさらば』（三）　祥伝社文庫　令和元年十月

『黄昏坂《たそがれざか》　七人《ななにん》斬《ぎ》り』　徳間文庫　令和二年五月
（特別書下ろし作品を収録）

拵屋銀次郎半畳記
『汝《きみ》　想《おも》いて斬《ざん》』（一）　徳間文庫　令和二年七月

この作品は二〇一九年七月号から二〇年六月号まで「読楽」に連載された「絵島妖乱」を改題し、大幅に加筆・修正したオリジナル文庫です。

徳間文庫

拵屋《こしらえや》銀次郎半畳記

汝《きみ》想《おも》いて斬《ざん》㈠

2020年7月15日　初刷

著者　門《かど》田《た》泰《やす》明《あき》

発行者　小宮英行

発行所　株式会社徳間書店

東京都品川区上大崎三―一―一　〒141―8202
目黒セントラルスクエア

電話　編集〇三(五四〇三)四三四九
販売〇四九(二九三)五五二一

振替　〇〇一四〇―〇―四四三九二

印刷
製本　大日本印刷株式会社

ISBN978-4-19-894572-5　(乱丁、落丁本はお取りかえいたします)

徳間文庫の好評既刊

門田泰明
拵屋《こしらえや》銀次郎半畳記
無外流 雷《いなずま》がえし 上 下

拵《こしらえ》屋《え》の異名を持つ銀次郎は、大店《おおだな》のお内儀《かみ》や粋筋《いきすじ》の姐《ねえ》さんらの化粧や着付けなど「拵事《こしらえごと》」では江戸一番の男。だが仔細あって、雄藩大名、いや時の将軍さえも手出しできない存在だった。その裏事情を知る者は少ない。そんな銀次郎のもとに、幼い女の子がひとりで訪ねてきた。母上の仇討《あだう》ちを助けてほしいという。母娘の頼みを引き受けた銀次郎は、そうとは知らず修羅《しゅら》の道を突き進んでいく。

徳間文庫の好評既刊

門田泰明
拵屋《こしらえや》銀次郎半畳記
侠《きょう》客《かく》 五

伯父・和泉《いずみ》長門守《ながとのかみ》の命により新幕府創設の陰謀渦巻く大坂に入った銀次郎は、父の墓を詣《もう》で、そこで出会った絶世の美女・彩艶尼《さいえんに》との過去の縁を知ることに…。やがて銀次郎のもとに、大坂城代ら五名の抹殺指令が届いた。その夜、大坂城の火薬庫が大爆発し市中は混乱の極みに！　箱根《はこね》・杉街道で炸裂《さくれつ》させた銀次郎の剣と激しい気性は果たして妖怪・床滑《ゆかなめり》に通じるのか？　大河シリーズ第一期完結！